风雪托木斯克

> 无穷的远方,无数的人们,都和我有关。
>
> ——鲁迅

风雪托木斯克

刘宏 著

图书在版编目（CIP）数据

风雪托木斯克／刘宏著．－－福州：海峡文艺出版社，2023.1
　ISBN 978-7-5550-3092-8

Ⅰ．①风…Ⅱ．①刘…Ⅲ．①中篇小说－小说集－中国－当代②短篇小说－小说集－中国－当代 Ⅳ．① I247.7

中国版本图书馆CIP数据核字（2022）第153240号

风雪托木斯克

刘宏 著

出 版 人	林滨
责任编辑	莫茜
出版发行	海峡文艺出版社
经　　销	福建新华发行（集团）有限责任公司
社　　址	福州市东水路76号14层
发 行 部	0591-87536797
印　　刷	廊坊市海涛印刷有限公司
厂　　址	廊坊市安次区码头镇金官屯村
开　　本	880毫米×1230毫米　1/32
字　　数	180千字
印　　张	9.5
版　　次	2023年1月第1版
印　　次	2023年1月第1次印刷
书　　号	ISBN 978-7-5550-3092-8
定　　价	68.00元

如发现印装质量问题，请寄承印厂调换

自　序

　　走走停停，不疾不徐，我的文学创作状态就像烈日之下，被人抽打着耕田的老牛。这种状态已经有些年头了。任何理直气壮的辩解都是那么苍白而可笑，羞于面对的尴尬与无奈只能坦然接受。我常常一个人呆立在街边，眼前晃动着无数男女，望着脚步匆忙且表情各异的"无数的人们"，感觉他们好像能活万岁。然万岁又能如何呢？很多时候，死亡天使似乎离我们很远很远，远到意识不到她的存在；有时候，死亡天使又离我们很近很近，近到无处不在，如影随形，甚至能听到她在头顶扇动翅膀的声音。

　　有好长一段时间，我近乎疯狂地四方寻找一处地方，我既清晰又模糊地知道自己在寻觅什么，或者说想得到什么。不是梭罗那种远离城市隐居于瓦尔登湖畔，与时代和喧嚣保持着一种疏离，我并没有做"山中无甲子，世事皆如烟"披发入山的高士意图，也无李白的"花间一壶酒"的逍遥，当然，也不是逃避——我对这个世界抱有善意和希望。

然而，对于作家来说，没有任何一种生活是无意义的。"没有反省过的生活是不值得写的。"加缪的话让我觉得从某种意义上说，呈现也是一种反省。那个遥远而又近在咫尺的叫良谷镇的地方，虽然有大致的地理方位，现实中却是不可觅的。在辽阔苍茫的东北大地上，它那么真实生动地存在着，那里每时每刻都生长着或悲或喜或无奈的神秘故事。我小心翼翼地把它们从土里翻拣出来，根叶蔓延，抖一抖，果粒成串，成色尚可，样子还算鲜活，散发着野生的味道。我像一个蹩脚的乡下厨娘，一番煎炒烹炸之后，认为勉强可以示人，将其端到食客面前，心下诚惶诚恐，不知道口味各异的食客们能否品出满意的滋味来。我自知天赋不足，学识不逮，与其让人猜谜一样"写的什么意思"，倒不如"通俗易懂"来的好些。这里的俗不是"低俗"，而是大众化。与天生高贵的诗歌不同，大众化是出身"稗官"的小说生存的根。桓谭在其所著《新论》中，对小说如是说："若其小说家，合丛残小语，近取譬论，以作短书，治身理家，有可观之辞。"写"好看易懂且有回味"的小说是我的艺术追求。

从创作上讲，我不是一个勤奋的人，并非创作欲望不强，只是在追求创作品质而非数量的路上，非但没有做到"以勤补拙"（在文学创作层面，我始终对"勤能补拙""文如其人"

之说持怀疑态度），反而滋生了"宁缺毋滥"的野心。

　　近些年我的生活发生了不少事情。这本集子收纳了我近年来发表的中短篇小说，有几篇是由散文改写的，发表时，副刊编辑说太像小说了。也就是说，它们没有面世之前，骨子里就具有了小说气质。其实，我写作的时候内心常常困惑，甚至迷茫，不知道写这些东西对自己或他人是否真的有"治身理家"的作用和帮助。若能有所"回味"并触及你内心之魂，当是我所努力并希望的。

　　倘若有并能，实乃幸事也。

　　就写到这里吧。

刘　宏

2022 年 2 月 22 日星期二

目 录

秘　方 / 01

风雪托木斯克 / 12

地下 600 米 / 55

秘　密 / 75

信不信由你 / 87

老龚登泰山记 / 113

1941 年的豆腐 / 120

面无表情的纳捷什金 / 142

火红的纸灯笼 / 147

背　篓 / 155

积　肥 / 160

此情可待 / 173

押　解 / 196

老兵索班朝 / 212

让你见个人 / 223

北有南岛 / 233

那一年 / 254

对门的女人看过来 / 268

请你明天为我送葬 / 280

后　记 / 291

秘　方

许多年前，锦城有一家毕记药铺，名曰寿庆堂。老板毕永昌，人称毕三功。受祖上传承，毕三功制得一手三功丸良药好技艺。此药丸以玉米粉为原料，配以神秘纯天然草本植物药曲发酵制作而成，鸽卵大小，色泽褐黄，芳香馥郁，对驱寒强身、外伤消肿解毒颇有奇效。破皮血肿、刀枪外伤，服一丸，三五日即可结痂痊愈。但服用方式颇为奇特，需用拇指食指将药丸一端捏住，分三段用门牙切咬均匀吞服。小儿服用则将药丸竖切为二，药量减半。若一次性投入口中咀嚼吞咽，则药效大减，故为"三功丸"，其制作方法世代秘不示人。毕记"三功丸"名声响亮，常有吉奉诸省药商慕名前来订货。遇到贫苦人家，老板毕三功总要无偿送上几粒，细述服用方法，以解其病痛。

在寿庆堂东边百米处，有一家挂着双幌的小酒馆，唤作醉客居。醉客居临街，街边柳树茵茵，车马往来，很是热闹，于是食客甚多。毕三功喜酒,闲暇时常到醉客居喝两口,久了,醉客居老板胡明理便与毕三功熟了。胡明理来自山东,毕三功祖籍山西,都是走南闯北之人,谈资颇丰。一来二去,两个异乡人竟性情投机,推心置腹,便成了至交。

这日雪天,毕三功又上醉客居来。他撩起棉袍跺跺脚,脱帽抖抖雪,拣靠火炉旁的餐桌坐下。老板胡明理忙招呼伙计小耳朵备酒菜,小耳朵不敢怠慢,照例上了毕三功喜欢的肉炒干豆腐,一盘土豆丝,外加二两高粱小烧。酒菜妥当,小耳朵将毛巾往肩上一搭,挽手于腹,敬立一侧,一顶高耸的无檐毡帽,将如肚脐眼似的一双畸形的小耳朵完全遮蔽。西北风在街上狂扫,卷起茫茫雪尘。食客不多,宽敞的餐厅很清静。见毕三功独自坐喝,老板胡明理就到他对面坐下。二人有一搭没一搭闲聊着,或者相对无言,静静地看着窗外大街上雪走银蛇。

许久,毕三功将目光移回,问道:"老弟,关里家还有啥亲人?"

胡明理呷了口酒,道:"父母早逝,有一胞姐嫁到菏泽乡下。前年曾打信来,说育有一子,自幼跛足,年已18岁,但未曾谋面。"

"没想回关里老家看看?"

"离乡多年,物是人非。关内日本人正闹得凶,不回也罢,哪里黄土不埋人呢。"

"也是。我也多年未回乡探望,不多的几位亲友也不知是否健在,或流落何地。其实从祖上说来,我也算是名门望族。"

毕三功自嘲地笑笑，端起酒盅，轻呷一口，"据家父在世时讲，我家祖上是宋朝名相毕士安，世代为官。后世道变迁，兵荒马乱，家道败落，到祖父这辈，流浪各地，以乞讨为生。某日祖父投宿野店，遇一高士，见祖父忠厚聪慧，收其为徒，授以制造良药之技，并将独女许配祖父，临终前传以三功丸秘籍。后来祖父掷多年积蓄在老家山西大同开一药铺，家境逐渐兴旺。后太平天国起义，祖父变卖家产，携妻儿逃往关外，一路来到这北荒之地，重操旧业，开起了这寿庆堂。唉，如今又遇乱世，只能苟活而已。"毕三功撩起厚重的棉袍，将一条腿压在另一条腿上，一手托着腮，一手把酒盅在手指间下意识地转动着，神情浮起阴郁之色。窗外飞扬的雪花，簌簌地扑打着窗棂，精灵般舞蹈。毕三功若有所思地望着窗外，眉宇间两道深深的褶皱刀刻般愈加深了。

胡明理向四下里看了看，低声对毕三功说道："大哥有何心事吗？你我亲如兄弟，不妨说来。"

毕三功见胡明理问，知道他看出自己的郁闷，叹道："唉，实不相瞒，确有一事，一直萦绕在心，不能释怀。"

"哦，何事让大哥如此不乐，不妨讲来。"

毕三功抓起酒杯，一扬脖干了，道："细细想来，我毕永昌已知天命之年，妄活半生呀，贤妻早亡，虽育有一女，却未得半子，这祖传秘方竟无人可传。商会韩会长多次许与高价索购，我觉得他是受警务署德田署长之托，便一口回绝。"

"你怎么知道是日本人想要你的秘方？是韩六指会长说的吗？"胡明理觉得毕三功有些多想了，一定是韩六指自己想得到三功丸的秘方，假借日本人来给毕三功施压。

毕三功说："三功丸秘方日本人觊觎已久了。你想，他韩六指虽然家里有几处烧锅，但绝出不了如此高的价钱，不是日本人在背后指使，他哪有这底气？"

"日本人要这三功丸秘方干什么？"

"哼，还能干什么，难道还指望他们救死扶伤于百姓吗？明摆着的，当然用于战场。听说德田署长与关东军密谋，专门把三功丸拿到三江省请医学专家化验检测，想破解秘方，但始终没能测出所含的特殊成分。我这数百年祖传秘方，组方不循常理，药物不入药典，自有独秘程序，怎可轻易破解？这秘方若落入倭人之手，以此救治恶人，我毕永昌岂不成了罪人，愧对列祖列宗呀。"

胡明理劝道："大哥心境小弟甚解。虽祖训言，秘籍传男不传女，但俗话说得好，一个女婿半个儿，有了金龟婿，还愁无人可传吗？"

毕三功苦笑道："说得轻巧，我那丑闺女恐怕我死了那天也嫁不出去呀。"毕三功的独女毕招弟，人极贤良勤快，家里家外一把好手，模样也不算丑，只是右脸有好大一块黑色胎记。

"俗话说有女不愁嫁，你也不要过于心忧。"胡明理劝慰道。

毕三功说："即使有幸得嫁，那女婿能否是个忠厚仗义之人也不得而知。"

胡明理说:"大哥过虑了。"随后又道:"我有一想法,说出来怕大哥笑我。"

"你我之间,但说无妨。"毕三功有些急切。

胡明理略一思忖,道:"我那未曾谋面的外甥是个跛足,年龄与你家招弟相仿,大哥如若不弃,你我两家可否结秦晋之好?也不枉你我至交一场。"

毕三功稍微一愣,心想,如若那外甥也像这娘舅一样,是个忠厚仗义之人,那是再好不过了,两个孩子都身有残疾,互不嫌弃,若能成婚,也算一桩好姻缘,了却我一大心事。旋即笑道:"承蒙老弟高看,我是求之不得呀,不知小女有无这福分,待我问明小女,再……"

"不急不急。"胡明理急忙摆手,笑道,"婚姻大事急不得,何况我与外甥还未见面,待我打信让他来,再议此事不迟。"

一晃一个多月过去,其间,毕三功依然到醉客居喝酒,胡明理依旧陪喝。有一次,胡明理对毕三功说:"我那信已寄出半月有余,八成外甥已经收到,不知何时启程。"毕三功说:"如今日本人查得紧,出关入关,路途关卡重重,想必要多些时日。"

这日,毕三功正在账房里结算外地客户货款,小耳朵突然跑了进来,头上的毡帽歪向一边,一进屋就兴奋地对正在噼噼啪啪扒拉算盘的毕三功喊道:"毕老板,我家掌柜请你去喝酒。"毕三功抬头看了眼小耳朵,手里继续打着算盘,来不及问缘由,口里应道:"好、好,告诉你家掌柜,我一会儿就到。"

毕三功赶到醉客居时,酒菜已上桌。毕三功环视一下,来的几个人都是与胡明理有往来交情的朋友,没有外人。胡明理喜滋滋地对毕三功说:"我让你见个人。"然后扭头冲外面喊道:"小耳朵,把葛天浩领出来。"随着胡明理的话音,小耳朵领着一个人从另一间屋子走了出来。毕三功开始只看见了小耳朵,站起身才看见他身边的那个年轻人,小伙子模样不丑,个头却只到小耳朵的下巴,走路一瘸一拐。胡明理说:"我姐姐在关内逃难而死,留下独子天浩无依无靠,今天从关里老家来投奔我,娘亲舅大,葛天浩就是我的亲儿子。"胡明理声音有些哽咽,停顿片刻,大声对外甥葛天浩说:"天浩哇,来,给你毕大爷敬杯酒!"葛天浩有些羞涩地端起酒盅,一口鲁南口音:"毕大爷好!"双手举杯向毕三功躬身一鞠。毕三功接过酒杯一饮而尽,他本想仔细问问葛天浩在路途的经过,是否遇到些危难,但在众人吵吵嚷嚷中没有问成。

从醉客居出来,已是傍晚,冬日惨淡的夕阳有气无力地挂在西边灰蒙蒙的天空,风小了,天色渐渐暗下来,街上行人寥寥。一队巡逻的警察弯腰缩脖地从街上快步走过,近来抗联在这一带活动频繁,警察每天都要在街上巡逻几次。警察们的皮靴踢踏在坚实的积雪上,发出咕嘎咕嘎的声音。远处有炊烟升起,缕缕森森,飘过树梢就消逝不见了。毕三功裹紧棉袍,一边往家走一边想,葛天浩这孩子模样还可以,就是个子矮些,人品咋样一眼还看不出来，慢慢看吧。

很快，两个孩子在醉客居见了面。毕招弟偷偷瞄了葛天浩一眼，满脸羞红，低头不语；葛天浩则大方地看着毕招弟。当着大人的面，两人都没有说话。毕三功和胡明理觉得大人在场有碍两个孩子交流，就一起借故离开房间。回家的路上，毕三功问招弟："你觉得天浩这个人咋样？"招弟有些含糊地说："我也不知道，你说咋样就咋样呗。"毕三功说："你们要过一辈子的，高矮无所谓，人本分忠厚就好。"

两人关系确定下来。葛天浩还算勤快，除了上街买东西，就经常到寿庆堂帮着干些零活。深夜里，毕三功独自在小小的地下室熬制药膏，熬好的药膏藏在地下室墙壁的夹层里。这天，他感觉刚刚熬好的药膏似乎轻了一些，用天平一称，果然少了二十多克。这药膏是制作三功丸的引子，一旦泄露，三功丸的秘方毫无秘密可言。他急忙找来招弟询问，招弟说，刚才天浩进了地下室。毕三功来到院里，见天浩提着包袱正要往院外走，不动声色地问道："天浩，你要去哪？"天浩说去街上买点东西。毕三功说："你先到我屋来一下。"天浩迟疑了一下，有些不情愿地进了屋。毕三功厉声问道："你到地下室拿了什么？""没拿啥呀。"天浩一脸疑惑的样子。毕三功上前翻天浩的衣服，翻得很仔细，连内裤都翻了，什么也没有。毕三功让他把鞋脱了，天浩不脱，毕三功一把将他推倒在地，强行扒下他的鞋，见鞋跟里有夹层，里面有个用油纸包裹的鸽子蛋大小东西，打开一看，正是药膏。毕三功一把抓住天浩的头发，厉声问道："你是干什么的？谁派你来的？"天浩耷拉着眼皮不开口，死猪不怕开水烫的样子。毕三功和招弟合力将他捆了起来，然后拿来菜刀架在他的脖子上，你不说就杀了你！那刀刃割入脖颈流出血来……

据葛天浩供述，他叫陆多金，家住菏泽乡下，家境贫寒，为求生路，在山东菏泽保安五师第三自卫团当勤务兵。正月里的一天，从伪满洲国来一个叫德田的警察署长，要从自卫团里的当地人里选一个人到伪满洲国执行特殊任务，不知怎么就选中了他，并给他看了那封胡明理从锦城寄来的信，那是关东军安插在锦城邮局的情报人员截获的。寄信人胡明理在信中说，要把朋友的女儿介绍给外甥葛天浩，德田认定这个朋友就是毕三功无疑，并觉得这封信真是来得及时，于是心生狸猫换太子之计。日本人弄断了他的左脚两根脚趾，让他变成瘸子，冒充葛天浩，借机窃取三功丸秘方。德田向他许诺，任务完成会给他一笔数目可观的赏金。他曾问德田，如果真的葛天浩也来到锦城怎么办？德田正色道："现在你就是真的。"后来听自卫团团长说，那个真葛天浩从此失踪了。来到锦城后，他按照德田的指令，借着上街买东西的机会，在街南日本人开的茶馆里和身着便装的德田署长接过两次头。德田告诉他，如果一时不能查明秘方藏于何处，找机会先偷出药膏也行。经过这几天的观察，他发现毕三功几乎每天夜里都要一个人钻到地下室去，觉得秘方或者药膏一定就藏在地下室，于是趁毕三功不在的时候，成功地偷了药膏。

毕三功让招弟快去把胡明理喊来，向其说了此事。胡明理说："我对这小子这几天的行为也感到可疑，问起老家的人和事，许多事情驴唇不对马嘴。"得知真正的外甥葛天浩已经失踪，胡明理预感到凶多吉少，不由悲从中来，"我杀了这个狗汉奸！"操起案板上的菜刀照着被捆了手脚的陆多金就要劈。毕三功连忙拦住胡明理："老弟，万万不可，出了人命事就大了，日本人马上会找来，到时候交不出人，不好收场。"如何处理这个假葛天浩，毕三功也一时拿不定主意。胡明理喘着粗气说："干脆弄死算了。"毕三功说："此时不可意气用事。"胡明理说："那怎么办？""有了。"毕三功拉着胡明理来到屋外，悄声嘀咕几句，胡明理点头。片刻，两人回到屋内，给陆多金松了绑，毕三功拿出一块同样用油纸包裹的药膏，对陆多金说："念你是中国人，又是穷苦人家的孩子，今日饶你不死。你把这块药膏交给德田，就算交差了，然后马上离开锦城，否则你会死在这里。"陆多金连连磕头，将药膏放进怀里，逃也似的跑了出去。

夜里，毕三功辗转反侧，难以入眠，假葛天浩的出现表明日本人对获取三功丸秘方已经开始行动了，如果日本人发现假葛天浩偷的是假药膏，一定会采取更卑劣的手段，自己一个人如何能应对处心积虑不择手段的日本人呢？思来想去，他决定明晚带着女儿招弟离开锦城，到哈尔滨隐藏起来再说，日本人找不到他也就死心了。

正想着，忽听屋外传来一声闷响，似有什么重物跌入院子里。毕三功披衣出门，清冷的月光下，见院墙下卧着一人，走近细看，竟是陆多金，墙头上的一块瓦片也落在地上。他正要摸陆多金的鼻息，院外突然传来一阵急促脚步声，接着院门被踹开，一群警察拥进院子。几个警察点起了火把，照得院子通亮，一个拎着照相机的人推了他一把，将他和躺在地上的陆多金一起拍了照。"毕老板，真是六亲不认哪，连自己女婿都要杀。"说着一口流利汉语的德田拍了拍毕三功的肩，他感觉到毕三功的身子在激烈颤抖，他的手触电般地发麻。毕三功怒视着德田那张青灰色的长脸，从牙根挤出两个字："卑鄙！"

警察们在寿庆堂翻箱倒柜搜查了一整天，没有找到三功丸秘方，便对毕三功施以酷刑，先是拉杆子，再坐老虎凳，毕三功被折磨得死去活来。德田说："只要交出三功丸秘方就可免你死罪。"血肉模糊的毕三功指着自己心口窝说："秘方在这里，你们拿去吧。"

两天后，胡明理来看望关押在日本宪兵队的毕三功。"大哥，是我害了你呀！"胡明理泣不成声。毕三功气息微弱，说道："老弟，何出此言呢？你我兄弟一场，毕某死而无憾。日本人栽赃于我，即便一死，他们也休想得到秘方！唯有独女招弟放心不下，就托付给老弟了。"

半个多月后，伪满洲国锦城地方法院以故意杀人罪判处毕三功死刑。押赴刑场那天，天空飘起了雪花，灰蒙蒙的天色隐去了远处乌尔古力山的轮廓。这可能是这个冬天最后一场雪，因为空气中已有了春的气息，积雪开始融化，露出斑驳污浊的地面。雪花漫天，纷纷扬扬，乡邻们跟在囚车后面泪流不止，他们要送好人毕三功最后一程。

胡明理没有去给毕三功送别，他让伙计小耳朵去的，他独自在醉客居喝酒。在送别的人群中，小耳朵看见毕招弟走在最前面，她面色悲伤，头上落满了洁白的雪花，身上单薄的衣衫被风吹得像旗帜般飘展。她跟随着囚车到了刑场，随着几声枪响，她也晕倒在雪地上。

天降暮色，小耳朵回到醉客居，见掌柜胡明理直条条悬于屋梁上，已没了气息。酒桌上的空酒盅下压着一封信，字迹尚未干透。

三年后的八月，苏联红军出兵中国东北，锦城商会会长韩六指假扮乞丐逃往关内。某日，蓬头垢面的韩六指流浪到了山西地界，在某城街上，见到一处药铺，名曰寿庆堂，门前立一广告板，出售毕记三功丸。他没敢贸然进入，躲在街角暗中窥视。终于挨到打烊，从店里走出一对男女，男的不慌不忙地关店门，街灯下，可见一对肚脐眼似的小耳朵；女的怀里抱着一个孩子，右脸上好大一块黑胎记。

风雪托木斯克

一

贝加尔湖寒流尖利如刀,裹挟着粗粝的雪尘在西西伯利亚平原上肆意狂舞,原野、河流、荒草、树木、房屋都淹没在一片白茫茫风山雪海之中。太阳被阴云笼罩,若隐若现,毫无生气,令人格外压抑,仿佛置身于混沌世界,窒息般透不过气来。

托木斯克市标志性建筑——托木斯克火车站,远远望去这座尖顶的三层黄色房子,在风雪弥漫中犹如迷幻中的城堡,童话般的不真实。

傍晚时分,一辆老旧的蒸汽火车吐着巨大的气团,隆隆地驶入寂静的托木斯克火车站,沙哑的汽笛声,在广袤的平原雪野上空回荡,听起来是那样凄厉而悲戚。

这是一列由蒙古国乌兰巴托开往苏联首都莫斯科的国际班列，这条铁路与西伯利亚大铁路相连，西西伯利亚内陆重要城市托木斯克只是它长途奔袭沿途停靠的30多个车站之一，经停时间20分钟。

与往常一样，在托木斯克站下车的旅客并不多，而且分散在不同车厢。在几个下车的苏联本地人中间，有一个矮个亚裔青年男人，他身着一件长及过膝的黑色紧身皮衣，头上戴一顶制作考究的棕色貂皮帽，手提一只黑色皮包。在身材高大、隆目深眼的苏联人中间，他显得更加矮小。这个亚裔男人表情冷峻，步履稳健，虽然看起来像一个精干的商人，但在明眼人看来，这个人却有几分掩饰不住的军人气质。

20多个小时的旅途之内，没有人注意到这个亚裔男人。自中日爆发"九·一八"事件以来，出现在苏联境内的中国人、日本人、韩国人、蒙古人等亚裔明显多了起来，这些人或经商或逃难，或为了各种不可言说的特殊使命和目的进入苏联境内。在苏联人看来，这些东方面孔大同小异。他们分辨东方人的主要方法是看外表，在苏联人印象里，中国人普遍要比日本人高；而矮小的日本人看起来更有礼貌和素养；韩国人的面孔则要黑一点；蒙古人脸很扁平，且眼睛也小些。对于这些人的身份，普通而高傲的苏联百姓并不关心，甚至都不愿多看他们一眼。20世纪的上半叶，和许多临近边境的城市一样，托木斯克也成为五方杂处之地，火车站内外和街头到处流荡着跑崴子的商人、做羊毛生意的蒙古人、来自阿尔泰山的淘金人，还有卖艺人、流浪汉、妓女、小偷。同时也充斥着中华民国军统特工、中共抗日分子、朝鲜抗日义军、日本间谍等不同种族和党派势力的密探和眼线。他们看似平常却暗藏武器，个个身怀绝技，混杂在普通的旅客中，表面的平和之下潜伏着无数不可预知的阴谋与杀机。

这个亚裔男人并没有在车站做过多停留，他走出车站时，下意识地看了一眼车站楼顶的时钟，时钟指向是莫斯科时间17点10分。这时，一个同样身材不高的亚裔男子走上前，俩人用日语简单交谈几句话后，肩并肩径直走向停在车站广场西北角的一辆黑色华沙轿车，随后驾车消失在暮色低垂的街头。

托木斯克坐落在托姆河右岸，城区并不是很大，和苏联很多城市一样，建筑多是巴洛克风格，自然随意且充满古典艺术气息。街区并不整齐划一，但错落有致，老式的木屋随处可见，彰显出俄罗斯民族崇尚自然、追求自由的强烈个性意识。

黑色华沙轿车驶出车站广场，沿托木斯克大街向伊古缅公园方向而去，几乎在城区绕了一圈后，才缓缓驶入位于彼得保罗教堂附近的一座院子里。在明亮的车灯光下，可以清晰看见大门旁的立柱上挂着一块俄日两种文字的木牌：日本东京铃木财团驻托木斯克办事处。

这是一栋老旧的两层黄色巴洛克建筑，高门窄窗，装饰精美，极具俄罗斯民族建筑特色。此时，整个大楼只有几扇窗口亮着灯。

男人被请进楼内的主任办公室，办事处主任横野先生热情地接待了他，主动上前握住他的手说："哦，松谷一郎先生，欢迎欢迎！"男人也恭敬地一躬身："还请横野主任多多关照。"

一番寒暄过后，横野主任支走了服务人员，轻轻关上房门，坐在沙发上，低声对松谷一郎说："武藤司令官与铃木总裁田野君交谊笃厚，田野君已经和我说了，您到托木斯克是有特殊使命的。松谷君请放心，本人虽是个商人，但为了大日本帝国利益，我会大大地支持配合您的。"

"谢谢横野主任，给你添麻烦真过意不去。"

"哪里哪里。今晚本处略备酒席，为松谷君接风洗尘，你也借此机会和各位同仁认识一下嘛。"

"让您费心了，悉听尊便。"松谷一郎略一思索，躬身答道。

十天前，日本关东军司令官武藤信义在伪满洲国首都新京（长春）秘密召见了松谷一郎，作为关东军直属的特种侦察兵大队的一名少佐，能得到司令官的亲自召见，实在令他受宠若惊。同时，也让他感到一丝不安，多年的侦探生涯，让他隐隐地预感到有一项秘密任务在等待着他。

武藤司令官并没有在人来人往的司令部召见他，作为关东军最高行政长官，武藤信义当然明白，关东军虽然是"大东亚圣战"中最受天皇信赖的皇军，但也不是铁板一块。前段时间，一名叫伊田助男的关东军运输大队士兵竟将一卡车的武器弹药送给了几乎弹尽粮绝的抗日联军，自己则选择了自杀。还有更不可思议的，驻扎在牡丹江的日军守备大队的十几名士兵竟秘密投奔抗联队伍，被抓捕时在密林里集体上吊自杀。这些皇军内部的反战分子宁死抗争，此事无疑是日本帝国主义的奇耻大辱。有好事的记者想将此事付诸报端，被他下令强行阻止。眼下自己的跨境刺杀计划是当前关东军最大的秘密，不论刺杀计划是否成功，一旦公诸天下，社会舆论将对关东军产生极大的不利影响，关东军的形象会受到极大伤害，整个日本帝国也会遭到中国乃至国际社会的强烈谴责和耻笑，这是他和天皇都不愿看到的。

为保密起见，武藤司令官是在一辆军车内接见他的，没有司机，也没有随从。武藤司令官身着便装，表情严肃，目光犀利地盯着他看了好一会儿。松谷一郎还是第一次如此近距离地与著名的关东军最高长官独自在一起，不由心跳加剧，他竭力压制着自己的紧张情绪，挺直身体，首先说道："司令官阁下，您好！"

武藤司令官看出了他的紧张，语气恳切地说："你的档案我看了，你曾在哈尔滨学院学习过三年，俄语应该不错吧？"

"基本生活对话还能应付。"

"那就好。在众多人员中你能被选中，去执行特殊任务，完成特殊使命，对大日本帝国的军人来讲，是一种至高无上的荣耀，也是为帝国建立功勋的良好机会，希望你不辱使命。你先看看这个。"说着，武藤司令官从随身带的皮夹里取出一张照片递给他,照片上是一个陌生的中年男人,相貌俊朗,目光坚毅,眉宇间透着一股英气。

"此人是东北民众救国军总司令刘振东,与马占山等匪徒相互勾结,在满洲里、海拉尔一带大肆进行反满抗日活动,十分猖獗,直接威胁我新兴的满洲国。半月前,刘振东残匪4000余人在黑龙江富拉尔基一带被我军击溃,退至满洲里后逃往苏联境内,被苏方庇护,我驻苏联使馆多次提出引渡要求,均被苏方以不符国际法为由拒绝。刘振东等残匪在苏联休养生息后,必会返回东北,卷土重来,继续与我大日本帝国作对。故必须在其返回之前除之,以除我心腹大患。据可靠情报,刘振东本人及部分高级将领被苏联安置在托木斯克,且戒备森严。你的任务就是潜入托木斯克,伺机将其击杀。你在托木斯克的公开身份是日本东京铃木财团驻苏联托木斯克市办事处秘书。"

松谷一郎重新看了看那张照片,随即还给了武藤司令官。

"记住了?"

"记住了。"多年的特种兵生涯,松谷一郎早已练就了过目不忘的本领,"感谢司令官阁下信任,能为帝国效劳是卑职的荣耀。请司令官阁下放心。"

"此次行动,不做则已,若做必成。倘若失败,乃是我大日本帝国之耻辱,国际舆论也将于我不利。你明白?"

"卑职明白。"松谷一郎向武藤司令官行了一个军礼。此时,松谷一郎内心已做好了杀身成仁的准备。

武藤司令官轻轻地在松谷一郎的肩上拍了拍："祝你马到成功，平安归来。"

三天后，关东军特种侦察大队少佐松谷一郎以家父病危、回国探望之名，从此在人们视线中消失，没有人知道他的去向。

东京铃木财团驻苏联托木斯克市办事处招待松谷一郎的晚宴在二楼会议厅举行。虽然办事处除了看门人是个人高马大的苏联人外，其余都是日本人，但对新来乍到的松谷一郎来说，这些同胞都是不了解的陌生人，谁能保证他们中间没有反战人士和暗藏的反满抗日分子呢？

酒宴上，松谷一郎表现得很豪爽，酒过三巡，已有几分醉意，但他心里很清醒，他要万分警惕，来不得丝毫马虎。他想借横野主任为自己举办接风宴的机会，初步摸一下办事处这些人的底细。于是，他颇为豪爽而不失礼貌地挨桌向在座的二十几个同事逐一敬酒。他要给大家一个不拘小节，甚至有些大大咧咧的印象，而大大咧咧的人常常被认为是没多少心机的人。他想利用这种半酣的醉意，看一下这些人的表现，希望能发现一些蛛丝马迹，但一切都似乎很自然正常，甚至没有人主动上前和他搭话。他满脸通红，两眼迷离，仍踉跄着与人碰杯，横野主任见状，忙上前打圆场："各位同仁，今天的酒宴就到此吧，来日方长，松谷君旅途劳顿，让他早些休息吧。"说着，安排一个工作人员将松谷一郎送到事先安排好的房间休息。

松谷一郎的寝室被安排在二楼的拐角处，隔壁是横野主任的房间。松谷一郎环视四周，房间不是很大，但有两扇不同朝向的窗户，站在朝北的窗前，可以望见不远处的复活教堂尖尖的屋顶上的十字架，以及被白雪覆盖的托姆河，而站在朝西方向的窗前，托木斯克市的主要的大街——列宁大街一览无遗。

进入房间后，松谷一郎衣服也不脱，一头栽倒在床上，闭上眼睛装作醉酒睡去。待送他的工作人员离开后，他就睁开眼睛若有所思地望着天花板。睡觉前他要做三件事，一是将自己一天来的所有经历过程，像过电影一样仔细回忆梳理一遍，不漏掉任何一个环节，确保没有出现任何纰漏；二是像女人梳头一样逐一回想一天来有哪些可疑的人和事，需要自己引起注意和提防，以做出准确判断；三是计划下一步的行动。这些都是每一个优秀特工人员必须具备的能力，也可以说是习惯。还好，这一天在松谷一郎看来，一切都很正常，没有可疑的人和事情发生。

在托木斯克的第一夜，松谷一郎睡得很安稳。

松谷一郎原本计划从新京（长春）经哈尔滨、绥芬河进入苏联，但眼下南满的大个子杨靖宇和北满的小个子赵尚志，一南一北，在这一区域活动频繁，令伪满洲政府和关东军十分头疼，而且中共地下党和国民党军统在这一带暗线密布，稍有差池，很可能自己还没进入苏联，就中途命丧。使命在身，大意不得。

于是，松谷一郎秘密地从人烟稀少，海关检查不甚严格，各股势力还顾及不到的内蒙古入苏。

目前看来，这个决定是正确的。

二

整个日本东京铃木财团驻苏联托木斯克市办事处，只有主任横野知道松谷一郎的来历，但松谷一郎来托木斯克的具体使命是什么，横野主任也并不清楚，东京总部方面也没有透露丝毫信息，只是要求他不要给松谷一郎这个新来的秘书安排太多具体工作，松谷一郎在办事处只是挂职，并说这是上面的意思，他配合好就行了，不要过问太多。从总部上司严肃的语气中横野主任隐隐感到，"上面"有着巨大背景和势力。横野主任当着办事处其他人员的面，说："松谷君刚到，办事处眼下也不忙，可以先到市区走走，熟悉熟悉这里的环境。"

松谷一郎自然知道横野主任这样做是在执行总部上司的命令，而自己虽然看上去每天轻松自由，而完成特殊使命的压力让他没有一丝轻松感。他的第一步任务是先要查找到刘振东在托木斯克的住所。他认为，对于已经与日本签署互不侵犯条约，在中日冲突中保持中立立场的苏联人来说，在对待来自中国东北民众救国军总司令刘振东的问题上，苏方一定会顾忌日方感受，不会高规格地对待这位抗日名将，接待和安置也不会太过严密。松谷一郎本想从苏联官方报纸上探寻一些有关刘振东在苏联的消息，但看了几天当地报纸，却一无所获。他只好自己实地寻找，好在托木斯克城区面积不大，查找起来应该不会太难。松谷一郎开着办事处的华沙轿车整天在托木斯克市里转悠，专门查找有中国人居住的地方，他希望能看到那张已经刻记在心里的面孔出现，但几天下来没有任何结果。

这天，松谷一郎开车从市区回到办事处，刚进院门，厨师伊藤跑过来，向他一鞠躬："松谷先生，主任晚上要吃日本豆腐，您帮帮忙，拉我去趟普希金街买几块豆腐好吗？"

"苏联人也会做豆腐吗？"

"不，是个满洲人开的豆腐坊，苏联人不喜欢吃豆腐，是专门卖给附近中国人和朝鲜人的，生意还不错呢。"

松谷一郎心里一动，忙说："你上车吧。"

厨师伊藤乐呵呵地上了车，坐在副驾驶座上引路。

托木斯克冬季漫长，冬天几乎见不到新鲜蔬菜，苏联百姓都将土豆作为主食。而东方人却不习惯经常吃土豆，加上苏联食品匮乏，这让一些来苏联谋生的中国人找到了商机，物美价廉的豆腐就成了中国人、日本人和朝鲜人的美食。

普希金街是托姆河边的一条老街，小街不长，据说有300多年历史，街两旁都是黄色或褐色的巴洛克风格建筑，斑驳老旧，青石路面，很具历史沧桑感。

厨师伊藤让松谷一郎把车停在街边一个小胡同口，说："里面路窄,车进不去了,您在车上等我一下,马上就回来。"松谷一郎说:"我还是跟你一起去吧。"

松谷一郎跟着伊藤在胡同里左拐右拐,终于走进了一间冒着腾腾热气的小屋,伊藤向屋里用汉语喊了一声:"马师傅,在吗?"

伊藤一连喊了好几声,才从屋里走出一个人来,50岁左右年纪,瘦高个,长瓜脸,腰间系着一条脏兮兮的麻布围裙,一头蓬乱的头发被热气打得湿漉漉的。他一见伊藤就搓着手说:"哦,先生,不巧哇,早上这板豆腐都让前边的18号院买走了,就剩两块了,你要不嫌少就拿着。"

"哪个18号院?"松谷一郎看似很随意地问。

"就是普希金街上的18号院,一大早就拿走了20多块豆腐。"马师傅抬手向南面的大街方向一指,说。

马师傅的话让松谷一郎心里一动,没有再问什么,和伊藤拎着两块豆腐离开了。

普希金街18号院是一栋看似很普通的米色木结构的俄式民居,有很大的院落,院里还有十几棵高大的落叶松。苏联的民居院落大都是用木板做栅栏,再涂上绿色的油漆,显既即美观又通透,很有民族特色。但18号这座院落四周却是砌着高高的砖墙。此前,松谷一郎也曾多次开车从这里经过,没有感觉到有什么异样,在托木斯克,像这样的院落不止一处,所以并没有引起他的注意。

第二天,松谷一郎没有开车,他徒步走到普希金18号院门前,假装弯腰系鞋带,从大铁门下端与地面的缝隙间看见了一双穿着皮靴的大脚在走动,他认得那是一双苏式军用皮靴,这让他既兴奋又紧张。直觉告诉他,这座18号院落很不一般,极有可能就是刘振东在托木斯克的住所。

一连几天,松谷一郎都在观察这座院落,只是他不能再次走近它,如果陌生人多次走近,势必引起院内人的怀疑。松谷一郎已经发现,18号院漆黑的大铁门上其实有一个书本大小的方孔,用一块同样黑色的活动的铁板挡着,外面如果有人走近,里面的人就移开铁板向外查看,而外面的人却根本看不见里面的任何情况。要想观察到18号院里面的情况,必须从高处俯视。松谷一郎看中了斜对面的一座三层小楼的一个窗子,那是个理想的观察点,既隐蔽又无遮挡。这座小楼的一层是一家面包店,店主是一对来自乌拉尔山区的中年夫妇。这天,松谷一郎穿一身中国商人的装扮,走进了面包店,见店内有两个顾客,他假装买了一袋大列巴,等顾客走后,他看似很随便地用蹩脚的俄语问:"这店面好大,租金一定不少吧?"他顺手递给店主一支烟,并帮他点燃,自己也叼上一支吸着。留着浓密络腮胡的店主吐出一口烟后,习惯性地一摊手说:"哦,谢谢,当然!你是日本人吗?"

"不,我是中国人。"松谷一郎不动声色地说。

"哦，中国人很能干的。你也想在这里做生意吗？这条街的租金很贵的。"店主是个很健谈也很憨厚的人。

"我只想找个住的地方，你这里有出租的房间吗？"

"我家二楼是客厅和卧室，三楼是阁楼，先生如果不介意，可以租的。"

松谷一郎不露声色地说："能带我上去看看吗？"

"当然可以。"

店主嘱咐妻子看好店门，带着松谷一郎登上吱呀作响的木质楼梯，一前一后走上了阁楼。整个阁楼面积不小，足有60多平方米，里面堆了些杂物，显得很空旷。松谷一郎站在满是灰尘的阁楼中央，想走到临街一面的两个窗口看看，但由于屋顶是角度很大的坡形，他只好弯腰以免碰撞到头。他好像很无意地用手擦了擦落满灰尘的窗玻璃，对站在身后的店主说："这些窗户该好好擦擦，屋内能亮堂些。"说着，向窗外望了望，这一望让他兴奋不已。

店主并没有过多地对松谷一郎进行询问，他觉得问得太多是对客人的不尊重，只要租金不差就行。何况在店主看来，中国人生性都比较懦弱，胆小怕事，是很守规矩的，一般不会惹什么乱子，所以很放心。经过一番讨价还价，最后松谷一郎以每月8卢布5戈比的价格租下阁楼。店主很高兴，阁楼闲着也是闲着，换点租金也不错。店主很热情地给松谷一郎在阁楼里安上取暖的火炉和一张铁床，松谷一郎又向店主要了一把旧椅子，放在床前，说是可以将床当桌子记账。等店主一走，他就猫着腰搬过椅子坐到那扇窗前，50多米开外的18号院落尽收眼底，只是院里有几棵树造成部分遮挡，但他对这个观察点还是很满意的。

经过两天不定时的观察，松谷一郎发现，18号院只有几个持枪的苏联士兵在院子里转悠，没有发现一个中国人的身影。直到第三天的中午，他终于有了重大发现——18号院里出现了两个中国人的身影，他急忙拿起特制的高精度袖珍望远镜，屏住呼吸仔细观察。那两个中国人身着便装，好像在一边交谈一边散步，由于是后侧面角度，一时看不清两人的模样，就在两人的身影就要走进树影里时，其中一个人突然转过身来，面对着另一个人，手里打着手势，好像正在说着什么，显得情绪很激动。松谷一郎将望远镜调到最佳状态，一张颇为清晰的东方人的脸映现在他的眼前，与他早已刻记于心的那人高度吻合，没错，正是刘振东将军！

自从率部退入苏联，半个多月以来，刘振东将军是在苦闷中度过的。苏方不仅按照国际公法收缴了他们的武器，并将他带领的4000多救国军战士和家属收容在苏联境内不同地区，部队随行所带的辎重也全部交出由苏方保存。他和十几位高级将领被安置在托木斯克市普希金街18号院，并由苏军把守保护起来，任何人出入必须出示特殊证件。听说这座院落曾经是一位将军的府邸。在这里,刘振东等抗日将领得到了苏方高规格待遇,面包、牛肉、黄油等管够吃。刘振东知道眼下苏联正值大饥荒,托木斯克百姓都在吃湿乎乎的灰面包(黑面包加很多野菜),苏联红军也十分困难,他很感激苏方的收留和安置。虽然这里的生活比国内好,但他却度日如年。同时,他知道自己虽然现在身在苏联,但日本人没有放松对他的追杀,一定会追踪而来,自己随时都有被暗杀的可能。苏方对他的安全问题也格外重视,每天只容许他午饭后到院子晒晒太阳、散散步,并且要有两个以上警卫人员陪同,其余时间不得走出院门,也不许接见中国抗日救国军之外的任何人。这让刘振东如入牢笼,他向托木斯克驻军指挥官博加德列夫少将提出,不能限制他的人身自由,博加德列夫少将说:"刘将军,你是我们的朋友,我们要保证你在苏联的安全,请你理解配合。"对方话说到这份上了,刘振东只有接受。

几天观察下来,松谷一郎基本摸清了18号院的情况和刘振东的饮食起居规律。18号院里有三名苏联士兵轮流值班巡逻,一个中国厨师每两天出门采购一次食材,都由专车接送。刘振东将军只在中午出来在院里转转,从不出大门一步,其余时间都在室内。偶尔有人进入院里,除了要出示证件,还要接受苏联士兵极为严格的搜身检查。外人很难接近。对于这些,松谷一郎并不在意,他无须走近或进入18号院就能解决问题,完成击杀任务。他决定在刘振东将军中午出来散步时,采用狙击办法,让这位令关东军十分头疼的中国抗日将军一枪毙命。他知道，这必将是引起国际舆论关注、轰动世界的重大事件，他松谷一郎也会随之名扬天下。

对于受过专业训练的松谷一郎来说，50多米的狙击距离一击必杀没有任何问题，关键是看使用哪种枪械。当然，最理想的是日制九七式狙击步枪，这种枪他在关东军特种兵训练时经常使用，用起来自然顺手一些，而且这种枪射击时几乎没有烟尘，便于狙击手隐蔽。但到哪去弄这种枪呢？潜入苏联时，为安全起见，躲过一路上的检查，他没有带任何武器，甚至连一把匕首都没带。情急之下，松谷一郎首先想到了办事处横野主任，横野主任在苏联工作多年，在托木斯克弄支枪应该不成问题。当松谷一郎悄悄将自己想弄支日制九七式步枪进山打猎的想法告诉横野主任时，横野主任面露难色："枪不成问题，我手里就有一支，闲时打猎用的，但不是日制九七式，是苏制步枪。"

事已至此，松谷一郎没有选择的余地，只好说："那就苏制的吧"。

翌日，横野主任将一支枪交给了松谷一郎，那是一把八成新的苏制莫辛纳甘式步枪，而且没有消音器。在松谷一郎看来，虽然不是理想的九七式狙击步枪，但这把苏制步枪看起来也还不错，但怎么才能把这一米多长的家伙拿到阁楼上去呢？租下阁楼已经一个多礼拜了，松谷一郎只住过三天，但每天中午他都要回来的。上阁楼是室内楼梯，必须经过一楼面包店，每次上阁楼店主都向他摆手打招呼，别的并不多问。松谷一郎每次回来只提一个手提包，一般不拿太多东西，如果突然拿一个大家伙，他不能保证不会引起店主的怀疑。尽管通过观察，店主不太可能是苏方或中方的眼线，但他不能有丝毫大意。

一天午后，松谷一郎下了阁楼径直去了旧货市场，买了一把破旧的大提琴带回了办事处。他一个人躲在房间里，对大提琴进行了拆解，把那支苏制莫辛纳甘式步枪放了进去，然后对大提琴的外表进行了伪装。当他背着大提琴走上面包店的楼梯时，正忙着接待顾客的店主只是抬头向他点了下头，就忙自己的生意去了，似乎并没有发觉他背着的那支老式大提琴有什么异样。

松谷一郎手里只有横野主任交给他的六颗子弹，而且是从黑市上买来的。这对松谷一郎来说已经足够了。对于一个优秀的狙击手来说，必须要有一枪解决问题的能力。为确保万无一失，他独自到城边的山上专门试了枪，熟悉一下枪和子弹的性能，总的来看，他对这把枪还是比较满意的。

松谷一郎坐在阁楼的椅子上静静地盯着窗外的18号院，此时已是中午11点半多，外面阳光很好，如果不出意外，半小时左右那个让他朝思暮想的身影就会出现在眼前。时间如流水，不知不觉间，来托木斯克已经快半个月了，关东军方面虽然通过办事处知道他已经安全潜入托木斯克，但谋杀计划的进展情况他并没有向关东军方面汇报，关东军方面也没有问。夜长梦多，松谷一郎知道是该实施计划的时候了，如果再拖下去，说不定突然有一天苏方将刘振东将军转移别处或送回中国，那就不是前功尽弃那么简单了，作为大日本帝国的军人，自己颜面失尽不说，也不好向武藤司令官交代。事不宜迟，松谷一郎决定今天就行动。至于行动后的撤退路线，他早已计划好了，从阁楼下到二楼，这样不会让一楼的店主看见，然后从二楼后窗直接跳到地面。他事先观察好了，二楼后窗下面有一堆店主引火用的柴草，跳下去既不会惊动他人，也不会摔伤。如果不幸被抓住他就自杀。他自杀的方式有两种，一种比较传统——剖腹。他随身带着军用匕首的。另一种方式比较先进——吞毒。一种特制的外形很像一枚普通纽扣的剧毒药丸，就缝在内衣领的尖部的后面，从正面很难发现。即使在双手被反绑的情形下，只要一低头将那小东西含在口里吞下，只需数秒钟就可毙命。这种既隐蔽又便利的成仁方式备受帝国志士的青睐。如果自杀成功，他相信从相貌和衣着上看，苏联人更有可能判断他这个自杀的刺客是地道的中国人。

  点射必须把窗户再打开一点，能容一支枪管伸出去，但窗户不能开得太大，否则会引起18号院里四处观望的哨兵的注意。窗户是独扇的，可能是长期不开，窗户的合页锈得很紧，松谷一郎双臂猛地用力，窗户呼啦一下全打开了，一股冷风猛地吹了进来，卷起一片灰尘。他迅速将窗户关上，只留一条两指宽的缝,然后把枪架在窗口。离刘振东将军出现还有不到10分钟时间,不知是紧张还是兴奋,松谷一郎不由心跳加速,他深吸一口气,嘴里念叨:"不成功便成仁。松谷一郎,你为大日本帝国立功的时候到了。"他猫着腰,端好枪,在瞄准镜里等待着那张在他脑海中浮现过多次的东方面孔出现。一秒,两秒,他清晰地听见揣在怀里的怀表在滴答滴答响着,然而此时,瞄准镜里竟然出现了一张年轻的苏联士兵的脸和一双深蓝的眼睛,那眼睛也看着他,松谷一郎一惊,连忙收回枪。他基本可以断定,自己已经被苏联士兵发现了。

刘振东将军喝下碗里的最后一口红菜汤,习惯性地点上一支烟吸着,眼前烟雾缭绕,他在想着国内东北的抗日情形不知如何了,自己退走苏联之后,马占山主席是否还在内蒙古与日寇周旋?刘振东将军正想着心事,一旁的警卫员看了看墙上的钟表,时针已指向12点一刻,知道又到了散步时间,把碗一推,说:"刘司令,今儿个天很好,我拿把椅子陪你在院墙下面晒晒太阳吧。"

"好吧,这几天在屋里憋成白脸小生了。"

和往常一样,两人起身离开餐桌,就往大门外走,突然一个在院门口站岗的苏联士兵闯了进来,张开双臂拦住了他们,一双深蓝的大眼睛像猫头鹰似的瞪着,嘴里紧张地大叫:"不要,不要出去,有刺客!"接着抓起旁边的电话,一通呜呜拉拉。

片刻工夫，一辆军车疾驰而来，停在18号院大门前，从军车上下来20多个荷枪实弹的苏联士兵，院里站岗的士兵用手向斜对面面包店的小楼一指，士兵们就端着枪蜂拥而上冲了过去。

苏联士兵分成五个小组，四个组迅速从前后左右四个方向将面包店的小楼团团包围起来，一组直接穿过面包店冲上阁楼。面包店店主和几个顾客被突然闯入的苏联士兵吓呆了，他们不明白发生了什么事，这些如狼似虎的大兵为什么突然闯进面包店，面对黑洞洞的枪口，他们本能地举起了双手，苏联士兵大吼一声"都蹲在原地不许动"就直接冲上楼去。

冲上阁楼的苏联士兵来到阁楼的门口，见门虚掩着，并没有贸然闯入，他们知道刺客手里有枪，也许还有别的武器。一个班长模样的士兵向另一个士兵做了一个手势后，突然飞起一脚踹开了门，一个士兵就地一个滚翻向阁楼里扫射了一梭子子弹，见里面没人还击，就一起端着枪冲了进去。阁楼里空无一人，只有一把被拆碎的破旧的大提琴扔在床上，那扇唯一的窗户大大地开着。苏联士兵们用刺刀在阁楼里一通翻找，没有发现什么可疑的东西，就从阁楼一直往下搜查到一楼的面包店，没有发现刺客，只好将店主带回市刑侦局审问。

三

那天，松谷一郎险些被苏联士兵堵在面包店的二楼，他显然低估了这些训练有素的苏联士兵的反应能力。就在他提着枪从阁楼下到二楼时,苏联士兵已经冲进了一楼面包店,毕竟这里距离18号院只有50米左右,这些受过特殊训练的苏联士兵只需十几秒就可到达,幸好负责围堵后院的一伙士兵并不熟悉地形,绕了一圈才进入后院,这就给了松谷一郎充足的时间从二楼跳下。当他从后院逃到街道口,正想将枪藏起来时,与冲过来的苏联士兵险些打个照面,前后不到三秒钟时间。他急忙躲在一个木板子堆的后面,足足半个多小时,直到听见不远处的军车开走了,才在附近找了一些树枝和破木板条等,将那支枪包裹在中间,用草绳捆好扛在肩上,假装卖柴人的模样大摇大摆地走上街头。确信没有人跟踪后,才向办事处方向走去。此时,他才发觉身上已经被冷汗湿透了。

首战出师不利,但没有影响有着坚定信念的松谷一郎的信心,他意识到,单枪匹马实施谋杀计划,虽然有很高的保密性,但毕竟人单力薄,需要有人协助才行,否则任务恐难完成。当务之急是需要物色一个得力的帮手。他首先想到收买一面之交的做豆腐的马师傅,趁18号院来买豆腐之机,在豆腐里投毒。但很快他就否决了这个办法。即使成功地将毒豆腐送入18号院,那中毒的就不会是刘振东将军一个人,他不能保证所有吃了毒豆腐的人都会被毒死。退一步说,就是毒死了几个吃豆腐的人,谁敢保证其中就有刘振东将军呢?再说,马师傅认识铃木办事处的厨师,一旦被苏方发现,自然会联想到日本军方,岂不弄巧成拙?

在办事处的房间里,松谷一郎整整两天没有出屋,只是早上出来吃了顿饭,没有人知道他躲在房间干什么,更不知道他在想什么。随着时间一天天地流逝,松谷一郎内心的压力越来越大。这次苏联士兵虽然发现了阁楼上有一个枪口,却没有找到任何行刺的物证和人证,但对松谷一郎来说,已是打草惊蛇了,苏方对18号院的防守会更加严密,这对下一步实施的行刺计划极为不利。

这一天,松谷一郎又走在托木斯克市的街头,他觉得与其闷在屋里冥思苦想,不如到外面寻找机会。当然,他不会再到18号院门前和面包店附近转悠。他简单地化了装,头上的毡帽,手里的提包,身上的呢子大衣都换了,使自己从外表上看更像一个来自中国东北的落魄小商贩。

松谷一郎乘坐有轨电车来到托木斯克国立大学站,下了车,沿着列宁大街往南走,前面不远处有一个杂货市场,来自苏联各地和中国、朝鲜、日本等国家的小商贩很多,贩卖各种稀奇古怪的物品,很是热闹。像这样的杂货市场在托木斯克市区至少有四五家。其实,松谷一郎到杂货市场并没有打算买什么,他要瞎猫碰死耗子,看能否找到一个可以利用的人。

这个市场松谷一郎此前已经来过两回。与其他市场有些不同,这个杂货市场在一座废弃的大桥上,桥面坑坑洼洼,不少地方已经露出锈迹斑斑的钢筋，显然已是危桥。桥下冰冻的托木河上白雪皑皑，在阳光下闪着刺眼的光芒。桥上不许通行机动车，人力车、马车可以通行。由于正值冬季，桥面两边摆卖各种物品的商贩并不多，稀稀拉拉，这些商贩或坐或站或蹲，表情都很木然，并不主动吆喝，只有见到有顾客在自己摊位前停下，他们才习惯性地介绍起自己的物品来，表情狡黠而又不失一丝诚意。

松谷一郎在足有百米长的桥上走了一个来回，东看看西望望，看东西也看人。他要找到一个在短时间内就可以建立起信赖关系的人，以协助他尽快完成刺杀任务。在桥头的下坡处，松谷一郎在一个卖人参的商贩面前停了下来。

"你这是哪的人参？"松谷一郎蹲下来，拿起摆在地上的木盒里的一棵干参摆弄着，漫不经心地用中国话问。因为他认定这个商贩十之八九是个中国人。

"先生，我这可是正宗的阿尔泰山参，你看看。"商贩操着一口浓重的中国东北口音。在新京（长春）待了多年，如今身在苏联的松谷一郎听到这熟悉的声音不由得感到一丝温暖和亲切。他有心地看了看这个商贩，这是一个面容紫红、中等身材的中年汉子，穿着一身破旧的黑色棉短褂和中国东北农村常见的抿裆裤，看来他在苏联混得并不太好。

"你是辽宁人吧？"松谷一郎问。他没有提伪满洲国，他知道有很多中国人对伪满洲国很反感。

"嗯呐，你咋知道呢？我是辽宁新民的，敢问先生你是哪的？"

"哦，我是从吉林来的。老家延吉的。"松谷一郎想说自己也是辽宁人，这样更能获得对方的信任，但他知道自己的中国话虽然是东北口音，却不是纯正的辽宁口音，为避免对方怀疑他撒谎，他便说自己是吉林人。

"吉林和辽宁挨着，那咱们是老乡呢。"对方显得很兴奋。

"可不咋的，在这里见到老乡可真不易。"松谷一郎故意加重东北口音说，"桥东头有一家阿塞拜疆人开的饭馆，晚上咱哥俩到那里喝两盅咋样？我请你。"松谷一郎之所以选择这家饭馆，是因为阿塞拜疆人听不懂他们说话。

"还等啥晚上呀，站这儿挺冷的，咱这就走。我挺长时间没喝酒了。"对方更是不见外，说着开始收拾地上的人参盒子。

松谷一郎看了看天色，朦胧的日光已经偏西，时间也不早了，就说："好吧，咱这就走。"于是，两人一前一后走下桥头，进了不远处的那家饭馆。

为了防备被外面的人看见，松谷一郎特意选了饭店屋角一个远离窗户的位置坐下来。因为还不是吃饭的时候，除了他们俩，小店里没有其他食客。

两人一人一杯伏特加，就着两碗红菜汤、一碟腌圆白菜和香肠，边喝边聊。

"大哥，我姓郭，叫郭久峰。来这里采参三年了。敢问你尊姓大名？"一杯酒还未下肚，对方主动自我介绍起来。

"哦，我姓谷，叫谷满仓。哈，我爸起的名，有点俗气，见笑了。"虽然是事先就编好的名字，但松谷一郎自己也感到编得可笑。

"嘿,这名儿好,一辈子有饭吃,饿不着。大哥,咱俩谁大？"

"你都叫我大哥了,你说谁大？哈哈……"松谷一郎笑起来,他觉得自己没有选错人,以他多年对中国人的了解,面前的这个人是一个讲义气重感情、没有多少心机又爱占点小便宜的典型的中国东北男人。

"我刚来的时候，在这做茶叶生意，一点也没意思，苏联人爱喝酒不爱喝茶，生意一年不如一年。后来就开始卖人参，生意也不好做。本来想回老家去，又听说咱们东北让小日本给占了，回去不是找死吗？可恨的小日本，让老子无家可归，老子真想回去参加抗联和小日本干一场，把这帮王八蛋赶出中国去。"郭久峰一边低头大吃，一边嘴里唠叨着。

听了这话，松谷一郎忙转移话题，因为这种话在中国东北他已经有意无意地听到了很多，大对数中国人对日本进入中国东北建立所谓"大东亚共荣圈"很反感。他避开话题开导说："老弟，这世道挣钱发财比啥都重要，有了钱，在哪里都有好日子过，别的事管那么多干啥，你说是不？"

"那是，那是，老子有钱了就娶个毛子妞，生一堆二毛子，哈哈……"

"你老家没有媳妇吗?"

"有,还有两个孩子呢。我爹死得早,老妈还在。唉,三年多没见他们了,也不知道现在是死是活呢。"郭久峰一口干了杯里的酒,声音明显有些哽咽了。

"等发了财就回去看看吧。"松谷一郎看了郭久峰一眼,劝慰道。

"哼,在这儿还想发财?饿不死就烧高香了。"

"人参可是好东西呀,利润很高吧?"

……

松谷一郎一边有一搭无一搭地和这个叫郭久峰的人聊着,一边盘算着自己的计划,想着怎样把眼前这个人利用起来为自己做事,但具体做什么,眼下他还没有想好。

"嗨,哪有啥利润哪,在咱中国人眼里人参是宝贝,可苏联人并不怎么稀罕这玩意。年前有个中国老板在我这里订了三斤人参,点名要上等的阿尔泰野参,还要包装成礼盒,说是送礼用。要不是给的价高,我才不伺候他,麻烦。但那次还是挣了点钱。"郭久峰一口嘬下了半杯酒,然后又向店老板要了一杯。

人参礼盒?松谷一郎心里不由一动,他沉思半刻,不动声色地问郭久峰:"礼盒要从国内做好了送过来吗?"

"不是。"郭久峰明显有些醉意,手比画着说,"在托木斯克,做各种礼盒的店铺有的是,大小都可以定制。现在上等的阿尔泰山参我这也没有几棵了。"

松谷一郎随口说:"用人参礼盒送人是很有面子的。""可不咋地——"郭久峰虽然有些醉意,但还是从这位萍水相逢的谷大哥的语气中嗅到了一丝商机,他连忙接着说,"大哥,你要用人参礼盒送人,直接找我,咱哥俩老乡不用客气。放心,我给大哥成本价。只是大哥不要把价格透露出去就行,要不小弟在托木斯克的买卖就不好做了。"

"老弟你也不容易,该什么价就什么价。哥就在你这订一盒人参礼盒,盒子要大一点,显得大气。"此时,二次刺杀计划已在松谷一郎脑海里逐步形成。他掏出一根金条,推到郭久峰的面前:"老弟,这是大哥给你的定金。"见对方要推辞,他强硬地说:"你认我这个大哥吗?""当然认。""认就要听大哥的话,哥命令你赶紧收起来。"

郭久峰见谷大哥如此爽快,也兴奋起来,借着酒劲把胸脯拍得砰砰响,说:"大哥放心,我明天就去给大哥选礼盒。"

两人又喝了一瓶伏特加后才散,约定两天后还在这家酒馆里相见。

快到圣诞节了,托木斯克市大街小巷的民居都忙着用松枝、柏树等常青树装扮自家的房屋,以示吉祥,白雪铺地的大街映衬着两旁建筑上绿意盎然的松枝,别有一番韵味。此时的松谷一郎没有心情去欣赏这些,他掏出怀表看了看,竖起大衣领子,迎着冷风疾步向桥头下那家饭馆走去。

松谷一郎在酒馆里等了将近半个小时，郭久峰才背着一个布袋气喘吁吁地进来了。一见面，郭久峰说："大哥，让你久等了。这回全妥了，人参、礼盒全齐了。你看看行不？"说着，从布袋里拿出礼盒放在桌子上，松谷一郎拿起礼盒里里外外仔细看着，盒子20厘米见方的样子，外观制作得很精致，掀开盖子，里面铺着毛茸茸的鲜红绒布，他满意地说："嗯，不错。"郭久峰又从布袋里取出一个一尺多长的木箱子摆在桌子上，掀开盖子，里面并排摆放着几十根大小不一的人参。郭久峰把木箱往松谷一郎跟前一推，说："大哥，先可你挑，你拿几根都行。"

松谷一郎在箱子里面挑出两根最大的人参，用手掂量一下，放进了自己的礼盒里，然后向四周看了看，从怀里拿出一个长条形的纸包轻轻地放在郭久峰面前，低声说："老弟，我看你也是个实在人，哥不能亏了老弟。这里面是一两黄金，你先收着。明天我还求老弟帮我跑个腿，不让老弟白跑，到时候再给老弟跑腿费。我还有事先走一步，你自己整点小酒慢慢喝吧。别忘了明天上午8点桥头见。"松谷一郎说完，把礼盒夹在大衣襟里匆匆走出了酒馆。

郭久峰迫不及待地打开桌上的纸包，里面果然是一根黄灿灿的金条。顿时，郭久峰的眼睛惊得比牛眼还大。这两根黄金足够换他木箱里的全部人参。这是老天给他送来的财神哪！

第二天，郭久峰早早来到了桥头，与大哥谷满仓会合。松谷一郎将他带到一个僻静处，从怀里拿出昨天的礼盒交到他手里，如此这般地交代一番后，就独自匆匆离开了。

自从在院里巡逻的苏联士兵发现面包店阁楼有刺客后，苏方对刘振东将军的护卫更加严密了，这几天连中午在院里散步也由原来的半小时缩短为15分钟，这让刘振东将军更加郁闷。他知道日本人确实已经派人追杀到了托木斯克，自己要格外小心才是，对于苏方的做法他只能无条件遵从。

这天，被苏方安置在代号为"托木斯克-1"营区的东北抗日救国军司令部秘书长张金河来到18号看望刘司令。两人谈兴正酣，门外警卫来报，有一个国内来的抗日青年，要见刘司令，并说是刘振东将军的崇拜者，要送上两棵从辽宁老家带来的上等野参给刘将军补养身体。刘振东听说是国内来的抗日青年，高兴地说："那就让他进来吧，我好久没有见到国内来的人了。"可等了好一会儿也没见人进来，原来来人被站岗的苏联士兵挡在了门外，警卫人员检查后把人参礼盒留下了，但人必须离开。有人把人参礼盒交到刘振东手里，刘振东看了看说，这个盒子倒是蛮漂亮的，打开一看，里面果然有两棵人参，便随手将人参礼盒递给身边的张金河，说："你是中医世家，看看这人参品相如何？"张金河接过来在手里掂了掂，随口说道："七两为参，八两为宝，这个盒子有2斤半不止，哪来这么重的人参？"听张金河这么一说，刘振东马上警觉起来，莫非其中有诈？他向警卫命令道："快去把谢虎给我找来！"

谢虎是东北抗日救国军工兵二营营长，是曾经留学英国的爆破专家。听说可能发现了炸弹，立马从隔壁赶了过来，小心翼翼地对人参礼盒进行了仔细检查，果然在礼盒的夹层里发现一枚微型炸弹。

"好险！"谢虎卸下炸弹后，擦了把额头上的汗，说，"这枚炸弹设计得很巧妙，人参礼盒第一次开启可见人参，合上再开的时候就会引爆炸弹。别看这东西不大，却是最烈性的炸药，幸亏你们没再打开，如果爆炸足以把这座房子削去半边。"

此时，在18号院后面的河边白桦树林里，松谷一郎正焦急地在雪地上徘徊着，他希望听到的爆炸声始终没有传来，只好悻悻地离开了。

四

两次行刺失败，让松谷一郎有些沮丧。昨天横野主任告诉他，东京总部来业务电报时，还顺便问了松谷君工作还好吗。松谷一郎知道，那是关东军在暗示他，该是完成任务的时候了。

松谷一郎又把自己关了一整天，他站在窗前凝眉沉思，外面走廊里传来的琴声让他很烦躁。他不能和任何人商量，只能自己绞尽脑汁苦想，他要尽快策划出新的刺杀计划。天黑时，他终于又想出了一个计策。和上次一样，他要尽快再找到一个帮手，当然，不能再找亚裔了。面包店店主虽然对他这个租户的情况知道不多，但至少可以向苏方证明阁楼上住的是个亚裔，而送人参礼盒的也是亚裔，在苏联人眼里这可绝对不是巧合。也就是说，他们会更加警惕接近18号院的所有亚裔男性。

松谷一郎决定找一个当地的苏联人。

物色人选必须到外面去找，没人会来毛遂自荐。这次物色的人选松谷一郎是有一定要求的。按照计策，他要找的人要同时具备两个基本条件，一必须是当地的苏联人，二必须会一点泥瓦活或维修水管的技术，同时年龄不能太大，最好50岁以下。

松谷一郎开车驶出办事处，天色阴沉沉的，要下雪的样子。这次他没有到大桥上的杂货市场，那里大都是亚裔，而且都是做小生意的。他要到稍远一些的工业区去转转。以他对苏联的了解，眼下苏联底层工人的生活都很窘迫，而他们很多人都有一定的机械维修方面的技术和经验，如果给他们一点钱，他们还是很乐意为你服务的。

松谷一郎开着车沿着托姆河向西行驶，绕过和郭久峰见面的杂货市场桥头再向北，就是基洛夫斯基区，那里有轴承厂和家具厂。待他将车开到轴承厂旁时，发现厂区里冷冷清清，烟囱也没冒烟，这才想起今天是圣诞节的第二天，工厂放假。于是，他寻思一下，驾车驶向了火车站。

松谷一郎将车远远地停在彼得保罗教堂附近，徒步走到火车站广场。此时天空下起雪来，而且越下越大，很快天地之间已是白茫茫一片了。他把帽檐压得很低，竖起大衣领子遮去他半张脸。松谷一郎直接走进候车室,他一边拍打身上的雪,一边对候车室内的情况进行观察,发现候车大厅内的两个立柱上分别贴着一张纸,走近一看,竟然是一张捉拿杀人犯的缉捕令,上面还用素描画了一张人头像,从文字描述来看,他知道缉捕的不是别人,正是采参人郭久峰。缉捕令上还说,提供有价值线索者赏黄金 10 两。但画像画得并不很像郭久峰。

"还有赏金呢。"在松谷一郎身边站着的一个浑身脏兮兮、长着一双长腿的大个子苏联人,看着缉捕令自言自语道。

"是呀,还不少呢。"松谷一郎点上一支烟,看似很随意地用俄语接过对方的话茬说道。他拿不准这人是不是苏联人,因为阿塞拜疆人和哈萨克人也讲俄语。

"10 两黄金,够我们全家吃半年的了。先生,能给我一支烟吗?"这个长腿男人弯下腰对松谷一郎说。

"你是当地人吗?"松谷一郎仰头看着对方问,同时抽出一支烟递过去。他感觉这个人身高至少有两米,身高只有一米六的松谷一郎还不到他的肩头。

"我是哈萨克人。"对方接过烟并不急着点燃,而是放在鼻子下面闻了闻,然后夹在耳朵上,"先生,你的烟盒里还有很多烟,能再给我一根吗?"哈萨克男人毫不客气地向松谷一郎摊开蒲扇般的手掌,说。松谷一郎笑笑,直接给了他两根,并抖抖烟盒,示意烟盒里的烟已经不多了。

哈萨克男人接过两支烟,一支娴熟地叼在嘴上,一支夹在另一只耳朵上。"你在哪工作?"松谷一郎举着手给他点燃烟,问道。"早就没工作了,原来在家具厂开车,工资太低,还管得很严,一点不自由,就到车站帮旅客扛包来了。没办法,家里还有老婆和三个孩子需要养活。"哈萨克男人说着,一大口吸掉半支烟。

"你见过缉捕令上的那个人吗?"

"没有,你们东方人都长得很像。你是朝鲜人吧?做什么生意?"

"不,我是中国人。在莫斯科做茶叶生意。到托木斯克来办点事。"

"哦,托木斯克也有很多中国人开的茶室,但生意好像不怎么好。"

"是,在莫斯科也一样。"

两个人站在火车站候车大厅的一个角落里靠着墙有一搭没一搭地闲聊着,缕缕烟雾笼罩着两张迥异的脸,看起来很是滑稽。

其实,松谷一郎的脑子里正在急速旋转,想着怎么才能使自己的计划制定得天衣无缝。

"你每天都到火车站来吗?"松谷一郎突然问。

"不一定,如果今天挣得多些,我会隔天来,喝了酒就不想干活了。"哈萨克男人下意识地打了个哈欠。

"我有个活你想干吗?报酬不错的,我保证你扛半年的包也挣不了那么多。"松谷一郎压低声音说。

"什么活？我干！"哈萨克男人扔掉手里的烟头，低头睁大眼睛望着松谷一郎，急切地问。他觉得眼前这个矮小的东方人还算诚实，并不会骗他。

松谷一郎嘴角露出一丝不易察觉的笑，低下头看着对方的脚，问："你穿多大的鞋？"

哈萨克男人有点发蒙，很夸张地睁大一双褐色鹰眼望着松谷一郎，同时抬了下脚，说："45码的呀。"

"好，你要想挣这笔钱，三天后的下午咱们在伊古缅公园见。千万记住，这事你对谁也不要说，说出去钱就跑了。"松谷一郎很认真地说，"我可不是跟你开玩笑。"

"先生，你准备给我换双新鞋吗？"哈萨克男人疑惑地问。

"到时候你就知道了。我还有事先走了，再见！"松谷一郎把手里的烟蒂在鞋底拧灭，扔进不远处的垃圾桶里，向哈萨克男人轻轻点了下头，裹紧大衣向候车大厅的大门外走去。

"先生，再见！"哈萨克男人向松谷一郎的背影喊道，但松谷一郎好像没有听见。

伊古缅公园是托木斯克市较偏远的公园，平时游人很少。这也是松谷一郎约哈萨克男人到这里见面的原因。此前，松谷一郎只是开车路过这里，并没有进过园内。

这三天，松谷一郎很忙碌，他请办事处门卫安德烈帮他买了一双大号翻毛大头鞋，他自己则购置了胶水和一些修鞋的必要工具,就躲在自己的房间两天没有出屋。

松谷一郎背着一只中式旅行包走进伊古缅公园大门时,远远就看到那个高高的身影在前面的树林间晃荡,显然哈萨克男人已经到了,正在公园里找他。他没有急于上前打招呼,而是跟在后面一直走到公园深处,见四周无人,才有意咳嗽了一声,哈萨克男人回过头看见了他,就甩开一双长腿奔了过来。他们在一条长椅上坐下来,松谷一郎从旅行包里拿出一双崭新的翻毛大头鞋让哈萨克男人试穿,大小还算合适。哈萨克男人穿着新鞋一边孩子似的兴奋地来回走动,一边不解地问:"干什么活还要穿新鞋呢?是准备让我当伴郎吗?再有一套新衣服才行。"说着自己先笑起来了。

"事成之后,你买十套新衣服都不是问题。"松谷一郎让哈萨克男人把新鞋换下来,然后表情严肃地说:"我有个仇人在托木斯克,也是中国人,住在普希金街18号院……"哈萨克男人听着听着神情紧张起来,松谷一郎从怀里掏出一个沉甸甸的长条纸包交给哈萨克男人,说:"这是10两黄金,你先收着,照我说的去做,事成之后,还有20两给你。"

哈萨克男人直直地盯着两根金灿灿的金条,两眼放着光,好半天才缓过神来,连声说:"是,先生,我一定会照你说的去做。做完了真的还有二十两吗?"

"当然,请你放心,我们中国人说一不二。"

进入一月中旬，天气愈加寒冷起来，来自贝加尔湖的寒流一阵紧过一阵，这几天托木斯克夜里的最低气温达到了零下40多摄氏度，即使白天街上的行人也少了很多。

这天上午，普希金街上走来一个扛着管钳工具包的大个子哈萨克男人，他挨家挨户敲门，说是市政房屋管理局的维修工，要为住户免费维修水管。这名维修工在16号院里大声用俄语和房主议论冬季水管如果不及时维修就容易被冻爆裂，还登上16号院的屋顶对水管的保温层进行了简单维修。临近中午，维修工离开16号院，敲响了旁边的18号院的铁门，站岗的苏联士兵其实刚才已经听到了这位维修工与16号房主的对话，并且看见他登上了屋顶，于是对这位维修工并没有产生太多怀疑，他们高度警惕和重点防范的是形迹不轨的东方人。但他们还是对这位维修工进行了例行搜身，检查了他工具包里的工具后，就容许他进入了18号院。

午饭后，散步还没溜达够，刘振东将军就被哨兵请回了房间，说已经15分钟了。意犹未尽的刘振东无奈地苦笑一下，对身边的警卫员说，这些苏联人真够死板的。回到房间，他在床上躺了一会儿。其实他根本睡不着，进入苏联已经一个多月了，关于国内抗日形势特别是东北抗日救国军的情况情报寥寥无几，何时回国苏方也一直没有确切安排，这让身为司令员的他很是不安。此时，躺在床上的刘振东正想着是否在春节前派人潜入国内探听一下情况,这时,头上的屋顶突然传来一阵明显的响动,他马上警觉起来,喊来副官问道:"什么人在房顶上面?"副官回答说:"是房屋管理局来的维修工在检修自来水管道呢。""维修工?"刘振东略一思忖,大声说道,"不对!这可不是检修工,你听他的脚步多重,像头牛似的,把屋顶的洋铁皮踩得像打雷!哪有这么不专业的维修工,马上给我弄下来。"副官一惊,带着警卫冲出屋外,对着屋顶天窗里的维修工喊道:"别修了,快下来!"

此时,假扮维修工的哈萨克男人刚刚将藏在鞋跟里的两颗袖珍定时炸弹安置好,正要调准爆炸时间,忽然听见下面有人向他大喊,马上意识到自己已经被发觉了,他灵机一动,抓起两个还没来得及定时的炸弹,随手从屋后的另一扇天窗扔了出去。

人高马大的"维修工"吃力地从狭小的天窗爬出来,被带到刘振东将军面前,警卫人员搜遍了他的全身也没有发现任何可疑的东西,又爬到屋顶仔细检查了一番,也没有发现什么异样。刘振东将军只好命令副官把这个"维修工"送到苏联刑侦局关押待查。

按照事先约定,下午4点前哈萨克男人要与松谷一郎在伊古缅公园见面,汇报"维修"情况,如果一切顺利,松谷一郎就可以在夜里10点,听到从普希金街传来的两声巨响。

松谷一郎躲在公园里一棵大树后面,暗中观察进入公园的游人。他之所以把自己隐藏起来，是怕哈萨克男人如果被抓获后供出他，并带着化装的苏方侦缉队的人来到约定会面的公园抓捕自己。松谷一郎在寒风中一直等到下午5点，也没有见到哈萨克男人的身影，见天色已晚，他暗自长叹一声，独自走出了公园。

不过，松谷一郎还抱有一线希望，但夜里10点他没有听到那两声巨响，他听到的只有隔壁横野主任有节奏的鼾声。

五

如果说前三次刺杀行动接连失败是归罪于自己运气不好的话，那这一次老天爷应该眷顾他了。三次刺杀都未能成功，令松谷一郎心情沉重，值得庆幸的是至今苏方还没有发现他，换句话说，他还没有暴露自己的身份和相貌。但他知道不能再拖下去了，来托木斯克快两个月了，屡次行动均告失败，这让他不仅沮丧，更多的是来自内心的愧疚，如果刘振东将军安全离开托木斯克，他将无颜回伪满洲国首都新京（长春），无法面对武藤司令官，也对不起武藤司令官的信任。昨天横野主任偷偷交给他一封密电，那是关东军司令部发来的，有情报称，刘振东一行已经准备下个月由新疆取道回国。这一情报可信度很高，一向沉稳的松谷一郎不免焦虑起来，对他来说，此次刺杀行动已经进入倒计时。

这一天，松谷一郎一夜未眠，窗外的月光很好，借着白雪的映衬，缕缕清光投入窗棂，一切是那么宁静安详。然而此时，松谷一郎的内心却充满沉沉的焦虑，他神情凝重，在房间里走来走去。他思来想去，最后决定再次亲自出马。他知道那个哈萨克男人十有八九已经被苏方抓获，也一定供出了自己，好在和采参人郭久峰一样，这个哈萨克大个子男人可以提供给苏方的除了受一个自称中国人的矮个男人的指使外，没有更多关于他这个幕后指使者的信息，但有一点可以肯定，那就是苏方已经开始注意一个矮个东方人了。

说是亲自出马，其实松谷一郎还是找了一个帮手。他驱车来到大桥上的市场。这些天来，他外出不再徒步，除了因为天太冷之外，他早已意识到自己的外貌已经引起苏方侦缉人员的注意。他将车停在桥头，向四周观察了一会儿后，才不紧不慢地下了车。桥上商贩比上次更少了，他依稀记得上次这里有个贩卖活鹰的苏联人，如果这个人还在，他就决定买一只活鹰。

在桥的另一头，松谷一郎看见了那个卖鹰人和地上装鹰的木笼子。一共三只，都是那种在苏联西伯利亚地区常见的灰面鹰。为了证明自己的鹰是受过训练的，卖鹰人特意把一只鹰放出笼子，让它飞出去好远，然后在手腕上戴上牛皮制作的皮套袖，将食指弯曲着含在嘴里打了一声长长的呼哨，只见那只在空中盘旋的鹰箭一般一个俯冲，带着呼啸声直冲下来，最后一收翅膀，稳稳地落在卖鹰人手臂上。松谷一郎挑了一只体型最大的，连鹰带笼子50卢布。

松谷一郎丝毫没有发觉此时有个人正盯着他。

拎着鹰笼子，松谷一郎走到桥头，把鹰笼子小心翼翼地放在车子的后座上，然后掉过车头向列宁大街方向驶去，在街边一家粮店，他买了两斤高粱。和每次回办事处一样，松谷一郎故意在市区绕了一个很大的圈，才匆匆将车开进办事处大院。正要外出的横野主任见他拎着个鹰笼子，不禁笑道："松谷君，很有雅兴呀！"

"哈，让主任见笑了，权当宠物养着，聊以慰藉而已。"松谷一郎向横野主任一躬身，把鹰笼子换了下手，匆匆回到自己房间去了。

此后几天，松谷一郎都带着这只鹰到托姆河边去，按照卖鹰人的样子训练一番。

这天，在房间里，松谷一郎先将那只灰面鹰用牛肉和高粱米喂得饱饱的，再让它好好休息了一个晚上。第二天吃过早饭，他将一枚定时炸弹捆在鹰的右腿上，然后把鹰右侧翅膀的羽毛剪去一部分，这样鹰飞起来就不会偏重而影响平衡。松谷一郎还专门换了一身浅灰色大衣。一切准备就绪，看时间差不多了，松谷一郎拎着鹰笼子开车驶出了办事处大门。

正午的托姆河银链般耀眼，河边的白桦林格外萧疏阒寂，北风渐紧，卷起一团团雪雾。松谷一郎一手拎着鹰笼子，一手扛着一捆柴禾，吃力地在林中抖瑟的枝条间穿行。快走到普希金街16号院后面的河边时，他停下来看了看风向，此时正刮西北风，风是从16号院向18号院方向吹。于是他将鹰笼子挂在树杈上，掏出怀表看了看，差3分钟12点，也就是说，刘振东将军马上就要出来散步。松谷一郎隐隐意识到这次可能是他最后的机会了，他爬上树用望远镜向18号院瞭望，很意外地一眼看见院子里有几个中国人在走动，虽然看得不是很清楚，但他觉得其中应该有刘振东将军。于是他从树上下来，把老鹰放出笼子，拨准定时炸弹时间，然后朝着顺风方向将老鹰抛向空中。哪知道，这只翅膀被剪了羽毛的老鹰，自己难以控制方向，斜着飞到了18号院里的一棵树上，并没有按照预想的落到地面。如果炸弹在树上爆炸，是不会对刘振东将军造成任何损伤的。眼看马上就要到定好的爆炸时间，松谷一郎迅速从柴禾捆里抽出枪，向树上的老鹰打了一枪，看见中弹的鹰徐徐下落，松谷一郎的心也像石头一样落了地。

正当他等待那一声巨大的爆炸声在18号院里响起的时候，随着身后一声枪响，他手中的枪也一下摔落在地，鲜红的血顺着袖口滴落在雪地上。与此同时，从周围的树丛中一下冲上来十几个苏联士兵，松谷一郎马上意识到自己中了埋伏，他迅速掏出腰间的匕首刺向自己的腹部，因大衣太厚刺得并不深，于是他低头去吞衣领上的毒丸，哪知脖子上的围巾来不及解掉，他的嘴没办法很快找到那粒藏在衣领后面的毒丸，就在他抬起那只没有受伤的手去扯脖子上的围巾时，双手已被扑上来的苏联士兵控制。这时，不远处的18号院里突然传来一声爆炸声，被按在雪地上的松谷一郎哈哈大笑起来。

这枚捆绑在老鹰腿部的定时炸弹威力巨大，炸毁了院子角上的一栋平房，但没有伤到任何人。原来，那只老鹰被松谷一郎击伤后从树上掉落下来，正在院子里散步的刘振东将军和两个警卫员不知有诈，以为院子后面的河边有人打猎，正要上前去抓那只受伤的老鹰，谁知那只老鹰气性很大，挣扎着往院子一角扑腾出十几米，就在这时炸弹响了，由于距离较远，刘振东将军毫发无损。

日本关东军司令官武藤信义得知自己亲选的特工松谷一郎，不但没有完成谋杀刘振东的任务，而且还被苏军当场活捉，大为震怒，称这是关东军的巨大耻辱，丢尽了大日本帝国的脸面。

在托木斯克市侦缉处关押了一周后，松谷一郎被军方移交给托木斯克地方法院审理。松谷一郎认为，武藤司令官和日本军方一定会通过外交途径解救他，他觉得这对关东军来说，不算什么难事。直到一个月后，他被托木斯克法院以"谋杀未遂罪"判处有期徒刑10年，并押往西伯利亚采木场服刑时，他彻底绝望了。正式服刑的第三天，松谷一郎在采木场拉运木材的小火车下卧轨自杀未遂，被压断了左腿，伤愈后在采木场当了伙夫。

刑满后他拒绝遣返回国，留在了苏联并娶妻生子。由于当时苏联方面不想过多刺激日方，并没有在官方媒体报道此事，日本方面也极力掩盖，所以此谋杀事件鲜为人知。

后记：刘振东将军于1933年4月经莫斯科取道欧洲回国。

地下 600 米

一

长途客车从农场驶入萝北县地界，阴沉的天空开始飘起了雪花，先是星星点点，很快就纷纷扬扬起来。客车到达佳木斯时，天完全黑了，比正常时间晚点一个半小时，不然我们下午 3 点半就到了。

我和李山东下了长途客车，赶到对面的火车站时，售票大厅里几个售票窗口已经排起了长队。我们在人堆里挤呀挤的，排到窗口时，李山东突然发现身上的钱包不见了。我说："你好好找找，兴许放错兜了。"李山东神色慌乱，抖着手从内衣兜翻到外衣兜，他翻完一遍，我再帮他翻一遍，除了外衣兜里的十几块零花钱还在外，放在裤兜里的钱包不翼而飞，只是裤腰的侧面无端地出现一个三寸多长的大口子。"操，让人偷了，250多块钱都没了！"李山东沮丧地看着裤子上被割开的大口子说。他不能确定是在客车上让人偷的，还是刚才在售票口挤的时候被贼割的。我看见他眼里有泪花在打转转。要知道，对一个农场普通职工来说，200多块钱，可不是个小数目呀！我连忙安慰他："没事，我这还有100多块钱呢，够买两张去寒城的车票了。"

买好去寒城的火车票，离开车时间还有40分钟，也就是说，坐了近5个小时的长途汽车，早已饥肠辘辘的我们可以有足够的时间消停地吃顿晚饭。在火车站广场东侧一家小酒馆里，我俩赌气似的点了一盘油炸花生米和一个鸡蛋炒辣椒，每人半斤小烧，还颇奢侈地喝了两瓶啤酒。李山东显然还没有从丢钱包的阴影中走出来，情绪低落，耷拉着眼皮，喝酒下口很大，上火车时，我们都有些微醺了。数了数，俩人身上的钱加一起还剩8块6毛。

来的时候，李山东对我说："我有个表哥在寒城，那里有煤矿，挺挣钱的，干俩月比种两垧地挣得多。"说这话时，他一脸志在必得，好像那钱就摆在前面等着他拿呢。

"下煤窑？可是拿命换钱哪！"我有些担忧。

"放心，咱要干就去国营大矿，我表哥有人，一句话的事。小煤窑咱说啥不能去。"那口气好像寒城的所有煤矿都是他表哥家开的。

确切地说，我们去的不是寒城，而是距离寒城十几公里外的一个叫兰岭的地方。火车到达兰岭的时候，已是夜半时分，火车把我们卸下后就继续向东，消失在茫茫夜色中。

兰岭是哈牡线上一个极小的小村，不足百户人家，静谧地卧在山窝里。此时，我们站在冷清的站台上，环顾四周，深秋的冷风下，除了远处几点灯光，便是夜幕下黑幽幽的绵延群山。

我俩挎着背包，来到亮着灯光的站台值班室，里面有几个人正在打麻将，炉火生得很旺。一打听，其中有一个人竟认识李山东的表哥张发达，这样我们被允许进了值班室。那人说，发达家住在山腰上，这么晚了黑灯瞎火不好走，等天亮了再去吧。于是在哗啦哗啦的麻将声中熬到了天明。

李山东的表哥张发达家住在一个小山坡上，单独的一个土院，院子里的马棚里拴着两匹马。

"年根了，人家大矿不招临时工，要干只能去镇上小煤窑。"张发达说。张发达显然对我们的到来有些准备不足。李山东看看我，我看看他。此时，我们就这样打道回府是不可能的，我俩身上的钱加一起不够买一张回程的车票，更不可能一见面就张嘴借钱，那是很丢面子的事。

张发达家只有一间卧室，虽然是南北炕，但除了夫妻外，家里还有老母和两个刚上学的女孩儿，一个叫大妞，一个叫二妞。家里突然住进两个大男人，彼此都觉得不方便。住了两天后，张发达把我们带到镇上的小煤窑。张发达每年农闲时，也到矿上干上一阵子,打打零工,和矿上的人都比较熟。一个姓吴的副矿长上下打量着我们,说:"能干得了吗?"

"没事,能干了,能干了。"我和李山东齐声回答,语气坚定。但吴副矿长还是看出我们面部流露出的犹疑之色,接着说道:"眼看到年根了,本来是不想再用人的,但看发达的面子,先试用一个星期吧,如果吃不消我也不留你们。"这个吴副矿长很会做顺水人情。

这是一个由私人承包的小煤窑,有三十几个工人,分三个班,一天24小时三班倒,一个星期轮一回。我和李山东分在二班,班长是一个30多岁姓陈的河南汉子。简单做一下登记,陈班子让人带我们领了安全帽和矿灯,当天下午我们就下井了。

此前我一直幼稚地认为矿井像村里的水井一样是直上直下的,现在才知道是斜坡的。全班人员在井口坐上一辆由两根油丝绳拉动的矿车,车小人多,只好蹲着挤在一起,胆大的直接就站在矿车的牵引杆上。矿车呈45度角开始向地下深处滑行,瞬间就陷入一片黑暗,耳边只有矿车隆隆的行驶声,让人不由紧张起来。十几分钟后,矿车终于停了下来,在矿灯的照射下,坑道里满是一汪汪的积水,还弥漫着浓浓的煤尘气味。坑道两边的坑壁用柞树和桦树等杂木支撑着,由于常年潮湿,有的撑木上生出了一堆堆不知名的菌类。

"这井有多深?"我故作镇静地问陈班长。

"600多米。最深还有800多米的,下了井就是天王老子也得听天由命。"陈班长看也不看我，一边查看煤层寻找爆破点，一边像是自言自语。

我从未想象过地下 600 米是个什么景象，有生以来我最深只下过 5 米深的菜窖。但看到工友们一路说说笑笑打打闹闹开着荤素玩笑，我的心也渐渐安顿下来。冬季的井下温度在 8 摄氏度左右，与地上零下 30 多摄氏度的气温形成巨大反差，单衣单裤，干起活来，一会儿工夫就汗流浃背。昏黄的灯光下，可以看见亮晶晶的煤尘浓雾一般在眼前飞舞，无孔不入地依附在人的脸上和身上，和汗水混在一起。

班长见我年轻灵活，安排我干些看似简单的零活。我的主要工作是每天上班前到仓库领取炸药和雷管，然后在井下掌子面打炮泥。所谓炮泥，就是在煤层与岩石之间，一种淡黄色的黏度很高的胶泥，用铁钎抠出来，再用手捏成擀面杖粗细的条状，然后塞进已经放好炸药的炮眼里。待炮眼用胶泥封好后，班长口哨一响，大家迅速散开，班长就摇动电子起爆器，这 600 多米地下就会响起巨大的爆炸声，被炸开的煤层像瀑布一样倾泻到坑道里。再用人工一锹锹装上矿车后，按下电子铃，地面上的人就会将绞车启动，将满载的矿车拉上地面。如果运气好，一炮下来就能有几十吨的煤，要是运气不好，放三炮都不如放一炮下的煤多。每个班每天炸药和雷管的使用量都进入了费用成本，每天的出煤量决定着每个人的工资收入。

来得匆忙，我和李山东都没带行李，只好穿着衣服戴着帽子睡觉，没有枕头，我找了块砖头再盖上一块纸壳，就这样过了一个多月。后来，热情的张发达在自家仓房里翻出了一个被老鼠啃得千疮百孔的破棉被给了我们，旧是旧了点，总比没有强。盖了几天后，我在叠被时抖落出几只干瘪的死老鼠。有很长时间我的脸是基本不洗的，其实，洗与不洗没什么区别。矿上用水要靠一台牛车到山下拉，水十分金贵，洗脸要几个人用一盆水，往往一张脸就把一盆水洗成黑泥浆。

很快进入了隆冬，每天下班一出井口，我们必须以最快速度猛跑，在最短时间内回到工棚，稍微慢一些，被汗水和泥水浸湿的衣裤就会被地面零下30摄氏度的寒风冻住，瞬间浑身上下都动弹不得了。

二

来自天南地北的矿工们，住在一间工棚里，南北两排大炕。在工友中，三班的老滕和我最亲近。老滕有40多岁年纪，是矿工中年龄最大的，据说是个老光棍，他个子矮小，嘴有些歪，说话结结巴巴，还有些哮喘，经常缩着脖子，呼吸声很大。可能是哮喘病的原因，老滕不吸烟，但爱喝酒，我经常看见他空闲的时候，一个人盘腿坐在自己的铺位上，就着一把花生米或一个咸鸭蛋，滋滋地喝着廉价的小烧，喝过的空酒瓶子摆满了窗台。"俺比不得你……你们年轻人，不喝点酒下井就……就浑身莫有气力呀。"老滕哆嗦着嘴唇说。有一点好，老滕喝多了从不闹事，只是话多，自顾自地叨叨咕咕不知说些啥。大伙都说他长得像《智取威虎山》里的滦平，于是叫他"小炉匠"。他得知我是第一次下煤窑，就主动上前和我搭话，说："俺也是你……你这个年纪下煤窑的，都20多年了。"然后很热心地比画着教我如何看煤层，什么地方胶泥多，怎样选择爆破点出煤多，怎样用雪水洗脸等。虽然半天说不出一句完整的话，但我还是很喜欢老实憨厚的老滕。"我要……要是高中毕业，才不干……干这活呢。"当老滕得知我是高中毕业生，语气充满惋惜，连连说可惜了，可惜了。我问他："你上过几年学？""俺只上过小……小学。"声音低低地，像是怕别人听见似的。

可能脾气好，又长得矮小，老滕经常受工友们的欺负，在工棚里，老滕成了大伙儿的用人，烧炕、点炉子、扫地什么的都是他干。老滕像是个受气的小媳妇，谁都可以指使他，他也从不计较。一个叫大周的人，不但指使老滕干活，还把欺负老滕当成了日常消遣。大周与老滕住对面，而且在一个班，大周是本地人，不到30岁的样子，人高马大，脾气暴躁，矿上的人都怕他三分，轻易不敢招惹他。大周的铺位是用胶合板隔开的单间，要占两个人的面积，除了他自己，谁也不敢靠近。大周欺负老滕从来不需要理由，也不找借口，是完全依着性子来的那种，对老滕非打即骂，老滕稍有反抗，他就大打出手。瘦小的老滕在身体壮硕的大周面前就像一只小鸡。我经常看见大周把老滕按在炕上,用东西使劲敲他的脑袋,一边打一边问他服不服,大伙儿见了既不拉也不劝,见怪不怪习以为常了。

元旦这天,矿主开恩,破天荒在萝卜汤里放了肉,要知道,工友们已经快两个月没有见到荤腥了,有的人腿已经浮肿得像大象腿了。那天的肉肥,切得有麻将牌大小,白花花、颤悠悠的,如刚出锅的大豆腐,冒着诱人的香气。工友们眼冒金光,如饿狼扑食般拥向饭盆,老滕也夹在人群中,因为个小,被挤得东倒西歪,只抢到了两块肉。大周见老滕也来吃肉,就说"你有什么资格吃肉",一下把老滕抢到碗里的肉扒拉到地上。老滕急眼了,一反常态地进行了反击,和大周扭打起来,撞翻了那盆带肉的萝卜汤,两人在地上的泥水里滚成了泥猴。老滕异常愤怒的反抗让平时高傲的大周在众人面前丢了面子,他恼羞成怒,一股猛劲把老滕按在身下,抓起地上的扫把猛击老滕的脸和头部,把扫把都打散花了。这时终于有人上来拉架了,我趁乱上前猛踢了大周后腰两脚,李山东一下拉住我,警告我别管闲事。

鼻青脸肿的老滕在炕上躺了好几天,那几天都是我为他打饭。

有一天,吃晚饭的时候,大周突然问我:"那天是不是你踢的我?"眼神凶凶的。我把手里的碗放在炕沿上,双手抱在胸前,说:"是我踢的,你想咋的?"我们相互死死盯着对方。来矿上两个多月了,我和大周几乎没说过话,我的到来似乎对他产生了某种威胁,我们之间隐隐地弥漫着与生俱来的敌意气息。此时,面对两个年轻人充满火药味的对峙,没人敢上前说半句话,空气仿佛都凝固了。双方僵持了半天,大周只好自找台阶,说:"老弟,你刚来,我不跟你一般见识,你等着。"我回以一笑:"好,我等着。"事后,李山东紧张地对我说:"出门在外,你可忍着点,别惹事呀!"

为防备大周报复,我利用去寒城市里购物的机会,特意买了一把俄式军用弹簧刀,天天别在裤腰带里。

临近春节,矿上开了工资,有人开始张罗回家过年了。我和李山东特意请了假,准备到寒城卖件羽绒服,再给家人带点年货。吃完早饭,我揣着刚发的126元工资,到山下临时站点等车。每天上午9点左右,有一趟由七台河到寒城的长途客车经过这里。走到路口的时候,远远看见老滕也在那里等车,他老远就向我喊:"小刘,你……你也去寒城吗?"我说是。"那你帮俺买……买个热水袋吧,俺就……就不去了,怪冷的。"说着就要掏钱。我拦住他说:"不用,我这有钱,回来再说。"老滕盯着我看了一会儿,努着嘴欲言又止的样子。我说:"你还有啥事?我一起给你办了。"他犹豫了一下,颤巍巍地从怀里掏出一个黄皮信封交给我,有些不好意思地说:"你再帮俺寄封信吧。"我不禁好奇,小学都没念完的老滕,竟然还会写信。我看信封上的字竟然写得还挺工整,收信人的名字叫赵翠花。我问:"赵翠花是你啥人呀?"老滕那张粗糙的老脸一下红了,说:"照片你看过的。"我一下想起来了,有一天矿上维修电路,放假一天,难得清闲,大伙儿都聚在工棚里打扑克,只有老滕独自躲在自己的铺位上翻弄着一个小本本,我悄悄靠过去,全神贯注的老滕全然不觉。那小本本脏兮兮的,巴掌大小,老滕从小本本的塑料封皮的夹层里,小心翼翼地拿出一张只有一寸的黑白照片来,静静地看着,照片上的女人模样有些模糊,好像还扎着两根羊角小辫。"这女的是谁?"吓了老滕一跳,他很快收起照片,说:"莫嚷嚷,莫嚷嚷。"看他紧张的样子,我也就没再追问。现在到年根了,老滕托我寄的这封信就是给照片上这个女人吧。老滕和这个女人之间是什么关系呢?老滕始终没有说明,我也没再追问。收好信后,我随口问他:"你啥时回家过年?"他有些尴尬地笑笑,下意识地搓着两只粗糙的黑手说:"家,俺没家,到哪,哪就是家。"

三

从寒城市里回到矿上时,天已经黑了,老滕他们三班是夜班,此时已经下井。我把帮老滕买的热水袋放在他的铺位上,就铺开自己的被子准备休息。在市里逛了大半天,挺累的,明天还要起早下井。脱衣服的时候,我一下愣住了,发现衣兜里那封老滕的信还在,我懊悔地一拍大腿,这扯不扯,怎么忘寄了呢?但事已至此,估计信里也没有什么要紧事,看看明天谁去寒城再寄出去吧。

第二天一大早,和往常一样,工友们照例早早爬起来准备下井,早饭吃完了,可当晚作业的三班一个人也没回来。正常情况下,他们下班我们才能上班。正当疑惑时,陈班长拖着一身寒气从外面回来了,他表情异常紧张,说话声音有些哆嗦:"昨晚井下出事了,今天先不能下井。""出什么事了?"大家都很奇怪。陈班长突然严厉地说:"别瞎打听。""是瓦斯爆炸,还是坑道塌方?还是发生别的什么事?"我们开始紧张起来,纷纷穿上衣服跑到井口去看。这时,井口已经围了很多人,我只认识吴副矿长,此时他铁青着脸,呆望着烟雾蒙蒙的井口,一言不发。在人群里,没有看到当晚作业的三班的人。我想靠近井口去看究竟,被把守井口的矿上保安队的人粗暴地挡了回来,说是在等市里的专业救援队。站了一会儿,挺冷的,我们就跑回工棚。中午,陈班长告诉我们,要回家的可以提前走。

归心似箭,工友们已顾不了许多,第二天一大早,扛着大包小包,陆陆续续奔向通往山下的小路,像是一群逃荒的难民。临走时,我把老滕那封没有寄出的信交给了陈班长,让他见到老滕交给他。

回到家不久,我给李山东的表哥张发达写了封信,除了对他给予我们的帮助和照顾表示感谢之外,还专门问了那天事故发生的具体情况。一个多月后,终于收到张发达的回信,他说关于那场事故最后是听吴副矿长私下里说的,因为事故发生后,逃出来的人都被隔离了,并很快各自回了家,再也没有回到矿上,所以知道真相的人很少。信写得很长,也很潦草,但还是从中了解到那场事故发生的大致经过——

据说,那天三班下井后,先放了两炮,没出多少煤,就决定下班前再放一炮,并多加了两管炸药。没想到这一炮威力巨大,震裂了坑道顶部的一块巨石,在巨石移动下沉的重压下,坑道的顶木像煮熟的面条一样扭动起来,并发出瘆人的吱吱呻吟声。三班班长大喊一声:"不好,快跑——"全班九个人一起向停在前面的矿车跑,跑着跑着,班长发现在最里面掌子面的大周没有跟上来,就对副班长说:"你先领他们先走,我回去看看。"这时老滕从人堆里钻出来,磕磕巴巴地说:"班长,你……你矿灯快不亮了,还……还是俺去吧。"没等班长反应过来,老滕矮小的身影已经消失在昏暗的坑道里。

三班班长领着几个人刚刚跑到矿车跟前,身后就传来一声轰雷般的闷响,一股巨大气浪排山倒海般冲向井口,浓重的烟尘瞬间淹没了整个坑道。几个人在地上抱着头趴了半个多小时,浓烟才渐渐淡去。大伙儿开始你一声我一声地向坑道深处喊,"大周——""老滕——"喊着喊着,坑道里出现一个人影,大伙儿一起迎了上去,是大周!见有人来了,大周一下瘫倒在地上,大伙儿忙上前去拉,借着头上微弱的灯光,发现他的右手掌只剩下半截,血像小溪一样流着。三班班长急忙脱下自己的外衣,将大周的右手裹成一团大包,对大伙儿说:"你们先扶大周上去,我回去看看老滕。"

三班班长往回走了不足百米,就再也走不了了。整个坑道被塌落的巨石完全堵死,它们像面目狰狞的巨兽发出阵阵狞笑。三班班长大喊一声"老滕——",就跪在巨石堆面前大哭起来。

据死里逃生的大周讲,他根本没有看见老滕,当时他扶着坑道壁往外跑的时候,手掌被坑道壁上扭动的顶木间缝隙死死挤住,不能动弹,眼见头顶的石块纷纷坠落,突然看见旁边的坑道壁上挂着一把应急用的斧子,情急之下,用另一只手拿起斧子砍下了自己的右手,才逃了出来。

不知为什么,我对大周的说法始终心存怀疑。我在给张发达的回信中问,老滕的尸首最后找到了吗?他回信说,找到了,三班班长和几个工友最后把老滕的遗体和破被褥等遗物弄到一起,在林边山脚下用碎石埋了,又找了一块破木板当墓碑,算是一个冢吧。

我回信说,开春的时候,你替我在老滕的墓前放几支野花吧,但始终没有收到张发达的回信。

四

和30多年前一样,列车到达兰岭也是午夜时分。重返这个叫兰岭的地方,对我来说看似一时冲动,其实蓄谋已久。十天的年假原本计划和妻儿一起到大连旅游,我的爽约令家人很不愉快。

时间是2016年9月20日,我不知道为什么要选这个季节来到兰岭。

时过境迁,眼前的兰岭已是一个很热闹的小镇了。在车站旁边找了一家小旅店住下,老板娘看着我的身份证,一边登记一边问:"你是省城来的呀,听说前几天省城下冰雹涨大水了,把车都冲跑了,是真的吗?吓死人了。"我说是真的。接着我问她:"你认识张发达吗?"问完就觉得白问了,因为眼前这个老板娘估计不到40岁,张发达如果活着至少70多岁了,她认识的可能性不大。不料,老板娘突然停下手中正在登记的笔,抬起头惊讶地问:"你问谁?""张发达,他家原来就在对面的半山腰上住,你认识他吗?"老板娘定定地看着我:"你怎么认识他?他是我爹,我爹就叫张发达。"我说:"那你是大姐还是二姐?"其实,我对大姐二姐基本没有印象,只隐约知道她们的小名。老板娘眼睛瞪得更大了,大得很夸张:"我是大姐,你是谁呀?你咋认识我爹呀?"我说:"30年前我在你家住过。"于是我把来龙去脉大致讲了一遍,大姐想了想说:"我有点印象,我表叔是领过一个人在我家住过,那时候我刚上小学呢。"我说:"是呀,一转眼都30多年了。""您没吃饭吧,我给您下碗面条吧,再打两个荷包蛋。哎呀妈呀,太巧了!"我问:"你爹还好吗?那几年我们还一直通信呢。"大姐一边在厨房忙碌,一边告诉我说:"我爹回山东老家十多年了,现在全家就我一个人在兰岭。没办法，结婚在这，走不了了。"

大妞是个手把很利落的女人，很快就把一碗香喷喷的面条摆在我面前，我也就不客气地吃起来。"你认识一个叫大周的人吗？"既然张发达不在兰岭了，我只能找大周了，如果大周也找不到，我再找吴矿长，总之，不能虚了此行。

"大周？叫周什么？"大妞想了半天也没想起来大周是谁。其实，大周的大名我也记不起来了，甚至我压根就不知道。

第二天，我开始到处打听大周的下落，有人说："你找的是周半手吧，他年轻时候就下过煤窑子，丢了半个手，现在岁数大了干不动了，整天在镇上闲逛，刚才还看见他在街上溜达呢。"我感觉人们说的那个周半手就是大周，只要他还在小小的兰岭，我就会找到他。

找到大周是我到兰岭的第三天。

那天，我在街上见到一个身材高大又有些驼背的老年男人，他的右手始终放在衣服兜里，步履有些蹒跚。我偷偷跟着他走进一家小酒馆，他点一个尖椒干豆腐，就独自喝起了酒。我仔细观察了一会儿这个人，看模样有70岁了，满脸皱纹如壑，两鬓完全白了，但眉宇间有些似曾相识。如果是大周，至少比实际年龄大10岁。毕竟30多年了，我还不敢确定他就是大周。我走过去，在他对面坐下来，他似乎没有发现我的存在，只顾自斟自酌，而且下口很大。"大哥，如果我没认错，你是大周吧？"我怕再这样等下去，他很快会喝醉。他惊异地抬起蒙眬的醉眼看着我，反问道："你是谁呀？""我姓刘。""姓刘？"我们相互对视着好一会儿，片刻，他突然避开我的眼睛低下头，说："哦，我知道你是谁了。"我说："知道就好，讲讲30多年前那天的事吧。我想知道老滕是怎么死的，我想知道真相。如果你还是个男人，希望能说真话。"

"看来还真是你，好吧，我给你倒杯酒，你边喝我边说给你听。我已经憋了很久了，这些年没有人再问过我老滕的事，本来我可以离开兰岭，到一个谁也找不到的地方，但不知道为什么我还在这。既然你来了，我必须讲。"大周颤抖着那只独手为我倒满酒，我让服务员又上了一盘鱼香肉丝。于是，大周就讲起了那天发生的事——

"当时我的整个手掌被两根顶木死死挤住不能动弹，只能等死了，我绝望地大喊：'来人哪，来人哪！'没想到老滕跑了过来，他向四周看看，找到一把修理轨道的旧斧头，对我说了句：'兄弟，你……你忍着点，俺……俺也是没办法。'说完，举起斧头向我被夹住的手掌狠狠砍了下去。我疼得大叫一声跌倒在地，老滕大喊一声'快跑'，随即拉起我。刚跑出两步，他却被石块绊倒了，就在倒下的一瞬间，他推了我一把，这时候，一声巨响，坑道顶整个坍塌下来，刚爬起的老滕瞬间被巨石吞没了。而我在他前面不到两米远，逃过了一劫。"

大周声泪俱下："我丢了半个手，却捡了一条命，是老滕把他的命给了我，我对不起老滕，我大周不是人哪！老滕呀，现在小刘来了，你让他狠狠打我一顿，再狠狠踢我，把我踢死得了吧！"大周一边呜呜哭，一边用独手扇自己的耳光，吓得周围的人都躲远远地看，不敢靠近。

我没有劝阻大周孩子似的哭闹，等他平静下来后，我问："那封信的事你知道吗？"大周说："我就知道你要问信的事。我在医院养伤的时候，你们二班的陈班长来看我，说老滕有封没有寄出去的信在他那里，不知道该怎么处理。我说：'交给矿上吧。'陈班长说：'我也这么想过，但矿上怕家属闹事，肯定会把信瞒下或毁掉。'我说：'老滕是我的救命恩人，你把信给我吧，我也许会为老滕做些什么。'陈班长想了想，说：'只好这样了。交给你，你打算怎么办？'我说我知道怎么办。"

大周一仰脖喝下半杯白酒，然后自己又倒满了。继续说道："我按照信上的地址找到河南商丘乡下，走进山坳里一个小村子，去找那个叫赵翠花的女人。"大周抓起桌上的餐巾纸擦了擦眼睛，说："没想到她十年前就死了。我是听她妹妹说的。赵翠花的妹妹得知我是替老滕来看她姐，情绪非常激动，态度很不友好，她说：'都是这个滕三害死了俺姐，他就是个大骗子，要不是他让俺姐等着他，俺姐早嫁人了，也不会疯掉，不疯掉咋能掉进鱼塘淹死？'我把那封信交给她，说：'我是老滕的工友，这是老滕给你姐的信，你替你姐收下吧。'赵翠花的妹妹一听更气了：'人都死了寄信还有什么用？他咋不自己来？'我说老滕不在了，赵翠花的妹妹似乎没有听懂，说：'不在了？他不是在东北挣大钱吗？'我告诉她说老滕在一次煤矿事故中死了，快 30 年了。赵翠花的妹妹听了愣了一下，接过那信看了看，眼泪就流下来了，语气也缓和下来：'唉，都是苦命人哪！邻村唐支书的儿子一直中意俺姐，几次托人提亲，俺姐死活不同意，俺爹就下手打了俺姐，后来俺姐就呆掉了，见人就傻笑，看不住就光着身子往外跑。俺终究不明白，俺姐虽然和滕三从小是同学，成天一起上学下学，但滕三家里那么穷，人又长成那个呆样，俺姐咋就一直傻等着他不嫁人呢？'我问：'老滕在这还有其他亲人吗？'赵翠花的妹妹说：'他哪还有什么亲人，从小爹娘就死了，是他爷把他拉扯大的，后来爷也死掉了，他开始在村里给人家放羊，吃住在羊圈边上的土屋里，俺姐还偷着给他送吃的呢。几年以后他就离开村子，说是去东北发财去了，俺姐一等就是十几年哪——明天俺就把信放到俺姐的坟头上去，让她自己看吧。'"

大周一口又干下半杯白酒，用手背擦了下嘴，接着说："我从河南回来后不久，赵翠花的妹妹用手机打来电话，告诉我一件很奇异的事情。她说，那天她把封信放在她姐姐的坟头，用大土块压着，可是没等她离开，那封信突然借着一股风，像一只巨大的蝴蝶，一下飞了起来，她撵出去半里路也没撵上，就这样看着它飘飘忽忽飞走了。"

秋分过后的天气已是寒意浓浓，山坡上一片片玉米和大豆已经泛黄，在秋风中发出瑟瑟声响。我跟在大周的后面，沿着山间小路向兰岭镇北的山里走去。我特意买了一瓶本地小烧、一袋花生米和三个咸鸭蛋，这些都是老滕爱吃的。

"我每年都要来老滕的墓地看看，"大周说，"我不能为老滕做些什么，只能常来看看他，薅薅草培培土。"

老滕的墓地在当年矿区的南坡下，周围是一片松树林，没有其他墓地，显得有些孤独，但在大周多年的培护下，并不荒凉。我望了望山坡上当年的矿区，一切已荡然无存，那里正生长着一片郁郁葱葱的松林。

"老滕呀，小弟不好意思呀，30多年了，今天才来看你。"我蹲在老滕坟前，把带来的东西一一摆好，打开了那瓶小烧，说，"本地小烧，你最爱喝的，喝点吧。真对不起呀，当年那封信我忘寄了，但大周已经交给赵翠花的妹妹了，她一定会收到的，你就放心吧。你是个英雄呀，好好安息吧。"我一边叨念一边把半瓶酒洒在老滕坟前，余下半瓶放在坟前的一块砖头上。

大周也把自己带的东西摆在老滕坟前，他带的是一些水果、饼干什么的。大周跪在老滕坟前，说着说着就又哭起来，一个劲说"对不起，我不是人"，还像在酒馆里那样扇自己嘴巴。看他又折腾个没完，我拉起他说："行了，都这么些年了，老滕早就原谅你了，谁还没有年轻犯浑的时候呢。"

天色已经不早，我还要乘坐当天下午的火车赶回省城。我向老滕坟头躬了躬身,说:"老滕呀,我明年还来看你,给你立个像样的大理石碑。"说着,转身向坡下走去。刚走出三两步,忽听身后传来一声轻微的闷响,回头看去,见那立在坟前的半瓶小烧突然倒在地上,清洌的酒水顺着山坡向我奔涌而来……

秘　密

我呀，叫杨满福，今年87岁。老话说，七十五、八十七，阎王不请自己去。这不，一进腊月，我这老慢支的毛病又犯了，胸口窝里像拉风箱，憋闷得上不来气，看来要过不去这个年了。孙子杨家宝孝顺，把我送到农场医院，一住就是小半年。入了春，天暖和了，病也好多了。这天，杨家宝领来一个头发稀疏的瘦脸男人，说是作家，要请我讲讲伪满时期的陈年旧事。以前我也给年轻人讲过伪满洲国时候的旧事，但有一件事我从来没对人讲过，不是不敢讲，是啊，我都这把年纪了，还有什么怕的呢？趁我这口气还没咽，今天就讲讲吧，要不就带到棺材里去了。我说过，这件事从来没有向人讲过呢，这是我和瘌妮两个人的秘密——

瘌妮是我姐，说是姐，其实不是亲生的，她是我妈荷花在富锦县城花10块伪满洲币，从人贩子手里买来的。那时候，我家六口人，除了父母，还有哥四个，满金、满银、满仓、满福，一群牛犊子似的。那年月讲究子多福多，我父亲杨耀祖觉得四个儿子还不够，他计划生八个儿子。想想看，八个年轻壮汉齐刷刷站在跟前，做父母的该多有成就感呢。此后，两口子白天在地里耕耘劳作，晚上在炕上云雨造人，地里庄稼年年收成不错，我妈的肚子却从此颗粒无收，这让他们两口子很是沮丧。

那天我妈荷花把瘸妮领回家时，天已半晌，我父亲杨耀祖正好赶着牛车拉着犁杖从地里回来，老远看见自家院子里围着很多人，男男女女，老老少少，叽叽喳喳像一群争食的家雀，吵闹不休。我父亲感到很奇怪，家里出啥事了吗？他拴好牛车拿着鞭子就走了过去，人群很自然地就给他闪出一条道来。我父亲像将军检阅部队一般穿过人群走到院子里，看见院中歪斜地站着一个破衣搂搜脏兮兮的小女孩，黑瘦黑瘦的，模样还算周正，有十一二岁的样子。但女孩儿那只畸形的右脚让我父亲杨耀祖看得目瞪口呆，那只干瘦而畸形的小脚丫，脚背着地，脚掌外翻，整个脚九十度向内翻转。女孩儿似乎感觉到了我父亲是这家主人，一个劲地把那只残脚往另一只脚后面藏。当我父亲得知眼前这个残疾女孩儿是老婆荷花自作主张地从街上买来的，脾气暴躁的他一下就阴了脸："败家娘们，没事找事。"飞起一脚踢翻了院里的鸭食盆。围观的乡邻们见状，知道杨耀祖不高兴了，都纷纷散去，留下小女孩孤零零地站在院子里。

添人进口无论如何都是件大事，我妈荷花自知理亏，夜里主动和我父亲亲热。当时我们全家睡一铺炕上,我是家里最小的老疙瘩,离他们睡得最近。"这孩子和咱家有缘哪。"我妈荷花细声细气地低声对我父亲说。我还是第一次听我妈这样温柔地说话。"我本来都上船往回走了,忽地想起过了年是满仓的本命年,该买二尺红布给他做条红腰带,看船一时半会儿不开,就又下了船。上了岸边的街上,一眼就看见一棵大柳树下蹲着一个小女孩儿,那眼神好可怜哪。旁边一个刀条脸的男人自称是小女孩的远房舅舅,其实俺也明白,什么舅舅呀,分明就是人贩子。人贩子说,这孩子是关里人,还念过几年学呢,上年日本人进村子扫荡,她爹妈都被日本人挑死了,她死里逃生成了孤儿,逃到关外想找个好人家活下去。我心一软就领回来了,当自家闺女养着吧,日子再难也得过呀!这孩子虽然腿脚有毛病,但双手却还利落,留在家里做饭洗衣给我打个帮手,有个闺女挺好的。"我妈荷花细声细语地自顾自地说,我父亲杨耀祖一直装睡不吭一声,我觉得他是默许了。

家里无端地多了一个人,而且是个没有任何血缘关系的女人,我们哥四个开始很不习惯,有意无意地排斥她。头两个月,我们都不和她说话,不搭理她。刚开始,她吃饭一个人蹲在锅台上吃。后来我妈把她叫到饭桌上和我们一起吃饭。我妈荷花还给她取了官名,叫杨满香。

"我告诉你们几个小犊子,满香是你们的姐妹,谁要敢欺负她,看我不打断他的腿。"我妈荷花用手指点着我们哥四个的脑门，恶狠狠地警告我们。

杨满香这个名其实挺好听的，但村里人都叫她瘸妮。别看瘸妮长得瘦小，腿脚不便，但毕竟是穷苦人家的孩子，干起活来很卖力，家里做饭洗衣，扎草喂牛，锄地割豆，她都抢着干。人贩子说她12岁，她应该和我三哥满银岁数差不多，我应该管她叫姐。在我小时候的记忆里，好像没有大大方方地叫她一回姐，而且还无视母亲的警告，经常和三个哥哥一起欺负她。那些年，日本鬼子为了围困剿灭抗联部队，大搞"并户归屯"不说，还年年搞清野政策，庄稼还未成熟就必须割倒，防止抗日联军利用青纱帐做掩护搞袭击，老百姓不割庄稼就按犯反满抗日罪论处，通通要杀头的。你想想，还未成熟的庄稼能产粮吗？没有粮食人吃不饱哇。那几年，我们总是吃不饱，趁父母下地干活，我们哥四个就偷干粮吃，本来蒸一锅能吃三天的玉米面馍，经常两天不到就被我们偷吃光了。后来，我妈下地前就将干粮筐高高地吊在房梁上，并嘱咐瘸妮看着我们。老虎不在家，猴子称霸王。她一个小猫似的女孩子怎么能看住四个半大的牛犊子？我们先用沙子扬她的眼睛，或者由满金、满银把她推倒按在地上，满仓和我就去解系在房梁上的绳子。看着一瞬间就空空的干粮筐，瘸妮只能无奈地站在屋角独自吧嗒吧嗒掉眼泪。

就这样，一晃四年过去了。这四年里世界发生了很多事情，中国发生了很多事情，我家也发生了许多事情，比如我大哥满金结婚了；比如我二哥满银在给日本人修炮楼的时候逃跑，被鬼子开枪打死了；比如我三哥满仓被父亲送到富锦县城中药铺做了学徒；比如我不上学了，在家放羊了；比如瘸妮找婆家了。

瘸妮的婆家姓姜，住在西山村，离我们杨家窝棚不到八里路。都不是富贵人家，结婚的时候很简单，我记得姜家套了一挂牛车就把瘸妮接走了。我看见瘸妮搂着我妈荷花好久不撒手，泪流了满脸，可她哭得没有一点声音，后来她就那么坐在牛车上摇摇晃晃地走了。

瘸妮男人的大号叫啥我现在记不清了，因为他有一只手很小，人都叫他姜小手。好像是瘸妮结婚的第二年夏天，我妈带我第一次到瘸妮家串门，姜小手正在院子里提溜着渔网摘鱼，我看见了他那只小手，好小好小，简直像婴儿的手，但摘鱼的动作比人家正常的手还灵活。见我们来了，姜小手很高兴，对瘸妮夸张地喊："满香，咱妈来了，赶紧炖鱼。"姜小手喜欢打鱼摸虾，平时爱喝点小酒，常年蹲在江边的窝棚下网打鱼，并以此为生。

吃饭的时候，姐夫姜小手还给我倒了一杯酒，让我陪他喝点，说："不喝酒还叫啥男子汉。"瘸妮怪嗔地推了丈夫一把，抢过酒杯倒回酒壶里："满福还是孩子，长大可不能像你似的成了大酒包。"我妈接过瘸妮的话头说："男人嘛，只要顾家，比啥都强。满香你就知足吧。"瘸妮抿嘴一笑："妈说得在理，天天有鱼吃，还有啥不满足的？"那天，我吃撑了，胃胀了好几天。

那年底，瘸妮生了孩子，男孩儿，叫姜杨，小名是我妈起的，叫狗蛋，说孩子名贱好养活。狗蛋长得和姜小手简直是一个模子刻出来的，庆幸的是孩子的手很正常。孩子满月后，他们一家三口经常会回娘家来。瘸妮一家回来我们都很高兴，特别是我妈荷花，一口一个闺女叫得人肉麻，比亲闺女还亲呢。瘸妮回来总要在家住上几天，和出嫁前一样啥活都干，有时候还帮我上山放羊。那时候我家大大小小有二十多只羊。瘸妮腿不好，走得慢，每次把羊赶上山她就对我说："你回去吧，我自己慢慢放。"我乐不得地把羊交给她，于是把鞭子扔给她就跑去玩了。

　　这天是月末，三哥满仓从富锦回来，他几乎每个月底都要回家一趟。"听说了吗？"晚上吃饭的时候，三哥满仓颇为神秘地悄声说。自认为已经是城里人的满仓每次回来总能带回一些新鲜事。他说："前天，富锦城警备司令高木带着一队宪兵和警察乘船到佳木斯换防，此次换防行动极其秘密，但是船走到咱们小西山江段，竟被抗日联军打了伏击，四十多人一个没剩。鬼子这下急眼了，眼下正在追查谁给的抗联情报，疯了似的满城抓人呢。"见满仓一脸兴奋的样子，我妈荷花警告他说："他抓他的，跟咱没关系。满仓，你记住啰，咱可别掺和那些事，要掉脑袋的。"

　　初夏的一天，我和瘸妮一起把羊赶上山坡，一个人刚回到家，天就阴了，妈抬头望望天说："快上山帮你姐把羊赶回来吧，要下雨了。"我披块雨布跑了出去，快到山坡的时候，看见羊群还在山坡上吃草，却不见瘸妮。噫，人呢？我一边把羊往山下赶,一边故意大声吆喝:"快回家,快回家,要下雨了。"足有一刻钟的工夫,瘸妮才从山背面的小树林里钻出来。"姐刚才进小树林解个手。"她一边说还一边整理着裤带,但直觉告诉我,她肯定不是去解手,一定是去干了别的事。

她一个人到小树林里干啥呢?偷着去吃东西,还是见什么人呢?这个疑问让我既兴奋又好奇。我暗暗决定,她再帮我放羊时,偷偷跟踪她,看她到底干啥。可是,从那以后,不知为啥,瘸妮有一个多月没回娘家。我妈也焦急起来,让我到西山村姜家去看看。八里路不算远也不算近,我连跑带颠地往西山村走。半路上,我遇到两个人,一胖一瘦,都骑着自行车,一辆自行车上还驮着两袋洋面。他们拦住我,拿出一张人头画,问我见过这个人没有。我瞅了一眼,虽然画得很粗糙,但大致轮廓怎么有点像姜小手呢?我问:"这个人咋的了?你们找他干啥?"胖子说这个人是他们的救命恩人,现在他们发财了,想找到他报恩。谁帮他们找到这个救命恩人,就把车上两袋洋面作为酬谢。"如果你帮我们找到我们的恩人,这两袋洋面就是你的了。"瘦子说着还拍了拍自行车后座上的两袋洋面,这可是正宗的东洋面。看着那两袋洋面,仿佛看到了一锅锅冒着香气的大白馒头。我有点心动,拿过那张人头画,再仔细看,看着看着,脱口说道:"有点像我姐夫。"听了我的话,那两人对视了一下:"那你姐夫住哪?快领咱俩去吧。"

烈日炎炎,胖子驮着我,瘦子跟在后面,三个人就往西山村里走。正是夏锄时节,人们都下地干活了,村子里几乎见不到人,整个村庄静悄悄的。我们进了村,引来一阵狗叫。我带着这两个人,径直来到姜家门口,我跳下自行车就向院里喊:"姐夫,有人找你报恩来了。"我想,姐夫如果知道这两个重情重义的人找上门来报恩,一定高兴死了。我推开院门,那两个人把自行车停在院子里,跟在我后面也一起走进屋里。屋里没有人,我正要喊的时候,身后突然传来扑通一声闷响,回头一看,见那胖子已经趴卧在地上,脖子上深深地插着一把镰刀,血像水枪似的喷射出来,飞溅了厨房半面墙。接着,我看见姜小手和瘸妮从门后闪了出来,夫妻二人疯了似的又扑向瘦子,三个人顿时厮打成一团。见我傻子似的愣着,姜小手喊道:"还不快来帮忙!"我这才回过神来,拿起锅台上的菜板,狠狠砸向瘦子的头,菜板一下砸两半了,瘦子哼了一声就不动了。

我们三个谁都不说话,慌慌张张地把两个人的尸体和自行车都扔进屋后的菜窖里,三人这才坐在炕沿上歇气。姜小手喘着粗气,脸色苍白:"看来我得走了。"我问:"他们为啥抓你呀?"姜小手看了瘸妮一眼,转头对我说:"满福,我们就不瞒你了,我和你姐都是抗联的地下交通员,刚才你领来的这两个人是特务。"瘸妮说:"要走我们一起走吧,要死就死在一块。"姜小手对瘸妮说:"你还没暴露,还要和上级联系,这条交通线不能断。再说你还带着孩子。"瘸妮说:"鬼子汉奸有你的画像,你走到哪都会认出你。"姜小手笑了一下,用那只正常的手,在屋角地上抠起一块半截砖头,朝自己脸上狠狠砸下去,一下、两下、三下——脸就顿时血肉模糊,一只眼睛很快肿成一条缝。"天一黑,我就走!"姜小手吐了一口嘴里的血水,说。

"下手那么重干啥?"瘌妮心疼地怪罪丈夫,她到柜子里找出一块麻布给姜小手包扎好伤口,只留半张脸和一只眼睛。瘌妮铁青着脸对我说:"满福,记住,今天的事你对谁也不能说,连妈也不能告诉。说出去了,我们全家都会没命的。趁天还没黑,你赶紧回家吧!"

回家的路上,我开始恨我自己,看看周围没人,我狠扇了自己一个嘴巴子,要不是自己嘴欠,姜小手就不会暴露,事情也不会闹得这么大。此后几天,始终没有瘌妮一家的消息。端午节这天,二哥满仓又从富锦回来了,他这回带来的消息令我惊恐不安,他说,前几天夜里,富锦城里的警察和鬼子突然悄悄出动,渡过了松花江,突袭了抗联义军在老等山的密营,打死不少人,抗联义军的头目弹尽粮绝自杀了,日本人割了他的头,挂在城头示众了好几天。

我假装若无其事,心里暗自为姐夫姜小手担心,他会不会逃到密营也被打死了呢?

这天一大早,瘌妮突然背着狗蛋来了,仅仅十几天的工夫,她瘦得已经脱了相,一阵风就能吹倒她。她像一片枯树叶似的飘进了屋,跪在我妈面前就磕头,磕得地上咚咚响。我妈忙把狗蛋从她背上解下来抱在怀里，拉了几次才把她扶起来。"香呀，你这是咋了？两口子打架了吗？咋瘦成这样呀？有妈在不要怕，哦！"我妈一边劝慰她一边给她擦泪。我妈始终以为瘌妮是受了丈夫的气，又好久没回娘家，想妈了才这样，我却隐隐觉得有大事发生。

那天，瘌妮给我们做了饭，又硬把妈身上穿着的衣服脱下来仔细地洗了晾在院子里，又帮父亲扎满了一棚的牲口草料，整整忙活了大半天。我妈心疼地说："妮，歇歇吧。"瘌妮就坐下来陪妈唠了一会儿嗑儿。见夕阳已垂，瘌妮向我使了个眼色，把我拉到房后背静处，静静地盯着我好一阵儿，然后伸手抚摸着我的肩头，笑着说："时间过得好快呀，咱家满福都长成大男人了。姐求你一件事，一会儿送姐回家好吗？"我说："行，得和妈说一声。"

回到屋里，瘌妮对妈说："妈，狗蛋他爸整天泡在江边不回来，家里菜园子荒得都快让草吃了，我想一会儿让满福送我回家，明天再帮我收拾一下菜园子，狗蛋就先放你这几天，等忙完我再来接他。"我妈高兴地说："好哇，我还没稀罕够大外孙呢。"

我记得那天的晚霞很美，火烧云染红了半边天，远处山坡的上空有一群乌鸦在鸣叫盘旋。瘌妮和我一边走一边唠，大多时候都是她在说我在听。走累了我俩就坐在路边大豆地的垄台上歇一会儿。那天瘌妮好像并不着急回家，我们歇了三气才到西山村。到家进了院,天已擦黑,瘸妮突然问我:"满福,你怕死人吗?"我说:"不怕,上次我还帮你们打死过特务呢。""不怕就好,现在你帮姐把一个死人弄到屋后的山上埋了吧。"她说着走进外屋厨房,轻轻掀开了灶间的柴禾堆,我看见柴堆下面竟然露出一只婴儿般的小手。我的脑袋嗡的一声,傻了似的呆住了。瘸妮郑重地说:"满福呀,姐的家人都让日本人杀了,姐是个苦命的孤儿,可姐不想这样窝囊地活着,姐参加抗日联军就是为了打小日本,把日本鬼子赶出中国去。你姐夫是个好丈夫、好父亲,但不是一个真汉子,他一逃到富锦城就被鬼子抓了,鬼子给他用酷刑,严刑拷打,他受不了,成了可耻叛徒,说出了抗联在江北的密营,让抗联受了很大损失,我不得不执行上级命令锄奸。你姐夫是抗联的老地下交通员,知道得太多了,他要活着,抗联还要受更大损失。本来我准备了两杯毒酒,想和你姐夫一起走了算了,可一想到日本鬼子还在咱中国地界上横行霸道,还有那么多人在受罪,就决定不死了,和鬼子拼到底。一会儿埋了他,我就走,到萝北那边进山找抗联队伍去。我一个人埋不了他,只好请你来帮忙。记住,这件事是我俩的秘密,对谁都不能说,更不能让狗蛋知道。对爹妈我不能尽孝了,他们年纪一年年大了,你要多关心照顾他们。等赶走了日本鬼子,你们就会过上好日子,姐可能看不到那一天了。狗蛋长大了要问他妈去哪了,你就告诉他,你妈打日本鬼子去了。要问他爸去哪了,你就说你爸得病死了,领他到你姐夫坟头烧把纸吧。

那天晚上,埋完了姜小手,瘸妮在煤油灯下写了一张纸条交给我,嘱咐我明天放在经常放羊的小树林里那棵老柞树根下的树洞里。当晚,瘸妮带了几块已经干硬的玉米面窝窝头,背着一个花布包袱一拐一拐地走了,头都没回一下。我至今还记得夜色中她那单薄孤寂的身影,越走越远,很快就模糊在黑夜里,此后再无她的消息。

那纸条上歪歪扭扭地写着四个字:虫除鸟飞。

一年后,我在同江参加了抗日联军,是七军,军长叫崔石泉。战士们整天在山林里与敌人周旋,没吃没穿,受冻挨饿,弹药匮乏,在山里被日伪军天天围剿堵截,大多数人都牺牲了,有冻死的,有饿死的,有被鬼子打死的,还有不少被叛徒暗害死的。我很奇怪自己是怎么活下来的。

一晃呀,70多年过去了,如今日子也越来越好了,可我在夜里经常想起瘸妮呢,也不知道她现在是死是活,要是活着该多好呀!唉,东北抗战时期的那些人和事,我到死也忘不了呀!

信不信由你

一

如果说腊月二十一这天,对于居住在良谷镇的人们来说有什么异象的话,就是一大早人们推开家门,惊讶地发现多日阴沉的天空突然放晴了,昨晚还在天地间疯狂咆哮的西北风,此时没了踪影。久违的太阳暖洋洋地照在白皑皑雪地上,光灿灿地耀人眼,天空是一片蔚蓝,颇有些春天的况味,这在隆冬时节的东北极其罕见。

"这天可真怪呀!说变就变。"

"可不咋地,都说六月天娃娃脸,这腊月天也这样,真是少见。"

走出屋门的人们,舞动着铁锹和扫帚,一边清扫自家门前的积雪，一边相互打着招呼。天好，人的心情自然也舒畅起来。还有几天就过年了，人们惊喜天气变好的时候，也各自谋算着要置办哪些年货，计划着要走哪些亲友，买什么礼品，没有人意识到会有离奇的事件发生。

养羊户陈拐子家住镇西头的街边。陈拐子被媳妇从睡梦中推醒时，太阳已经升起一竿高。昨天陈拐子放羊走得远，天都擦黑了才回到家，很是疲惫。左腿残疾的陈拐子是个勤快人，人劝他，腿脚不好就雇个人放羊吧，他反击人家："雇人？说得轻巧，管吃管住不说，每年工钱要好几千，我养这百十只羊一年才挣几个钱？"

天气难得这么好，陈拐子决定把羊早点赶出去。往常他总是半晌午风小些的时候，才把羊赶出去。他爬起炕，简单洗了把脸，草草地喝了碗大碴粥，照例往怀里揣了两张白面饼外加一疙瘩腌萝卜咸菜，拿起羊鞭子出了家门。

雪后，放牧的地方很难找了，陈拐子想好了，他今天要把羊群赶到西大桥下去放。那里原来是一条江汊子，夏天水边的青草长得格外肥美，是理想的放牧场所，如果有兴趣，还可以边放羊边钓鱼。当然，都是一些柳根子等小杂鱼，喂鸭鹅可以，人吃，收拾起来有些麻烦。这些年天旱水瘦，江汊子几近干枯，有人见缝插针，在沟边平坦的地方种上了黄豆。眼下，收割后的大豆地被积雪覆盖，豆秸被拉走做烧柴，抛下的豆皮子一堆一堆地埋在雪下，远远望去如年轻女人圆润的乳房。无师自通的羊们会用灵巧的前蹄子扒开积雪,十分畅快地大肆咀嚼还很新鲜的豆皮子。前段时间,天气不好,不是下大雪就是刮烟炮,陈拐子已经好长时间没来这里放羊了。西大桥是去年修高速公路时建起来的,桥身高大雄伟,跨度很大,桥面两边的护栏足有一人高,远远看去仿佛是一个巨大的铁笼子。

陈拐子和他的羊们一路溜溜达达来到了西大桥下。日临中天,大地寂静,明亮的阳光照在白茫茫的雪野上,闪动着耀眼的银光。羊们三个一伙儿,五个一堆地围着豆堆静静地啃食,不时向陈拐子瞟上一眼,似乎对主人说这豆皮子真香啊!陈拐子怀里抱着羊鞭子,蹲在雪地上卷了一支旱烟叼在嘴里,眯缝着双眼,下意识地向桥上望去。这一望不打紧,他顿时惊得目瞪口呆,魂飞魄散——那高高的桥面上正站着一个肥矮的男人,怪异地扭动几下身子,竟然自己一下飘飞起来,像一只黑色气球飘飘忽忽离开了桥面,转瞬间越过护栏,大头朝下从桥上斜飞着坠向地面,瞬间击起一团雪雾。

此时,陈拐子离那个摔下来的人不足 50 米,他惊恐地盯着那人看了好一会儿,他觉得这个人既然自己能飞起来,说不定会自己爬起来,但十几分钟过去,那人始终趴在那里一动不动。陈拐子这才意识到事态严重,他没敢靠前,跛着脚,一拐一拐地跑上高速公路。

接到报案,良谷镇公安分局 110 刑警队汪军队长带人火速赶到事发现场。经过辨认,发现坠桥人竟是本镇基建公司经理秦布衣，人已七窍流血，早已没了生命体征，手机也不知去向，拨打秦布衣手机，却是忙音。汪军队长苦笑一下，说："眼瞅过年了，出了这样的命案，看来这个年是过不消停了。"

经过对西大桥桥面和护栏，以及秦布衣尸体周围的雪地进行一番缜密勘察后，刑侦人员没有发现可疑线索，让人备感疑惑的是，如果是自杀，以死者五短身材，近百公斤的体重，在没有任何支撑点和外力的助力下，是不可能翻越近两米高、用光滑的铁筋焊接成的大桥护栏的。退一步说，即使死者爬过了护栏，跳下了大桥，也只能垂直落向地面，不可能违背万有引力这个科学定律，呈斜面落向地面。如果是他杀，至少需要三四个身强力大的壮汉，才能将死者举过头顶，扔到桥下。警方经过现场勘察，没有证据证明是他杀，而目击者陈拐子也一口咬定，事发时桥上除死者外，没有看见其他人。最令警方迷惑不解的是，如果是意外事件，死者并不是垂直落向地面，而是诡异地落在离桥下 30 米开外的地方，尸体周围的积雪光滑平整，未发现丝毫人为拖动或动物走动的痕迹，也就是说，死者坠落时是呈滑翔状。显然人类本身在没有借助其他外力或器具的情形下，是不可能具备这种能力的。那么死者是在什么神秘力量的驱动下，自行飞升，而后滑翔坠落的呢？刑侦人员绞尽脑汁，百思不得其解。由于桥上还没有安装监控设备，无法还原真相。

是不是牧羊人陈拐子在说谎呢？

二

作为这起离奇命案唯一的现场目击者,陈拐子自然备受警方重视,刑侦人员多次详细地对他进行询问,问他是不是看花眼了,让他再仔细回忆一下。陈拐子始终坚持自己的说法,他从刑侦人员的话语和语气中,明显感到警方对他的不信任。为此他表示强烈不满,说:"我一个普通老百姓,与死者毫无关系,我看到什么就说什么,有必要隐瞒吗?有理由撒谎编瞎话吗?我都说好几遍了,是他自己飞起来的,我亲眼看见的,不信拉倒!"

三天后,死者秦布衣的尸检报告出来了。经法医鉴定,死者系高空坠落导致内脏破裂而死,死亡时间大约在事发当日上午11点。血液中无酒精成分,胃内也无任何有毒物质。让人感到意外的是,死者生前胆囊呈爆裂式破碎状,系瞬间受到极度惊吓所致,通俗说法,吓破胆了。

在进一步调查走访中,警方获得一条重要线索:案发前半小时左右,有人曾看见秦布衣一个人顺着大街往镇西方向走,表情看上去很木然,认识的人和他打招呼,他像是没听见,面无表情,只顾往前走。警方找到最后见到秦布衣的镇房产公司的小刘,小刘回忆说:"当时我正好从县里办完事回来,车子下了西大桥不远，迎面一扭一扭走过来一个矮胖子，近了才认出来是秦经理。司机按了几下喇叭，算是打个招呼，他好像没反应。我很纳闷，秦经理每天上下班都开车，今天一个人走到这里来干什么？没想到出了这事。我碰见他的地方离西大桥也就百十来米吧。"

良谷镇在清光绪年间曾是通往漠河黄金古道的一个驿站，关内外客商往来频繁，商贾云集，烟馆妓院，店铺鳞次，百艺杂耍俱全，繁华一时。后因慈禧老佛爷驾崩，时局动荡，俄匪频侵，兵荒马乱，一度萧条。直至今日改革开放，依地理之优，中俄通商，各业复兴，得以重现繁荣景象。地处边陲，民风淳朴、人心安定的良谷镇，多年以来没有发生过重大凶案，命案更是罕见。这起离奇命案的发生，在一向安宁的良谷镇引起极大震惊和惶恐，一时间众说纷纭，年前原本喜庆祥和的气氛平添了一丝令人不安的异味。人们私下议论，像秦布衣这样的恶人早晚要遭天谴，这是罪有应得；有人则拍手称快，说老天爷终于开眼了；有人还大张旗鼓地在街口放起了鞭炮。

因为案件发生在1月24日，警方将此案定名为"1·24"案，并成立了由县公安局金副局长为组长的专案组，限期15天破案。接连几天，案情分析会开得极其热烈，自认在物理力学方面颇有研究的金副局长，用手里的铅笔在纸上划拉几下，郑重地说："以死者一百多公斤的体重，被举过近两米的护栏，并抛出30米开外，我估算了一下，至少需要3000公斤以上的推力。我们共产党人都是无神论者,但生活中总是会发生一些用科学理论解释不了的异象,我们在保持科学态度的同时,不妨从其他角度分析分析,或许能有所突破。"金副局长的话启发了一些人的思路和联想,特别是年轻的侦查员,甚至怀疑这种异象是否与外星人有关,有人提议有必要向省厅汇报,请国家UFO研究专家协助破案。

案件一时陷入僵局。面对这起扑朔迷离的奇案,压力最大的是专案组的刑侦人员,他们一边在为早日破案废寝忘食,一边还要应对一件闹心事——死者秦布衣的妻子王丽的无理取闹和纠缠。

26岁的王丽有着魔鬼般的身材和迷人的俏丽脸蛋,平日里,依仗男人秦布衣的权势,她出入镇政府如履平地。案发后,她几乎把公安局当成了家,三天两头来闹。对于丈夫的突然暴亡,凭着直觉,王丽坚定不移地认为是他杀,至于那些什么外星人所为的猜测和离奇说法,她觉得都是谋杀者释放的烟幕弹,公安局连这点识别能力都没有吗?见警方一直不下结论,她跑到专案组拍腿跳脚撒泼:"你们都他妈白吃饱,这么简单的案子都破不了,还有什么脸穿这身皮?都他妈撒泡尿淹死得了!"汪军队长气得要以妨碍公务罪拘留她,被人拦住了,劝他不要意气用事把事情闹大了,一个女人的丧夫之痛可以理解嘛。

大年初五这天中午,一辆神秘的黑色轿车驶入良谷镇公安分局大院。车上下来三位身着便装的陌生中年男人，这三人分别是省公安厅侦缉处的两位专家和一位来自北京的 UFO 研究专家。

在镇公安分局二楼会议室里，专家们听取了专案组对"1·24"案的有关情况汇报后，一同驱车来到了西大桥案发现场，桥上桥下查看一番后，一行人径直来到了陈拐子家。刚刚放羊回来的陈拐子手里拎着水桶，正在羊圈里给羊饮水，见公安局的人又来了，而且还领着三个神情古怪的陌生人，感到有些奇怪。其中一个秃顶的瘦老头还一个劲盯着他看，看得他心里直发毛。当陈拐子再次说到死者从桥面上自己飞起来时，陪同而来的刑侦队队长汪军指着秃顶老头向他严肃地介绍说："这位可是北京来的 UFO 研究专家，你要对自己说的话负责的，这可不是闹着玩的。"陈拐子一听，顿时来了气，将手里的水桶咣当一声扔到地上，把自己干瘪的胸脯拍得咚咚响，大声说："我向毛主席保证，我看得清清楚楚，他就是自己飞起来的。"秃顶老头问："他飞起来的时候，你发现天上有什么东西没有？或者听见了什么声音？"陈拐子眨巴几下眼睛，想了一下，张开双臂比画着说："那天太阳很好，秦经理一个人站在桥上，一会儿就像一个鼓足气的大蛤蟆，扭动几下就飘起来了。我活了快 50 岁，还没见过自己会飞的人呢，当时都吓蒙了。"

秃顶老头双眉紧锁，表情凝重地听着陈拐子的描述，他不相信眼前这个粗俗的农家汉子会有如此丰富和诡秘的想象力。

从行为和表情上看,这个目击者也不像患有幻想症的病人。那么死者真会飞吗?如果说是外星人所为,也不会不留下任何痕迹。见 UFO 专家有些失望,旁边的省厅刑侦专家解围说:"我搞刑侦 30 多年,还是第一次遇到这种离奇案子,匪夷所思,真是神了。"

三

秦布衣不是本地人。20 世纪 80 年代末的一个秋天,初中毕业的秦布衣从老家山东曹县秦各庄,只身千里迢迢来到黑龙江,投奔一个叫陆根明的老乡。陆根明与秦布衣的叔叔是打小一起长大的光腚娃娃。当衣衫褴褛、饥寒交迫的秦布衣,一路打探找到陆根明的时候,陆根明正在团结村里的豆地里割大豆。对于秦布衣的突然到来,他颇感意外,没有丝毫准备。大前年,陆根明从东北回到阔别五年多的关里家,衣锦还乡,着实风光了一把。当时他穿着有些来历不明的蓝色迪卡中山装,上衣兜别着钢笔,脚穿一双崭新的翻毛皮鞋,挽起的衣袖露出亮闪闪的手表,俨然一个中年干部模样。陆根明横着膀子,气吞山河地行走在家乡的土路上。曾经死了媳妇,穷得吐血的陆根明,被迫带着闺女闯关东讨活路,仅五年光景竟混得如此风光,活得如此滋润,不由令村民们刮目相看,羡慕不已。人穷闹市无近邻,人富深山有远亲。当年对陆根明眼皮都懒得抬一下的村民们，争先恐后请他到家里吃饭。秦布衣的叔叔也请陆根明喝了酒，当时才14岁的秦布衣也在场，虽然没有资格上桌，但听从叔叔的旨意，给陆根明敬了一杯酒。

如今，秦布衣不远千里来黑龙江投奔只有一面之交的陆根明，并不是因生活所迫出来闯关东讨活路，而是有着难以启齿的原因。半个月前的一个夜里，秦布衣将来家里串门的表妹强奸了。表妹的惊叫声异常尖利，住在外屋的老娘闻声赶来，见儿子光腚趴在外甥女身上，大呼："俺的娘呀，造孽哟——"冲上前去拉，秦布衣意犹未尽不肯下来，愤怒的老娘转身操起了墙上挂着的擀面杖，一棍打在他的后背上。她没敢打儿子的头，怕打坏了，毕竟自己连生三个闺女后，快40岁才得了这么一个儿子呀，而且儿子不到3岁就死了爹。秦布衣这个名字也是他爹取的，希望他能做一个普普通通的老百姓就好。平时都娇惯他，不到万不得已，当娘的哪忍心打他。老娘不轻不重的一棍，激怒了兽性大发的秦布衣，他翻身下炕，瞪着老娘骂道："你个老不死的，让你管闲事！"飞起一脚，踹在老娘的胸口上，老娘勾身栽倒在地，他连看都不看一眼，抓起衣服逃出了家门。

不明就里的陆根明热情地接待了秦布衣，他特意杀了一只鸡，还让女儿陆海梅到食杂店打了一壶玉米小烧。其实，陆根明并没有那么富有，他回关里家穿的那件为他增添了不少光彩的迪卡中山装，是从村长那借来的。借的时候，他有些犹豫，怕嘴不饶人的村长不但不借他，还会埋汰他一番。好容易回趟老家,他不能破衣烂衫地出现在乡亲们面前,那还不如杀了他。陆根明没有想到村长格外爽快,当即把八成新的中山装脱下来披在他身上,还问他还要借啥,于是,陆根明又借了村长脚上的翻毛皮鞋。他不知道,一向吝啬的村长之所以如此大方,其实存有私心,村长相中了陆根明的闺女海梅,正盘算着如何娶来给自己的瘸儿子当媳妇。陆根明家住在一间低矮的草房里,而且在村子的最北头。那天晚上,秦布衣在陆根明的热情款待下,喝了二两多小烧,还吃了好多鸡肉,陆根明一边往他碗里夹鸡肉块,一边说:"十七八岁正是长身体的时候,多吃点。"那只鸡他自己几乎吃了一大半。陆根明17岁的独生女儿陆海梅甩着两根齐腰的大辫子,从厨房进进出出给他盛了三碗大米饭。海梅苗条的腰身扭动之间自然流露出的少女风情,令秦布衣心旌荡漾,他眯缝着微醺的醉眼,偷偷地在海梅身上移来移去,欲罢不能。

那几天,陆根明所在的团结村每人分了8亩大豆的收割任务,村子担心下雪捂在地里,规定10天内必须割完。秦布衣一时没有找到活,就帮陆根明割大豆,暂时吃住在陆根明家里。他有事没事总是盯着海梅看,有时趁陆根明不在跟前,还没话找话挑逗她,让海梅很气愤。海梅对父亲收留这个矮墩墩像土豆似的小伙子开始反感。在陆根明的眼里,秦布衣还是个孩子,对他的举动根本没有在意。直到有一天吃晚饭,海梅盛了一碗大碴粥递给秦布衣,秦布衣趁机捏了一下她细嫩的小手,海梅不禁红颜羞怒,一撒手,粥碗摔落在地。响声惊动了正在厨房剥葱的陆根明,他探头一看,见女儿羞怒着脸立在屋当中,便问道:"怎么了?"海梅一扭脸,说:"你问他。"秦布衣忙说:"陆叔,是粥太烫,俺没端住,摔了。"陆根明没说什么,叫海梅再给秦布衣盛一碗,心里却明白了七八分。他似乎意识到其貌不扬的秦布衣不是个善类,自己弄不好会引狼入室。

这天晚饭后,陆根明一边坐在炕沿上吸烟,一边以长辈的口吻对秦布衣说:"布衣呀,你也快二十了吧,要想有出息,得学门技术才是正路呀。我听说前边农机作业站招收机务学员,学开拖拉机,你也可以去试试。"秦布衣知道自己不可能在陆根明家长期住下去,他抬头看了一眼在灯下给父亲缝补手套的海梅,寻思一下,说:"俺这样的盲流子,人家能要吗?"陆根明吐了一口烟,说:"在东北这旮旯,有几个人不是盲流子?不少生产队的队长村长都是盲流子出身。"

三天后,秦布衣成了农机作业站的一名学徒工。

农机作业站隶属农垦,距离陆根明所在的团结村不足3公里。隔三岔五秦布衣都会骑着自行车来看陆根明,其实是看海梅。陆根明怕这样下去,如果有一天自己不在家女儿会出事,就对秦布衣说:"你现在也是有工作的人了,好好把活干好,以后没事就不要来了,耽误工作。"

秦布衣好像很听话,真的好久没再来。正值秋季,作业站很忙,翻地耙地,收割接粮,白天黑夜连轴转。那段时间,他不盼别的，就盼着下雨，一下雨机车就下不了地，人就可以休息，一休息他就有时间去村子看海梅。

这天夜里，大地终于落了一场秋雨。一大早，秦布衣起床换了一身干净的工作服，又蹬上新发的高腰水靴，早饭也不吃，好像这场秋雨已经把他灌饱了。为了掩人耳目，他从炕角抓起一个空肥料袋子，对宿舍的工友说是去捡蘑菇，就急匆匆地走了。

雨后道路泥泞，秦布衣没有骑自行车，徒步行走在湿滑的村路上，他心里既兴奋又忐忑，心里欲火中烧。他打定主意，如果海梅一个人在家一定把生米煮成熟饭，若不从就霸王硬上弓。他听人说过，再倔强刚烈的女人，一旦将她破了身就很快变成温顺的小猫，兴许还会嫁给你。

四

因为住在村子边缘，又是独家独院，秦布衣可以不经过村子，直接从房后进入陆根明的院子。雨后早晨的小村极其宁静，偶尔从远处传来几声鸡鸣犬吠。秦布衣担心陆根明家没人，还好，门没锁，推门进屋却没有人，正在疑惑，厨房北面的小屋有了响动："谁呀？"

"是俺。"秦布衣听出是海梅的声音，忙不迭地回答。没等海梅出来，他就向小屋奔了过去。

此时，刚从睡梦中醒来的海梅，蜷腿坐在炕上，睡眼蒙眬，秀发蓬松，俊俏的脸上两片红晕还未褪去，一件薄如蝉翼的粉色内衣下坚挺的双乳若隐若现，小屋里弥漫着少女特有的体香气息。秦布衣靠着门框痴痴地看着她，下意识地咽了一口口水，他有些晕眩。

"下这么大的雨，你来干什么？你先出去。"海梅冷冷地说。显然，她对秦布衣擅自闯进自己的闺房很不满。

"陆叔咋没在家呢？"秦布衣依然倚着门框不肯离开，他要弄清陆根明到底在不在家。

"俺爹去村上开会了。你先出去，俺要穿衣服。"

"俺不出去，俺喜欢你。"秦布衣说着，扑向海梅。海梅大怒，奋力反抗，大声喝道："你要干什么？不要脸！"挣扎中，露出了雪白的大腿和粉红的三角内裤。见眼前春光一片，秦布衣更加激情澎湃，几次都要得手，又屡屡失败。海梅几近疯狂的反抗和凄厉的尖叫，令欲火中烧的秦布衣又气又急，怒不可遏，他正要挥拳砸向海梅的脸，忽听门外有人开门，他知道一定是陆根明回来了，慌忙提起裤子躲在小屋门后。原来，村上的会还在开，陆根明回来取户口本，村里要按人口分责任田。他一进屋就听见小屋里传来女儿的哭声，见女儿衣衫不整地坐在炕上哭泣，陆根明马上明白了七八分，问："是不是秦布衣来了？"

"嗯——"海梅点点头，继续哭。

"这个忘恩负义的王八羔子，俺非打死他不可。"陆根明红着眼睛，操起厨房里劈柴用的大斧子，他没有想到秦布衣此时就蹲在小屋门后。就在他在拎着斧子在大屋里寻找的档口,秦布衣快步冲出屋去,陆根明反应过来时,落荒而逃的秦布衣已经跑出了院子,再追已经来不及了。

逃回到作业站的秦布衣很平静,没人看出有什么异常。路上,他在水沟里洗了脸,至于脸上手上被海梅抓破的伤痕,他对工友们说是在林中采蘑菇时不注意被树枝刮伤的。

秦布衣知道,极爱面子的陆根明为了女儿的名声是不会报案的。但想到海梅对自己的态度,他依然心有不甘。这段时间,他无意间听说团结村的村长家想娶海梅,这让他更加恼火,他得不到的,别人也别想得到。一个恶毒的念头在他心里像雨后的毒蘑菇一样快速滋长。

秦布衣偷偷潜入陆根明家是在一个晴朗的春夜。这次他没有空手,他用布兜装了两瓶汽油。在农机作业站弄两瓶燃油简直易如反掌。秦布衣对陆根明家太熟悉了,他知道大屋的窗户下面的玻璃坏了一个角,是他和陆根明一起用塑料布钉上的。按照事先想好的计划,他先用木棍把大门悄悄顶上,再用事先准备好的螺丝刀将塑料布捅破,将汽油一股脑倒进去,然后划燃了火柴……

秦布衣连夜逃回到作业站。走出不到半里路,他回头去看,漆黑的夜色中,陆根明家已是火光冲天。那几天,表面平静的秦布衣是在极度惶恐中度过的。团结村那边一直没有动静,这更让他惴惴不安。这天,同宿舍的一个工友从外面回来,低声说:

"听说了吗？前两天团结村有一家夜里着火了，父女俩都没跑出来，烧死了，可惨了。"

"是烧炉子着的火吧？"秦布衣装作不经意地问。

"不知道咋着的。说是在烧塌的大门下面发现一根木棍，公安局怀疑有人故意纵火，正在村里挨家挨户调查呢。"秦布衣听了心里不由发颤，他觉得说不定什么时候公安局的人会突然出现，把自己抓走，然后一枪崩了。

然而，关于这场火灾，人们议论了几天后就没人再提起。转眼一年过去了，并没有公安人员来抓他。又一年过去了，还是没人来抓他，秦布衣自己也似乎忘记了。这两年，他的生活发生了一些变化，不仅在作业站学成出徒，还批上了正式职工。不甘寂寞的他还和师傅的小姨子雅凤好上了。师傅老丁是个忠厚的四川人，家里有点好吃的都要叫上徒弟秦布衣。一来二去，秦布衣似乎对寄住在姐姐家的雅凤有了意思。长相一般但心气颇高的雅凤，对姐夫这个矮墩墩的山东小徒弟并不满意，但架不住秦布衣的穷追猛打，也就勉强同意了。

雅凤发觉秦布衣开始冷淡自己的时候，也发现自己有孕在身了。两人好长时间没见面，即使无意间碰面，秦布衣对她形同路人。雅凤既气愤又困惑，她把秦布衣从宿舍里叫出来，想问个究竟，秦布衣露出一副无赖的样子，说："我们在一起不就是玩嘛。再说，我不想在东北找对象。"

"姓秦的，你玩我是吧？"

"我还说你玩我呢。"

雅凤想告诉秦布衣自己怀孕了,但理智战胜了激愤,话到嘴边又咽了回去。她知道,如果把自己怀孕的事说出来,不但不能解决任何问题,还会遭到对方嘲笑甚至否认,更不能负什么法律责任,到头来受伤害的只能是自己。她冲秦布衣狠狠地骂了一句:"秦布衣你不是人!"愤然离开了。

五

其实,秦布衣之所以决然地抛弃雅凤,有他长远的理想和规划。不甘寂寞的秦布衣也不甘平庸,他决心走仕途,在东北混出个人样来。自己虽然已经是正式职工,却是盲流子出身,文化不高,无靠山无后台,想弄个一官半职谈何容易。在作业站,要数党支部书记徐发奎权力最大。秦布衣盯上了徐发奎的老姑娘徐莉莉。在食堂当炊事员的徐莉莉人长得有点马虎,一张大黄脸布满雀斑,一双O型短腿托着硕大的肥臀,说话还大舌头,常常"你、离"不分,老大不小还没对象,徐发奎正为此犯愁呢。刚刚恢复单身的秦布衣利用每天三次到食堂打饭的机会,先是没话找话地和徐莉莉套近乎,接着就展开猛烈攻势。对于秦布衣的抛情示爱,毫无经验的徐莉莉有些不知所措。在她看来,在众多年轻的机务工里,秦布衣也就是一般人,她听说了秦布衣和雅凤分手的事情,失恋的雅凤一气之下回了老家四川,两人具体分手原因她并不清楚。当秦布衣借打饭之机,再次偷偷递给她纸条时,从未被男人约过的徐莉莉,兴奋不已地到食堂后面的小树林里赴了约。

随着频繁的幽会,两人的关系很快在小小的作业站传开了。这期间,书记徐发奎找秦布衣进行过一次秘密而严肃的长谈,具体谈话内容不详。那次谈话之后,秦布衣的仕途可谓一路通畅,两年多时间,不仅入了党,还当上了作业站副站长,同时徐莉莉也为他打了三次胎。

还有两年就要退休的徐发奎,想在退休前把小女儿的婚事办了,也算了却了一桩心事。孰料秦布衣对此事总是避而不谈,实在避不开了,就以回家和家人商量为由拖延。其实,秦布衣压根就没打算与徐莉莉结婚,在他眼里,徐莉莉就是他利用和发泄情欲的工具而已。他决定等徐发奎一退休就和徐莉莉分手。眼下徐书记已经不能动摇他目前副站长的职位。在担任副站长的大半年时间里,利用去镇政府开会之机,他早已和主管农业的曲副镇长攀上了老乡,并多次以看老乡的名义,给曲副镇长送过礼。有这棵大树的庇护,他还怕小小的党支部书记吗?

军人出身的徐发奎似乎看出了一点端倪,心存疑虑地对女儿徐莉莉说:"我看小秦这小子有些不对头,你不要太死心眼呀。"沉浸在爱河不能自拔的徐莉莉坚信自己的爱情,她觉得秦布衣虽然长相不出众,却是个事业心很强的人,自然暂时顾不上考虑婚事,虽然自己年纪不小了,还是愿意等他。对于父亲的担心她不以为然。她对父亲说："爸，我心里有数，你就别为我的事操心了。"徐发奎看了一眼女儿，长叹一声："唉，但愿吧。"

秦布衣是在春节后到良谷镇开全镇备耕大会时，得知徐发奎月底就要退休，他决定在此之前快刀斩乱麻和徐莉莉分手，不能再等了。如果等徐发奎正式退休了再和徐莉莉闹分手，会让人觉得自己太势利，不仗义。

秦布衣没有想到徐莉莉会殉情而死。在他提出分手的当晚，精神恍惚的徐莉莉从小树林回到食堂，用菜刀割了腕。事情闹到这种地步是秦布衣始料不及的。背负丧女之痛的徐发奎一夜之间白了头，他面色凝重地盯着秦布衣说："秦布衣，你太可怕了，你是人吗？"

秦布衣感到所有人看他的目光都让他惊悚不已。他知道自己在作业站不能再待下去了。

清明节刚过，秦布衣调离了农机作业站，让人意想不到的是，秦布衣竟然鸟枪换炮，出任良谷镇基建公司副经理，当然，明眼人都知道，是曲副镇长发挥了威力。

新的岗位使年轻的秦布衣走上更广阔的舞台。上任伊始，他打着企业内部改革，打破"铁饭碗"的旗号，对公司管理人员实行所谓"能者上，庸者下"的活性管理，对干部频繁调整。一时间，在位的想保位，无位的要争位，大权独揽的秦布衣借机大肆敛财，短短两年时间受贿不下百万元。有钱有权又独身的秦布衣自然成为不少女人追逐的对象，他如鱼得水，拉三扯四，沾花惹蝶，天天做新郎，乐此不疲，着实过了一段时间的皇上日子。其间，镇党委书记找他谈了一次话，才有所收敛，并很快结了婚。

妻子王丽并不知晓秦布衣太多底细，她对秦布衣更多的是感激而不是感情，她知道自己是靠年轻漂亮的脸蛋在众多竞争者中取胜的。成为公司经理夫人后，王丽由一个整天和水泥石灰打交道的保管员，顺理成章地成为公司的出纳员。不久，有人举报秦布衣贪污单位低保户5万元救济款，并组织几个人围住镇政府大门嚷着要找镇领导讨说法。做贼心虚的秦布衣在镇政府领导之间频繁走动一番，事件才算平息下来。在镇里告状无门的职工们决定到省里去告。正在收集证据，凑积路费，准备在春节前进省城上访的时候，传来了秦布衣暴亡的消息，几个上访职工先是吃惊，而后竟感到无所适从。

六

人争一口气，佛为一炷香。自家男人不明不白地死亡，以及人们在背后的指指点点，让王丽感到从未有过的屈辱。丈夫尸体还在镇太平间冷冻着，她在家里设了灵堂，点上祭奠香火。供桌上摆放上灵位牌，上书：亡夫秦布衣之灵位。她对公安部门破案几乎失去了信心。有闺蜜给她出主意,既然警方指望不上,不如求助占卜神卦，也可验明真相，查获真凶，或许还能获得一笔可观的赔偿款。

于是，王丽开始独自走村串乡，求拜有名或无名的卜卦先生。但结果令她很失望，不是这些卜卦师算得不准，而是她一报上丈夫秦布衣的生辰八字，所有卜卦师都隐隐露出惊恐之色，语气同出一辙，道："恕本人法术不深，还是另请法术高超之士吧。"王丽忙说："您就给算算吧，我多给卦金。"卜卦先生都以"法术不深，与钱财无关"之言，加以谢绝。

这天一大早，身心俱疲的王丽在锦城火车站等车回家，为了查出丈夫的死因，早日抓住真凶，她已经在外面奔忙半个多月。正是春阳火热的天气，王丽想到街边花坛休息一会儿，忽见火车站广场旁的一棵大柳树下有一卦摊，摊主年事已高，且斜眉烂眼，形貌邋遢，毫无高士之气。王丽心想，既然遇上不妨求上一卦，即使一卦千金，只要给算就行。她担心像先前那些卜卦先生一样，都不愿给算。她报上丈夫生辰八字之后，摊主突然看了王丽一眼，问道："是你何人？"王丽答："我家男人。"摊主不再多问，闭目捻指，沉睡过去一般，渐渐头上渗出一层细汗，一刻钟后，陡睁烂眼，迟疑片刻，朗声说道："恕老夫直言，从卦象来看，你夫非他人所害，乃阎罗王降旨捕杀。"言罢，卦金分文未取，收摊而去。

"什么？阎罗王降旨捕杀？"王丽想问个清楚，但烂眼卜卦师早已消失在人群中，不见了踪影。回家的火车上，王丽怅然地想，如果说丈夫秦布衣因为大敛不义之财而遭天谴，那么，如今这世上比丈夫有过之而无不及的贪官那么多，阎罗王为何单单捕杀我夫？

满心疑惑的王丽回到家中，已是中午时分，她在亡夫的灵位前重新上了一炷香，就疲惫地坐在沙发上歇气。她茫然地环顾着熟悉的房间，但见素幔白幢，香烟缭绕。寂静之中，面对着丈夫的灵位，王丽不禁想起烂眼卜卦师说的话，心里陡然升起一阵恐惧感。她起身想到外面透口气，却有一股奇怪的力量吸附着她，怎么也站不起来。恍惚间，忽见面前不知何时高坐一人，那人两侧站立着数位长衣短袖、手持钢叉、奇丑无比、非人非鬼的人，王丽惊异地要叫喊，那高坐之人向她瓮声瓮气地说道："尘世民女王丽听真，你夫秦布衣在人间恶行多端，行淫乱伦，重伤亲母，实为不孝；残害恩人，一案两命，实为不义；敛财无度，贪污民款，实为不仁。虽未得到人间法度惩治，奈天庭震怒，地府难容。本府已差白无常下人间查明实情，现将你夫秦布衣灭其肉身，擒其魂魄，押入地狱。"这时，旁边一判官拿出一本蜡黄的生死簿来，高声念道："地府阴司档案××××年号，秦布衣，男，公元1970年7月3日生，亡于2053年10月8日，阳寿83岁，善终。"那高坐之人高声道："传本王谕旨，凡人秦布衣在人间罪孽深重，当以严惩，替天行道，为人除恶。将此人折阳寿43年，速令牛头马面二位索命鬼，持勾魂令牌下人间灭其肉身，擒其魂魄，押入阎王殿，编号序明，打入阴司十八层地狱，永世不得转世托生。"

判官得令，拿出春秋轮回笔将秦布衣的名字在生死簿上一笔勾销。

惊恐之下，王丽这才反应过来，自己是在阎王殿，那高坐之人正是阎罗王，不由吓得浑身颤抖。牛头阿傍和马面罗刹拿了勾魂令牌，悄无声息地出去了。王丽急忙起身跟了出去，上了街，两个索命鬼却没了踪影。她不敢怠慢，打了辆三轮车，心急火燎地赶到镇农业银行取了20万元钱，用报纸包好，放在方便袋里拎着，然后直奔秦布衣办公室，她要赶在两个索命鬼之前找到丈夫，让他躲起来，再把这20万元钱送给两个索命鬼。都说有钱能使鬼推磨，她家没有磨，不用他们推，只求他们放过自己的丈夫，给他一个痛改前非、改邪归正的机会。如果两个索命鬼怕在阎罗王面前不好交代，她可以给他们找一个替死鬼。

王丽一边想着，一边走进秦布衣的办公室，门开着，屋里却没人，烟灰缸里的烟头还冒着烟，说明人没有走远，王丽把装钱的方便袋抱在怀里，一屁股坐在沙发上。

此时，秦布衣正在办公楼内的卫生间里大便，有点便秘的秦布衣蹲了好长时间。当他走出卫生间，回到经理办公室门前的时候，从虚掩的门缝里，王丽看见了秦布衣，她慌忙起身奔了过去，与此同时，牛头马面两个索命鬼也闪现在秦布衣身后，王丽一阵悚然,连忙将手里的钱袋子举过头顶,双膝一跪,哭喊道:"求二位神爷高抬贵手,饶过我丈夫吧,这是20万块钱,你们收下吧。"两个索命鬼相视一笑,道:"夫人如此大方,想必这钱也是不义之财,还是留给你夫用吧。"言罢,箭步上前,扑向秦布衣。正要推门进屋的秦布衣感到一股阴冷之气从背后袭来,他惊恐地回转身子,见两个牛头马面的人站在面前,不禁失声大叫起来,可是喉咙却没有发出一丝声音。牛头马面向呆立着的秦布衣出示了阎罗王的索命招魂令牌后,为了避免惊吓到办公楼里其他凡人,二鬼隐了身。被关在秦布衣办公室里的王丽,开始在屋里疯狂打砸,牛头马面二鬼顾不得那么多了,押着面如死灰的秦布衣走出了基建公司办公楼,穿过熙熙攘攘的街道,一路奔西大桥方向而来。

两个索命鬼架着秦布衣来到西大桥上停了下来,此时,桥上没有车辆和行人通过,周围死一般寂静,只有桥下的大豆地里有一个人在放羊。秦布衣似乎明白过来了,开始拼命挣扎,他还不到40岁,他不想死,他还没活够,他的钱财还有很多没有花完,他还没有留下一儿半女呢。他对着空气中两个隐了身的索命鬼大喊:"求你们了,饶了我吧,饶了我吧,我再也不敢作孽了,一定好好做人。"

其实,见到秦布衣那一刻,牛头马面已经将他封了喉,根本发不出任何声音。

不能再拖延,牛头马面一边一个扯住秦布衣的两只胳膊,将他拉到大桥的护栏前。牛头马面是老搭档，均有排山之力，齐力向上轻轻一举，将肉滚子似的秦布衣举过大桥护栏，然后狠狠地向前方抛了出去……

七

蜷缩在沙发上的王丽慢慢睁开眼，发现自己竟在家中，屋里灰暗一片，只有秦布衣灵案上的香火在微弱地明灭，那高坐之人不知去向。她一时不能确定刚才是在梦中，还是在现实中。她起身开了灯，怀里的钱袋子还在，打开一看，不由花容失色，袋子里面的钱竟变成了几捆印花冥币。

王丽用手机报了警，说自己的钱没了，并告诉警方她找到了杀害丈夫的凶手。警察赶到时，她把自己如何在阎王殿见到阎罗王下谕旨，牛头马面两个索命鬼如何在基建公司办公楼里捉拿秦布衣，自己如何取钱解救丈夫的经过和盘托出。看着神色惶恐，比比画画，有些神经质的王丽，警察们都笑了，他们觉得这个美丽的少妇八成是思夫心切，走火入魔产生了幻觉。见警察们不信，王丽有点火了，指着秦布衣的灵位大声说："当时阎罗王就坐在那边，我看得清清楚楚，我骗你们干啥？"警察们依然不以为然，王丽又拿出那堆印花冥币让警察看，警察们这才警觉起来，他们都没有见过如此精致的冥币。为了证实王丽的话，他们按照王丽说的时间，调取了镇农业银行的监控录像，果然看见了王丽的身影，存取记录也显示，中午1点左右，王丽确实取过20万的存款。

刑侦队长汪军说："看来，这一切只能用那句老话来解释，心中无愧不找鬼，天地公道昭因果呀。"

时间过得很快，转眼大半年过去了。秦布衣死亡案依然毫无进展，悬而未决。王丽也因精神错乱进了县精神病院。县公安局只好令良谷镇公安分局将此案列为悬案，卷宗封存入库。金副局长无奈地说："匪夷所思，真是玄奥呀，这个案子说出去，人家一定以为我们在开玩笑，可是事实却实实在在地真实存在着。没办法，我们是无能为力了。但我相信，若干年后，人类的科技更发达了，和宇宙存在的许多灵异未解之谜一样，秦布衣死亡案的谜团早晚会有解开的那一天。不过，恐怕我们这一代是看不到喽。"

老龚登泰山记

同事老龚要去爬山。

当然，老龚要爬的不是一般的山，是五岳独尊的泰山。

据老龚自己讲，他生性喜山惧水。小时候，炎热夏季，小伙伴们下河洗澡戏水，他虽然也脱得一丝不挂，但从不下水，只蹲在河岸阴凉处给人家看衣服放哨。用他自己的话说，看水眼晕。一次，一个小伙伴见他总不下水，感觉很奇怪，趁其不备一掌将他推下了河。这一掌力量虽然不算大，但来得太突然，猝不及防的他一个"狗吃屎"跌入水中，顿时如跌深渊，胡乱扑腾，哇哇大哭，差点晕过去，好在水只有齐腰深，呛了几口水，惊恐地爬上岸来稍做喘息后，他衣服也顾不上穿，捡起一根树棍，气急败坏地追打背后下黑手的家伙，一直追打到村里。村民们见两个光腚孩子在村路上奔跑，都哄笑起来。后来，小伙伴们再下河洗澡，他就罢工了，不再给人家看衣服放哨，一个人爬上河边的山坡，或登高望远，赏花阅草；或抓蛐蛐逗蚂蚁，自得其乐。

老龚在公司工会负责文体工作，常年背着一台笨重的尼康照相机，整日匆匆忙忙，很少见他老老实实地坐着过。除了工作需要，拍会场、拍各种活动现场外，还拍春花，拍冬雪，拍人物，拍动物。明白人说，像老龚这种没有重点乱拍的摄影师，即使摄影技术再好，也很难有所建树，是成不了摄影家的。老龚对此种言论颇为不服，认为这些是妄言谬论，根本不懂艺术的人才这么说，老龚依旧坚持自己全面开花的摄影艺术之路，乐此不疲。

登泰山拍日出是老龚多年的心愿。老龚要爬泰山的消息在公司不胫而走。很多人表示不屑，有人背后说，他老龚以为泰山是他自家炕头呢，想爬就能爬得上去吗？自己啥年纪了不知道吗？五十好几的人了，老胳膊老腿的，还当自己是小伙儿呢？简直是心血来潮，太不着调。面对扑面而来的闲言碎语，老龚当着诸多人的面公开表态，他龚耀祖如果不能徒步登上泰山玉皇顶，就死在泰山不回来了。

作为十几年的老同事，我觉得老龚是个热爱生活且富有情趣的人。这种人，尤其是这个年纪的人还对生活保持着如此状态，如今已经不多见喽。所以在心里我还是支持老龚的，人嘛，不能整日死水一潭，总要有些激情呀。那日见面，我说："都说仁者乐山，智者乐水，你老兄是个仁者呀。"老龚抿着嘴不说话，眼里溢出泪水,一个劲拍我的肩,拍得意味深长。

这天中午,公司宣传部的王部长在机关大厅遇到老龚,脱口问道:"老龚,听说你要去爬泰山,你这身子骨行吗?"老龚一听不乐意了,有点翻脸的意思,反驳道:"你王部长大小也算个知识分子,咋这么没文凭呢?怎么能说爬泰山呢?泰山是圣山,要说登。登东山而小鲁,登泰山而小天下,孔圣人都不敢说爬泰山,你算老几?"听闻此言,王部长如获不赦之罪,身子顿时矮了半截,红着脸诺诺称是,不再言语。

可以说,为完成徒步登泰山这一壮举,老龚做了充分准备。作为热身,他提前三个月,利用周末和节假日,先后爬了哈尔滨周边的香炉山、帽儿山,还有颇为险峻的大铧山。一路爬下来,老龚对自己的体能还算满意,只是年轻的时候和人打赌劈叉而受过伤的右胯骨有些酸痛。看来能否成功徒步登上泰山玉皇顶,希望就寄托在这条胯骨上了。

赴泰安之前,老龚请了五天年假。哈尔滨到泰山不算远,来去五天足矣。临行的前一天,我在街边小酒馆设宴为老龚壮行。老龚说,对一个摄影家来说,此生能登上泰山拍日出,死而无憾。我举杯祝他此行如愿以偿。他说知吾者莫如兄。彼此表情凝重,叮当碰杯,有点风萧萧兮易水寒的感觉。

此后好几天没有老龚的消息,假期已过,也没见他来公司上班。老龚真的是壮士一去兮不复还了吗?

这天早晨上班,在路上意外地遇到了从早市买菜回来的老龚媳妇。一般我早上上班很少从这条街走,早市乱哄哄的,太吵闹,只是昨晚和朋友聚会酒喝高了,在家没吃早饭,这会有点饿了,准备顺路到早市喝碗豆腐脑醒醒酒。见了老龚媳妇,我顺嘴问道:"嫂子,你家老龚爬泰山爬哪去了?咋还没回来呢?"老龚媳妇没好气地说:"早滚回来了,在家装死呢。"

什么?早回来了?我立马掏手机给老龚打电话,打了三遍他才接,一开口就求我务必为他保密,否则他这张老脸没法见人了。

当晚,还是在为他壮行的那家小酒馆,我为老龚接风。我见到了头上裹着绷带、拄着拐杖应约而来的老龚。据老龚讲,出发那天,虽然坐的是火车卧铺,却是慢车,近24小时的旅程,到达泰安已是深夜,他很是疲惫,当晚择席几乎失眠。第二天在酒店起床,头有些迷糊。洗漱完毕,拿着房卡到酒店餐厅吃了早餐,精神好了许多。出门抬头,见天气不错,想早点赶到红门,争取下午2点前登上玉皇顶。之前他做了攻略,并在网上查了,徒步登泰山最佳路线是从红门上山,沿途几乎可以饱览泰山所有经典景观。

收拾妥当,走出酒店大门,一个西装革履的小伙子主动上前为他开门,并热情地问道:"先生要去登泰山吗?"老龚点头说是。小伙子又问:"您是第一次登泰山吗?"老龚又点头。小伙子再问:"先生您请香了吗?"

"请香?请什么香?"老龚一头雾水。

"登泰山都要请香的。"小伙子不动声色地说。

"到哪请香？"

"我们这里就有，有688的、888的、988的，您自己可以选。"

"不请不行吗？"老龚显然对这个说法有些质疑。

小伙子笑了，露出一对漂亮的小虎牙，说："看来先生真是第一次登泰山。不请香就是对泰山的不敬，有眼不识泰山，会影响先生的仕途和财运。"见对方这么说，老龚哪敢怠慢，鬼使神差般跟着小伙子来到不远处的一家小店，掂量一下兜里的钱，花888元请了一炷香。之所以选择中档的888元这炷香，是怕选低了泰山神会认为自己心不诚，选高了又肉疼。

临走时小伙子颇为真诚地叮嘱老龚说："您登上玉皇顶时，最好不要登上最高顶，要留几步台阶，是给自己留退路。"没想到登泰山有这么多讲究，老龚心下恍惚，拿着那把请来的香，打车直奔红门而去。

4月初的齐鲁大地，春意浓浓，娇小妩媚的野花老鸦瓣蓓蕾初绽，星星点点地布满山间。让老龚没想到的是徒步登泰山的人真是不少，简直像赶集，但大都是年轻人，偶尔有几个中年人，像他这个年纪的几乎看不见，就是有也是走一段就坐缆车了。老龚发现在登山的人流中，只有他自己手里拿一把香。他忍不住问一个中年人咋没请香呢。那人反问道："一路上都有免费的香，还用花钱请吗？"老龚听闻啪啪地直拍脑门，大呼上当。

进入红门交付门票上山，老龚先扶着旁边的树活动了一下胯骨，然后躲在山石后面，解开腰带，掏出事先准备好的虎骨膏药贴在右边胯骨上。开始山势还算平缓，爬了半小时后，石阶变得越来越陡，老龚感觉脚步有些吃力，好在山路阶梯两旁的各种历代文字石刻吸引了他，他边走边停下来拍照。临近中午，老龚已是疲惫不堪，他问一个披着黄大衣的下山小伙子，南天门还有多远。小伙子扭头向天上一指，说："看见了吗？那就是！"老龚顺着云梯般蜿蜒而上的石阶望去，隐隐可见南天门如挂在云端的月亮，而终点玉皇顶更是不见影子。老龚心跳加快，两腿酸软，登顶的信心有些动摇。坐石阶上歇了好一会儿，站起来揉揉腰腿，体力和信心有些恢复。他暗下决心，天黑前无论如何也要登上玉皇顶，然后在山顶找家旅店住下，半夜起来抢占个好位子，等太阳一露头，拍他几张泰山日出，也算不虚此行。当然，在摄影界的朋友中也有了炫耀的资本。

老龚不敢往山上看，担心越看越没信心，那一层层石阶像一张张裂开的大嘴，向他发出一声声嘲笑。他低着头一步一咬牙，一阶一叹息地坚持着向上攀登。此时，让他担心的事情发生了，那条右胯出现了状况，开始剧痛，每登上一个台阶胯骨就像挨了一枪。前面不远就到中天门了，他决定坚持到中天门再歇。可是刚一起步，右腿突然一软，整个人一下跌倒在石阶上，额头和胳膊腿都磕出了血，揣在裤兜里的那把请来的香散落一地。

周围几个大学生模样的年轻人急忙把他扶起坐下,建议他到中天门坐汽车下山去医院。这种血淋淋的样子简直吓死人了,已经不可能继续登顶,无奈之下,他只好同意下山。几个年轻人真是好孩子,一直将他扶到中天门送上缆车才离开。他瘸着腿下了缆车,打车直接去了最近的医院。好在都是皮外伤,并无大碍,简单包扎后,他瘸着腿离开医院,打车直奔泰安火车站。

身心俱伤的老龚提前回到家中,这样一瘸一拐地上班,无非是丢人丢上门,给那些笑话他的人落下口实。怎么度过眼下这场危机呢?他躺在床上想了想,用手机微信向公司领导请了半个月的事假,谎称要顺便回趟河南老家。他要在家偷偷把伤养好,精精神神去上班。

离开小酒馆时,老龚情绪有些悲伤,说:"我这辈子可能没有机会登上泰山玉皇顶了。"声音竟然带着哭腔。我安慰他说,可以坐缆车上嘛。老龚说坐缆车还有啥味道呢。我说也是。分手时,他再次叮嘱我千万为他保密。

半个月后,老龚伤愈上班,果然精精神神的,样子就像一只斗胜的公鸡。这天,在公司机关大厅,我看见他正神采飞扬地跟一群同事比画着,大讲自己如何徒步登上泰山玉皇顶的经过,见我远远走来,声音一下小了下来,彼此对视,都会心地笑了。

1941年的豆腐

一

铁窗外面,黑夜如墨,秋雨飘飞。

天一亮就要押赴刑场,想到我的经历将随着肉体的消失而成为人们茶余饭后的谈资并被无端猜忌,我无论如何都无法接受。我要在生命结束的最后一刻把真相讲出来。这于我至关重要——我不能让家族蒙羞,当然也不愿附会以得虚荣。

二

清末民初,龙鸣县出了一个厉害人物,此人名叫阚冒汗。阚冒汗身形并不高大,也不会武功,却有一手出神入化的精妙刀技。一把普通的劈柴砍刀,在他手里只略一摆,如清风掠过,小腿粗的柳树瞬间轻松削断,从不复二,力度和下刀的角度精湛无比,刀功堪称神奇,人送外号"阚一刀"。

阚冒汗的职业不入三教九流,不在七十二行之列,说起来不免让人惊悚——刀客。这里说的刀客不是仗剑天涯除暴安良的侠客,也不是飞檐走壁鸡鸣狗盗的盗贼,而是那种专门把犯人的头砍下来,挂着城头上示众的刀斧手。

刀斧手这个职业听起来不够光鲜,却是衙门里的人,有正规编制,每月薪资稳定,算是一门技术工种。阚冒汗整日磨刀霍霍,专司杀人,爱岗敬业,是龙鸣县乃至东北三江一带最具专业技能和职业道德的著名刀斧手。

要知道,作为一名优秀的刀斧手,仅仅有刀技远远不够,那只是基本功而已。人头不是木头,人脖子不是鸡脖子鸭脖子,那是活生生的人,有时候还是你熟悉的人,甚至是你的亲人。众目睽睽之下若做到一刀殒命,干净利落,绝非易事,不具备极强的心理素质很难做到。龙鸣县衙门里真正有资格亲自行刑的刀斧手只有一两名而已,其余只能站在一旁抱着鬼头大刀助威当衙役。出身贫寒,终日以砍柴为生的阚冒汗之所以能进入衙门做职业刽子手,据说与处决大土匪张大爪子有关。

那是一个秋日的午后,龙鸣县城万人空巷,男女老幼都涌上街头,观看处决报号"满堂红"的匪帮头目张大爪子的现场直播。大土匪张大爪子原名叫张丙坤,因长有一双奇大无比的手,人称张大爪子。张大爪子原本出身贫寒,却好吃懒做,偷鸡摸狗,后来落草为寇，残害百姓，作恶多端，民愤极大，如今被捉拿归案，斩首正法，真乃大快人心。

押送张大爪子的囚车是衙门雇用的一架牛车，那头老牛步履蹒跚，在熙熙攘攘的人流中走走停停，它不知道自己拉的什么人，也不知道人们为什么蚊虫般围着它，每当它的头碰到前面人的身体，就会自动停下来，低着头像在沉思。囚车走到城中十字街口的时候，老牛的头碰到了一个柔软的屁股，老牛下意识地用流满口水的大嘴拱了几下，明显有些故意了。"这头老牛是个流氓，也该杀。"被拱了屁股的青年女子笑骂着，回头伸出白藕般香嫩的小手拍打几下牛头，那样子像在向情人撒娇，惹得周围的人一阵哄笑。囚车上被五花大绑的张大爪子竟也忍不住笑出声，他的硕壮的身躯颤动不止，身边押解的衙役用刀背敲了一下他的头，大声喝道："老实点，不许说笑。"这话分明也是说给围观的人群，人们这才缓过神来，意识到这是一场严肃的处决行动，而非一场喜庆的婚礼。

依照惯例，囚车会一直往西走，城西三里地有一处大沙岗，以往秋季问斩处决犯人，都押解到此地行刑。囚车走到城中最繁华的十字街时，却一反常态地向北拐了，好多走到前面的人又都转身涌向北街。城北门西侧不知什么时候临时搭建起一个大大的台子，据说有情报显示，张大爪子的那帮亡命兄弟要在西大沙岗劫法场，官府才临时改在城内行刑，以防不测。囚车来到台前的时候，台子上早已齐刷刷站着两排衙役，张大爪子被押下囚车时，有人往他身上投掷砖头瓦块，有一块巨大的青砖像一只飞驰的乌鸦重重地撞在张大爪子蓬乱的头上，血就流了下来。愤怒能产生力量，更多的砖头瓦块则飞过囚车砸在对面围观者的脸上和身上，凄厉哭声和怒骂声响起，场面有些混乱。在人们围打声中，两个押解的衙役连拖带拉，费了好大劲才将人高马大的囚犯张大爪子弄到台上。

执刀行刑的刀斧手马英秀，一身三紧皂衣，头缠黑带，手执鬼头大刀，劈腿立于台中央，一张刀条脸阴沉如铁，很是威严。午时三刻，行刑时辰已到，县太爷吴敬文亲自担任监斩官，验明正身后，宣读罪状和死刑判决。衙役命令张大爪子跪下，张大爪子死活不跪。刀斧手马英秀觉得张大爪子这样直挺挺地站着，对他这个刀斧手是一种羞辱，也让他不好下手抡刀，他上前去踹张大爪子的后膝处，以往遇到硬汉不跪，他只一脚就可制服，这回却不灵了，他的脚像踹在一棵大树上，一下被震弹回来，再踹一下又被震弹回来。台上有人忍不住笑起来，马英秀觉得很丢面子，他恼怒地挥刀要去砍张大爪子的腿，被监斩官厉声喝住。县太爷吴敬文作为监斩官怕这样僵持下去会有意外发生，谁敢保证台下黑压压的人群里不会暗藏着张大爪子的同伙呢？他对刀斧手马英秀说："你就委屈点，就让他站着吧，他人头落地了还能站着，才是真好汉。"县太爷吴敬文让人给马英秀搬来一把木凳。做刀斧手十几年，杀人过百，马英秀还是第一次站在凳子上抡刀斩犯人。他阴着脸，嘴里发着牢骚，极不情愿地调整好凳子的摆放位置，向手里吐了口唾沫，随即站了上去。站在凳子上的马英秀并不比张大爪子高多少，马英秀对张大爪子说："好汉，请你把头再低点。"这次张大爪子很配合，他知道如果不配合好刀斧手，不能一刀人头落地，遭罪的是自己，都这时候了，何必跟自己过不去呢？他不仅低了低头，还向旁边挪了挪身子，让马英秀下刀角度更舒服些，对方舒服了自己才能舒服。张大爪子对马英秀低声说："兄弟，求你给哥来个痛快，哥来世会报答你的，拜托了。"马英秀说："放心吧哥哥，黄泉路上你就走好吧！"说着双臂聚力，将鬼头刀高高举起——人们屏住呼吸，等待手起刀落，人头滚地的惊魂时刻，女人们一手捂着孩子的眼睛，一手遮着自己的眼，指缝间却留一条细缝。不料此时却出问题了，也许是张大爪子脖子太过粗壮，也许是马英秀昨晚没有休息好，气力不足，那一刀大失水准，他的糟糕表现不仅没有让张大爪子感到舒服，还让众人大失所望，人们看到了寒光一闪，但没有见到人头落地，因为马英秀的刀虽然精准地砍中张大爪子后颈，刀刃却死死卡在颈骨缝里。马英秀自己也惊住了，从业多年还是第一次出现这种状况，他显然也被自己的失误惊呆了，呆愣了一下，像一个做错事的孩子似的羞红了脸，忙用力将刀拔出。此时，张大爪子的后背像披了块红布，脸也揪成花卷状，他张开血盆大口扭头冲着马英秀大骂一声："姓马的，我日你八辈祖宗——"一口血水劈头盖脸喷向马英秀，马英秀一惊，身子一晃从凳子上跌落下来。

台下一片惊叫声,接着都哄笑起来。刀斧手马英秀很快从地上爬起来,有人递给他一条麻布,他接过来擦了把满是血污的脸,盯着依然站立不倒的张大爪子,不由恼羞成怒,心想,你小子是成心让老子在父老乡亲面前丢脸。他向手里的鬼头大刀吹了一口气,准备砍第二刀,刚站到板凳上,不料台下一个粗布短打扮,腰别砍柴刀的年轻人,从人群中一个旱地拔葱跃上台来。台上的监斩官和刀斧手们大惊失色,以为有人劫法场,正要举刀上前,只见那年轻人向监斩官吴敬文拱手道:"老爷,可否让贱民一试?"监斩官吴敬文看了对面略显清瘦的年轻人一眼,有些不放心,虽张大爪子是死刑罪犯,死有余辜,但违规乱砍,成何体统。但看到年轻人目光坚定,成竹在胸,事已至此,让马英秀复刀,压力之下可能连他自己也无把握。"那你就试一下吧。"监斩官吴敬文示意马英秀将鬼头刀交给年轻人,年轻人说了句"不用",瞬间拔出腰间的砍刀,退后一步上前,身子随即跃起,一道闪光之后,张大爪子那颗硕大的人头瞬间飞离躯体,腾起三尺多高,抛出一道优美弧线坠落台下。围观的人群发出一片惊叫声,人们看到那颗落在台下的人头在地上翻滚了几下,脸面朝上竟露着满足的笑意。一个曾经被张大爪子害死儿子的老汉见他死了还笑,很是恼火,他拨开众人拎起张大爪子的人头,连扇了几个耳光。

不怕各位笑话,这个执刀的年轻人就是我的爷爷阚冒汗,那年他刚好19岁。

刑场上精彩的一刀，让我的爷爷阚冒汗一举成名。

我爷爷阚冒汗为何有如此胆量自荐刑场执刀，将匪首张大爪子一刀殒命？据说是因为张大爪子做了一件让我的爷爷恨之入骨的事情。年前，张大爪子竟掠走我爷爷心爱的女人关丫，掠进山里做了压寨夫人。三个月后，张大爪子又抢了个更漂亮的女人，就把关丫当作奖品送给了他的兄弟们，关丫成了土匪们共同的女人，不到百日就被蹂躏而死。阚冒汗从此埋下了对张大爪子的刻骨仇恨。仇恨能产生力量，也能产生奇迹，龙鸣县衙门的官员似乎并不关注这一点，他们更看重我爷爷阚冒汗多年砍柴练就的刁钻奇妙的刀功，他们需要这样既有完美刀法，又有极强心理素质的人。不久阚冒汗入了衙门，顺理成章地成为龙鸣县最年轻的职业剑子手。阚冒汗很珍视这份工作，杀起人来可谓兢兢业业，官府刑办领导对他很信任。每逢处决罪犯，几乎都由他执刀。阚冒汗行刑时从来不用衙门里公用的鬼头刀，一直用砍张大爪子时的那把长柄柴刀，每次抡起那把长柄柴刀，那刀刃会闪映出彩虹般绮丽无比的一道光来，光闪之下，人头落地，干净利落，不拖泥带水，不连筋带皮，从未出现过像马英秀那样的低级错误，"阚一刀"的绰号实至名归。有些死刑犯的家人为了让被斩的亲人少受罪，常常暗中给剑子手行贿，马英秀来者不拒，遇上大户人家还会多勒索一些，阚冒汗却婉言拒收，有时还帮助穷苦人家收尸，且分文不取，口碑自然比马英秀好。曾有死刑犯人家属找到县衙门，指名道姓要求行刑时由阚冒汗执刀。人们有怨相互诅咒，常会说："你小子不地道，就让阚一刀砍你一刀。"这么说吧，我爷爷"阚一刀"靠着一把砍柴刀干着正经的杀人营生，养家糊口，娶妻生子，他极大的敬业精神让一家人过上了相当不错的生活。

三

我爷爷"阚一刀"杀人无数，在他46岁那年却被人害死了。那年，我父亲阚文章25岁，我刚上私塾。杀我爷爷的人是副县长光泽一郎和汉奸马翰贤。要知道，九一八后，虽然日本占领了中国东北，但日本人是很少的。整个龙鸣县就两个日本人统治着，一个是副县长光泽一郎，一个是县守备队队长岸田三雄，其余官员和士兵都是中国人。老县长李长安因为不愿为日本人做事，以年老体衰为由，常年抱病不出，县里一切事务都由副县长光泽一郎处理。警察署长马翰贤的父亲是曾经的刀斧手马英秀。

据说，我爷爷阚冒汗当年的横空出世，让除了杀人而无其他技能的马英秀失去了饭碗和收受贿赂的机会，家庭生活水准大不如前，为此怀恨在心。马英秀临死时对儿子马翰贤一个劲念叨："都是那个阚冒汗，断了我们家的生路呀。"于是，马翰贤决计报复我爷爷阚冒汗。马翰贤的报复手段很特别，也很阴险，这是我18岁那年才知道的。

我16岁那年逃离县城中学不再读书，不是读不起，而是我恋爱了，我一恋爱就没有心思念书了。原本指望我光宗耀祖的父亲很失望，他对我的对象耿秋娟似乎也不满意。耿秋娟是我的同学，她老爹耿瘸子是个铁匠，在城西开着一个简陋的铁匠铺。每次看到我们在一起，父亲的脸就像女人裹脚布一样拉得老长。我父亲阚文章生性懦弱，而且有些愚钝，上完小学就辍学了，他没有继承他父亲阚冒汗的职业，再说那时候冷兵器时代已经彻底过去，刀斧手已经改为了火枪手。他只好自谋生路，成了一个整天走街串巷卖豆腐的小贩。

既然棒打不散，早些成家娶妻生子也好。这年夏天，父亲主动找到耿瘸子，两家人开始谈婚论嫁。他们不知道，我此时已经决定和耿秋娟分手。

我决定和耿秋娟分手与我爷爷阚冒汗的死有间接关系。说起我爷爷阚冒汗的死，全县百姓一直都愤愤不平，说他死得冤，死得惨，死得窝囊。据说，当年他蹊跷地死在县里最有名的一个叫逍遥楼的妓院里，死状有些滑稽，具体说是死在一个老妓女的肚皮上。他这种丢人的死法，让历来很注重家族脸面的我们阚家感到无比耻辱。我爷爷毕竟是当地著名的刀客，他的离奇死亡轰动全城，县公署开始调查，并悬赏捉拿了那个老妓女，但最后这个案件虎头蛇尾，不了了之，成为一大悬案。民间有多种版本，一种说法是日本人刚进东北时，得知我爷爷名气大，多次恳请已经赋闲在家的阚冒汗出山,担任县维持会会长,阚冒汗死心眼不识抬举一口回绝了日本人,还口出狂言说:"我才不伺候小日本呢。"看到小日本把大量木材、煤炭、大豆等物资,装上火车运回国内,背地里就说:"小日本真他妈鬼道,大老远跑到咱们中国,嘴上说是建立'大东亚共荣圈',其实是来霸占我们的土地,掠夺我们的资源哪,老子要年轻10岁就去参加抗联,专打他妈的小日本。"面对我爷爷的坚决态度,日本人很恼火。当时马翰贤在县伪满警察署当差,处处讨好日本人,后来当上了警察署长,他知道我爷爷没事爱逛窑子,那时候我爷爷刚死了老婆,就和一个30多岁的老妓女好上了。马翰贤给日本守备队队长光泽一郎出主意,用三块大洋收买了那个老妓女,两人云雨时给我爷爷服了大剂量的壮阳药,我爷爷和老妓女缠绵一夜之后,脱阳而死。另一种说法是我爷爷不守嫖规,在老妓女的肚皮上闹腾够了,爬起身想走人,还拿自己曾经是刀斧手吓唬人,结果被妓院的看守乱棍打死。这两种说法我更相信前一种。后来之所以案件成为悬案,是马翰贤这个败类想掩盖勾结日本人害死我爷爷的事实,伙同日本人从中作梗,往我爷爷头上扣屎盆子。总之,我爷爷不明不白的死,让我们阚家在龙鸣县颜面失尽,至今抬不起头。所以这笔账自然要记到日本人和汉奸马翰贤头上。阚家虽然称不上人丁兴旺,也不是后继无人。我觉得这不仅是家族的耻辱,也是中国人的耻辱,不报此仇,焉能挽回中国人的颜面?

小时候混沌并没有感到什么，长大后看到人们指指点点，让我颇感压力和责任。那天，父亲一边摇着豆浆包袱，一边无意间说起他父亲之死的时候，我才意识到，以父亲缺乏血性的懦弱天性，恐难报此仇，无法用强力手段挽回我们阚家的尊严，在父亲絮絮叨叨的哀叹中，我心中的复仇计划渐渐形成。

起初耿秋娟没有感觉到我的变化，我一直想找个合适时机表明我的想法。再见面时，我没有再主动牵她的手，更没有亲她的嘴，她这才感觉到了我的异样，问我："你这段时间是不是不舒服？"

"不是不舒服，是心里有个想法。"

"什么想法？是结婚的日子定得不好吗？"说这话时，耿秋娟红了脸。

"嗯，不是。是我觉得配不上你，咱俩还是分手吧。"说完这话，我觉得幸好没有和她睡过，我始终认为自己骨子里是一个善良的人。

耿秋娟反应的强烈程度是我没有料到的，她像遭了雷击似的，眼睛瞪得像愤怒的青蛙，足足半分钟才缓过劲来，低声问："分手？为什么？"

我说："我觉得，你应该找个更好的男人。"

她说："我哪里不好，你说出来，我可以改。"

我说："你挺好，是我配不上你。"

她说:"你瞎说,你一定是看上别的姑娘了。"她的声音有些哽咽。她突然掀开衣襟,把双乳递过来:"你不是要摸吗?摸吧,咋摸都行。"

我惊恐地向后退,仿佛那不是两坨香乳而是两颗炸弹。

我说:"是我不好,你使劲打我两下解解恨吧。"

秋娟没有打我,我知道她不会打。其实我真的舍不得她,秋娟真的是个好姑娘,我不忍心连累她。

四

和耿秋娟分手后,我感觉轻松了很多,但也不是毫无牵挂地实施自己的计划,一旦事情败露,首当其冲受到牵连的无疑是我的父亲,这是无论如何也摆脱不了的。我唯一能做的就是把事情办得神不知鬼不觉。

那天,父亲照例出去卖豆腐,我趁机从衣柜里翻出爷爷留下的那把砍柴刀,揭开裹刀布。那是一把在我们当地很常见的普通砍柴刀,但钢的纯度很高,刀背不算厚,刀刃却钝了。血是伤刃的,凑近一闻,隐隐有股血腥气,这股血腥气从刀尖一直延伸到刀柄的三寸处,绵延不绝。如今我让它再尝尝久违的人血滋味。

在人们眼里,我阚秀才始终是个老实巴交的孩子,从小乖巧听话,从不惹是生非,没有人察觉到我的杀机,没有察觉就没有防备，我有很好的机会实施我的复仇计划。

行动时间定在元旦之夜。每年元旦和除夕，马翰贤都要请光泽一郎和岸田三雄到家里喝酒，这是绝佳的机会，会让我省去许多周折。行动前我做了细致的准备，我很仔细地磨了那把砍刀，尽管此前已经磨了三遍，但还想让它更锋利些。此外，我还把多年不穿的千层底布鞋翻出来穿上，那是耿秋娟给我做的，一直没舍得穿。冬天穿上虽然有些单薄，但轻便防滑，避免行动时在雪地上滑倒。

中午，父亲破天荒地拎着一斤猪肉回来，今天豆腐卖得挺快，还有几块就卖完了。他嘱咐我说："你先把肉剁了，再到菜窖里取两棵白菜，等我晚上回来一起包饺子。"

整个下午，我不但拌好了一大盆饺子馅，还包了一百多个饺子，父亲回来可以吃现成的。我煮了22个饺子吃了，因为过了这个年我就22岁。

冬天日短，吃完饺子天已经漆黑，父亲卖豆腐还没回来，我开始行动了。我爷爷阚冒汗的这把砍柴刀有近一米长，为遮人耳目，我找来几根长长短短的干树枝和砍刀捆在一起，背着出了门。虽然刚刚下午5点多，天已经黑透了，小北风嗖嗖地刮在人脸上，就像无数根钢针飞刺而来。我背着这捆柴禾不紧不慢地向城东的马家大院走去，脚下千层底布鞋踩在坚实的雪地上，发出咯吱咯吱的声响。此时，人们都在家里忙着做晚饭，街上很冷清，两旁居民屋里昏黄的煤油灯光印在雪地上，泛起一片片奇怪的青光。走到十字街口的时候，我看见父亲阚文章还站在那家杂货铺的门前卖着他的豆腐。他一边跺着脚取暖，一边把手放在嘴上哈着气。春、夏、秋季，父亲都是推着板车沿街叫卖他的豆腐。进入三九天，他会在街边的刘记杂货铺前卖，冷得受不了可以进屋暖和暖和。这家杂货铺的老板刘金财是我父亲的私塾同学。父亲每天都要送刘金财一两块豆腐作为答谢，刘金财也不客气，笑着收下，有时候还留下父亲陪他喝两盅。

见有人过来，父亲喊了一声"豆腐喽——"又喊一声"豆腐喽——"那声音在寒冷的空气中带着颤音，听来既陌生又熟悉。我不自觉地停下脚步，默默地看着灯火阑珊处的父亲，眼泪情不自禁地流了下来。父亲也停止了跺脚，把双手插在袖筒里，有些奇怪地看着街对面那个背着一捆柴禾的人，光线灰暗，显然他没有认出自己的儿子。我突然意识到不能这样呆愣下去，我耸了耸肩上的柴禾，快步穿过了十字街口。我在心里对父亲说，爹，恕儿不孝，不能为你养老送终，儿子是在做一件有血性、有骨气，给咱们阚家挣脸面的大事呀。

走到马家大院对面，我躲在街角的阴影里，从柴禾里抽出那把砍刀，竖着握在身后。马家大院的大门楼上挂着的两个大红灯笼，把门前照得好大一片通亮，估计此时马翰贤正殷勤地和光泽一郎一起喝酒呢。

马翰贤家三世同堂，独门大院，还养了两个打手。我上前轻轻推了推大门，发现里面插上了门闩。我想爬上院墙潜入院内，怎奈院墙太高，试了几次没有成功。看来只能等待里面的人开门出来，趁机强行进入。我的双脚冻得麻木，来时忘戴手套，双手僵硬，插在怀里好半天才缓过来。这时，院子里突然传来女人和孩子的说笑声，接着两扇大门从里面一下打开，跑出一个七八岁的男孩，后面跟着一个拿着一根大烟袋的年轻女人。天助我也，我将手里的砍刀藏在后背，几步冲进了大门。女人愣了一下，或许看见了我背后的砍刀，女人舞动着手里的大烟袋跺脚大叫起来："来胡子了！来胡子了！"

女人惊恐的叫声惊动了屋里的人，首先冲出来的是两个家丁打手，手里端着盒子炮。看着黑洞洞的枪口，我转身就跑，刚出了大门，身后就响起了砰砰的枪响，子弹从耳边飞过的声音令我头皮发麻。我拼命向漆黑的后山跑去，两个家丁以为是下山吃独食的匪仔，撵了半条街才罢休。

我在山边树根下蹲到下半夜，冻得实在受不了了，才拖着僵硬的身体悄悄回到家中。

五

我一直佩服我爷爷，却看不起我父亲，现在更鄙视我自己——关键时候自己竟是个孬种。

快过年了，父亲起早贪黑越发忙碌起来，他每天至少做三板豆腐。龙鸣县居民有喜欢吃冻豆腐的习俗，年前几乎家家都要买些豆腐冻起来,吃的时候将冻豆腐和秋天留下的芥菜樱子放一起炖,是一道绝美的佳肴。很多不富裕的人家,一般买豆腐都是三块五块,有的用大豆换,但大部分人家是花钱买,因为大豆几乎都被日本人用最低的价格收走,运回了他们国内去了。成板买豆腐的只有几个大户人家,其中马翰贤家要得最多。父亲很不愿意给马家做豆腐,因为每次都被克扣。马家的管家秦瘸子每到年根时候,见到在街上卖豆腐的阚文章就吼道:"阚豆腐,明天到署长家取豆子,要做几板豆腐。听见没?"

阚文章连忙点头回道:"好嘞,好嘞。"

做豆腐很费柴火。这天,我拉着爬犁上山砍柴回来,刚进屋里,父亲在外面喊我:"秀才,快来帮我卸豆子。"我返回屋外,看见父亲满头大汗地推着那辆破旧的板车停在门前,车上放着一面袋大豆。"马署长家定了三板豆腐,后天就得给送过去。"父亲一边抓住豆袋子的一角将袋子拖下车,一边说。"这点豆子能够做三板豆腐吗?""不够咋整,也得做呀。""这不是明摆着欺负人吗?"父亲紧张地向四周看看,低声说:"你小点声,让人听见传到马署长耳朵里,安你个反满抗日罪,咱爷可就吃不了兜着走!"

一个人做三板豆腐,没有两天时间是完不成的。"你这两天就别去打柴了,帮我做豆腐,晚了马家该不愿意了。人家和日本人走得近乎,咱得罪不起人家。"我没搭腔,却在琢磨一件事。我拿起窗台上的一瓶卤水说:"这些卤水好像不够了,明天我去锦城再买一瓶吧。"父亲扭头看了一眼我手里的卤水瓶，说："行，早晚都要买的。"

锦城是周围百里最繁华的集镇，也是三江一带最大的货物集散地。我是坐杂货店刘老板家的马爬犁去的锦城。刘老板家每隔几天要到20公里外的锦城办些货。进入锦城已经是中午，刘老板的伙计狗剩把马爬犁拴在路边电线杆上，在马前放了草料就上了街。我们商定，先各自去买东西，然后在街口一个叫醉客居的饭店集合。锦城我并不陌生，伪满洲国前我就跟父亲来过好多次。我背着布包先去街边杂货店买了一瓶卤水，然后到一家叫寿庆堂的药铺买了两包砒霜，单独藏在布包的夹层里。狗剩办的货多且杂，我帮他把货物搬上马爬犁捆好，简单吃了饭，回到龙鸣县时天已经黑了。

两天后，趁父亲不备，我将买的两包砒霜全部投在一板豆腐里。以马家的人口数量估计，农历十五前，这三板豆腐肯定能吃完，因为那个时候天开始暖和，豆腐冻不住了。也就是说，在农历十五前，甚至更早时间内，马家就会有人被毒死，而且不止一两个人。

我知道纸里包不住火，一旦事发我和父亲在劫难逃，但我不能将事情向父亲和盘托出，我担心父亲知道了会拉我去自首，如果那样就成了龙鸣县一个大笑话，其结果比被抓住好不到哪去，甚至会更糟。

事情来得比想象的要快。三天后的大清早，父亲上街买豆腐，半晌就回来了,紧张地告诉我,马家昨天夜里死人了,一下死了三个——老爷马翰贤和他的小老婆冬菊,还有副县长光泽一郎当场就咽气了,县守备队队长岸田和马家的几个家人口吐白沫,半死不活。前来抢救的军医怀疑是食物中毒,警察们把马家围起来,任何人不得出入马家大院。天黑时,有人说守备队队长岸田三雄没抢救过来,也死了。

我有点后悔为什么不早点逃离龙鸣县。我开始收拾东西,父亲先是诧异,此时我不想隐瞒了,如果日本人查出马家人是吃了豆腐中毒而死,即使自己逃走了,父亲也脱不了干系。我对父亲说:"不如我们爷俩一起走。"父亲哀号一声:"你惹大祸了!"就瘫坐在地上。我突然感到内疚起来,自己要报仇为什么要牵扯可怜的父亲呢?事已至此,我劝父亲和我一起逃走。父亲却很固执:"事不是我做的,我不走,你自己走吧,走得远远的,逃到关内去吧,也好给阚家留个根。"随后又说:"让他们抓我吧,我一口咬定是自己在豆腐里下的毒,和其他人没有关系,儿子更不知情。"

当晚,趁着夜色,我无奈地离开家,背着包袱向西门方向走去。此时,城门已经关闭,警察把守很严,灯火通明,全镇四门落锁,三日内除日本人外,一律不得出入。我在坡下一个废弃的破庙里躲到天亮,还是没有找到逃出城门的机会。走时匆忙,带的干粮不多,数九寒天的,我不能这样冻饿而死。第三天傍晚,我悄悄走出了破庙。

城里炊烟袅袅，也许刚刚发生了大案，街上几乎看不见行人，只有成群的警察在巡逻。在街角一家当铺的墙上，我看到一张悬赏告示，上面还有张画像，借助暮色细看，我笑了，原来悬赏通缉的是我，逮住赏金3000元，提供线索赏金1000元。

我溜着街边，来到刘记杂货铺，透过窗户看见老板刘金财戴着老花镜正扒拉着算盘理账本，就轻轻推门走了进去。刘金财以为来了顾客，头也不抬，一边翻着账本，一边问："买点啥？"

"给我来点吃的。"我压低声音说。

刘金财突然停了手，慢慢抬起头，嘴里"啊"了一声，鼻梁上的老花镜一下滑落下来。"怎么是你？"他嘴唇哆嗦着，像是见了鬼。我走近，低声说："刘大爷，你别害怕，快给我弄点吃的。吃完我有事给你说。"

"日本人到处抓你呢，你还不跑？"刘金财惊恐地快步推开店铺门向外看了看，然后一把将我拉到杂货铺后面的小屋里，说，"你先坐着，你大娘刚烀的大碴子，我给你盛去。"

我一连吃了三大碗。

"我看见街上到处贴着我的悬赏告示呢，不知道这几天我爹咋样了。"我先挑起话头。"孩子，你可闯了大祸了。你爹没事，昨天还在这卖豆腐呢，明摆着的，日本人不抓他，是为了抓你。"刘金财低声说，"现在到处都在通缉你，你吃饱了，赶紧趁着天黑跑吧，离开满洲国逃到关内去，跑得越远越好。"

"大爷，我求你件事，你一定要答应我。"

"啥事？"

"你现在把我绑起来，再到警察署报告。"

"孩子，你好傻呀，能跑为啥不跑，逃命要紧哪。我不能为了赏金，干这种缺德的事呀。"

我说："好汉做事好汉当，我哪也不跑。我想把悬赏给您，我没机会孝敬我爹了，以后你就多关照一下他吧。"我流泪了。

见刘金财犹豫，我站起身，一头向墙角撞去——满脸血污的我倒在地上，无力地说："大爷，求你了，快把我绑起来吧。"

两天后，我被县警察押着走在街上的时候，全城响起了迎接新年的爆竹声。

走在县城的大街上，我一边走一边对站在街边的人群喊："老子杀了汉奸马三和日本鬼子，以后谁要帮助日本人欺负中国人就是这个下场——老子就要毒死这些倭寇和汉奸败类。"我听见我的声音在冬季寂寥的空中嗡嗡回荡，传出好远好远。我一遍一遍地喊着，以至声音有些沙哑了，直到被后面的鬼子用一块破布塞住了嘴。

此案惊动了关东军高层，我的所作所为令他们极为震怒，想从我身上深挖幕后黑手，其实他们想多了。

三天后，我被秘密押往佳木斯，关在宪兵队地下室。几天来，日本宪兵队不断对我进行审讯，并施以重刑，他们一直怀疑我与神出鬼没的抗联有关系，想以我为突破口，获得一些有关抗联的信息。日本人始终认为我是抗联的奸细，他们高看我了，其实我与抗联没有任何关系,我倒是想参加抗联,说心里话,我从心里佩服他们,那是一群有血性的真汉子,无论日本人怎么疯狂嚣张,有了他们中国不会亡的。可我实在吃不了那苦呀,整天在林子里窜,吃了上顿没下顿,一般人受不了那罪。话说回来,即使我主动找他们,他们也不一定要我呢。

我越是不说,固执的日本人越觉得我有问题,先是给我拉杆子,再坐老虎凳,又给我喝了自制的拌了汽油和白酒的辣椒水,后来又拔掉了我五个手指甲。我不是钢筋铁骨,几次昏死过去,真快坚持不住了。再次动刑时,我就说老子就是抗联的,啥情报都知道,就是不告诉你们小日本。

春天的时候,我被伪满洲国龙鸣县地方法院以"反大满洲国罪"判处死刑。

县警察署的警察用一辆敞篷汽车把我押赴刑场。那天,三江大地春光明媚,阳光真的很好,我站在车厢上五花大绑,身上被春阳照得暖洋洋的。我胸前挂着的牌子上写的是"抗联匪贼阚秀才",名字上画着大叉。我说过,我和抗联一点关系都没有,小日本之所以这么做,自然有其阴险的用意。我居高临下地看着街上熙熙攘攘围观的人群,我看到了挤在人堆里的刘金财正面无表情地看着我,也看见了抹着眼泪追赶刑车的耿秋娟,但没有看到推着豆腐板车的父亲阚文章。

前面说过,我是一个重视脸面的人,临刑前,我要求日本人开枪时不要打我的脸,让我体面地死,日本人客气地答应了。

汉奸警察们却很不耐烦，而且态度粗暴，他们一边用枪托锤我的后背，一边骂道："你他妈咋这么多事，老子专门打你的脸。"果然，执行时他们没有满足我的要求，第一颗子弹打在我的右脸颊上，斜着穿过我的后脑，又打在我身后的土壁上，击起一股血红的尘烟，我闻到了一股熟悉的家乡泥土的味道。第二枪打在我的心脏位置，三八大盖强烈的冲击力使我向后倒去，我之所以坚持向后倒，是不想让自己弄得灰头土脸，我要干干净净地死去。他们把我头颅割下来，悬挂在城头示众三天。

几年后，小日本无条件投降。我的故事开始在东北三江一带广为流传。他们为我立了碑，碑上写着：抗日英雄阚秀才之墓。每到清明节，孩子们还来给我献花。我的碑就在城西当年的刑场上，如今那里栽上了好大一片松树林，郁郁葱葱的。

一晃这么多年过去了，面对龙鸣县人民的如此厚爱，我在地下感到羞愧难当，我算个英雄吗？

面无表情的纳捷什金

大概从前年春天起,我家楼下街角的早市上,出现了两个外国人。具体地说,是一男一女两个年轻的外国商贩。小伙子个头不高,敦敦实实;姑娘则身材高挑,比小伙子高出半个头。近看,姑娘白皙的脸上有星星点点的雀斑。俩人都不足30岁的样子,一色的金发碧眼,在众多黄皮肤黑眼睛的人堆里,显得很另类。听口音,小伙子是俄罗斯人(可能是地域的原因,在哈尔滨的俄罗斯人很多),姑娘是哪里人就不好说了,因为她很少说话。我一直没弄明白她和小伙子是什么关系。他们的摊位在街角中部的三岔路口处,老话讲,一步差三市,这可是早市的黄金位置。他们的小摊夹在一个卖鱼摊和一个买鞋帽摊的中间,一块三米多长的铺板上摆满了色彩鲜艳的各类俄罗斯特产小商品,鱼子酱、格瓦斯、酸黄瓜、黑巧克力等等,可以称得上琳琅满目了。身后一棵硕大的柳树下,停放着他们那辆带箱的墨绿色三轮摩托车,那是他们的运货车,也是他们的交通工具。看样子他们住的地方离这里并不太远。

一年四季,俄罗斯小伙子始终穿着一身土黄色迷彩服,很少见他换过别的服装,只是春夏穿单的,秋冬则穿绵的而已。他的汉语说得一般,连说带比画基本能听懂。作为世界上最难学的语言之一的汉语,能学到这样程度已经很不容易了。与众不同的是,他的脸上一年四季都毫无表情,似乎天生不会笑、不会怒,说话声音低沉而富有磁性。姑娘估计汉语学得不好,来了顾客一般都是小伙子接待,多数时间她都显得无所事事,靠在一旁一边嚼着口香糖一边玩手机,偶尔说一句话,声音低沉且囫囵不清。在哈尔滨,俄罗斯商品专卖店很多,大都集中在中央大街、果戈里大街等一些主要旅游街区,而在居民区和中国早市商贩挤在一起的俄罗斯小商贩着实不多见。

夏日的某一天,有南方朋友要来,我特意到俩人的摊位上买几盒鲑鱼子酱,准备送给朋友,毕竟这种纯俄罗斯特产还是很有名气的,在南方是很难见到的。俄罗斯小伙子用有些蹩脚的汉语问我:"你买这么多是自己吃吗?"我有些疑惑,心想,难道自己吃你就不卖吗?于是告诉他说:"一盒自己吃,其余六盒送朋友。"他面无表情地又问:"你的朋友是在哪里?什么时候来?"我笑了,用手向南面一指,说:"深圳的,明天下午到。"他点点头,从摊位下面拉出一个印有中俄两国文字的纸箱,拿出一盒鱼子酱,对我说:"这一个,你自己吃。"

我见纸箱里还有好多鱼子酱，就说："这东西不沉，我一手拎走了，六盒你都给我拿着吧。"他摆手说道："不行的，送朋友的，你明天早上再来拿吧。"

"为什么？这鱼子酱不一样吗？"我被他弄糊涂了。

"鱼子酱是一样的。"

见我一脸困惑，他的声音提高了许多，大声解释说："你的朋友，回南方路很远，天热，明天有新进来的，可以多保存些时间。"哦，我终于明白了他的意思，心想，多么诚实的小伙子呀，我嘴里说着谢谢，心下升起一丝久违的感动。

此后，闲暇时我会经常到他们的小摊上转转。寒来暑往，渐渐熟络起来。小伙子叫纳捷什金，来自白俄罗斯明斯克，在哈尔滨某大学留学三年，学工商管理专业。前年毕业后，选择在哈尔滨创业。彼此熟悉后，我问："你既然想在中国创业，为什么不选择环境更好的南方？"他说："南方太热了，受不了。哈尔滨这座城市很不错，人也热情，气候和白俄罗斯也差不多，待习惯了。"在我和纳捷什金有一搭没一搭地聊天的时候，姑娘会不时地瞟我一眼，那眼神里似乎含着某种警觉。我一直想问他们的关系，情侣还是兄妹？还是别的什么关系？又觉得那是人家的隐私，外人不好过问。有一次，我起得晚了些，到早市买菜时，已到收摊时间了，市场上的人稀落下来。戴着红袖箍的市场管理人员，拿着扩音喇叭一个劲重复着喊："到点了，到点了，收摊了……"我走到纳捷什金摊位附近，看见纳捷什金和姑娘一边把摊板上的货物往三轮车上搬,一边嘴里咕咕噜噜说着什么,他还伸出手在姑娘的脸上轻轻拍打了几下,姑娘只是低头无声地抿嘴笑,脸上泛起红晕,纳捷什金则始终像个活着的雕塑,面无表情。

每当临近节日,纳捷什金的小摊前都会围满了人,姑娘自然不能再在旁边卖单了,也帮着拿货收钱,俄罗斯生产的糖果、饮料在这里销量最大,价格虽然高些,但味道独特,而且个大量足,买这些东西的大都是上年纪的老人,他们都是给自己的孙子外孙买的,这些东西可是孩子们节日里的最爱。有些老人会趁乱或以品尝的名义多抓几把糖,偷偷揣进衣兜里,我发现纳捷什金明明看见了,却没有阻止,只是盯着那人看,脸上依旧面无表情。被他盯住的老人,有的一下就羞红了脸,急忙把藏在衣兜的糖块扔回去,钻进人堆逃遁了;有的则对他的目光视而不见,没事人一样,表现出极强的心理素质。

然而,平日大多数时间,小摊还是有些冷清的,毕竟这些来自俄罗斯的商品质量上乘,但对普通老百姓来说有些小贵。

春节过后,受公司派遣,我到武汉参加岗位培训,一去就是两个多月,回到家再逛早市,发现纳捷什金一个人在自己的小摊位上忙碌着,却不见那姑娘的身影。他见了我并没有表现出对老客户多日不见的惊喜,只是同我点点头,依旧面无表情。见他一连几天都是一个人在忙乎,我不免好奇,借故买了瓶格瓦斯,随便问道:"怎么就一个人了?"纳捷什金说:"她回乌克兰参加总统大选投票去了，过几天我也要回白俄罗斯去。"

"你在白俄罗斯找到工作了？"我打开手里的格瓦斯喝了一口，问。

"是的。"纳捷什金一边从三轮车上往铺板上摆货，一边告诉我说，他的叔叔在明斯克开了一家"丝绸之路"百货店，生意很红火。叔叔知道他会汉语，来电话说让他回去帮他。

"中国的'一带一路'给白俄罗斯带来很多商机，我也准备在明斯克开家自己的店，专门卖中国的轻工产品，肯定能挣钱。"说到这里，我以为他会笑，但是他依然面无表情，好像在说别人的事。

三天后，早市上那个存在了三年多的俄罗斯商品小铺不见了，那个位置上换成了一个卖笨鸡蛋的。有人感到奇怪，咦，那两个外国小贩怎么不见了？我一边拎着菜往家走，一边叹道："人家回国挣大钱去了。"

据一个懂俄语的朋友说，纳捷什金在俄语里是希望的意思。

火红的纸灯笼

齐大双是在一个雪后无风的晚上，看到了同学王文革和他手里提着的纸灯笼。当时他刚刚吃完晚饭，正借着窗户的灯光在家门口堆雪人，听见前面不远的村街上传来一片叫嚷声，远远看去，只见一帮人正围成一圈，人群中还冒出橘黄色的光亮，他好生好奇，扔下手里的铁锨奔了过去。原来大家在围观一盏纸灯笼，提着纸灯笼的是同学王文革。那是一只用高粱秆和牛皮纸扎成的纸灯笼，外层刷了层豆油，里面蜡烛的火苗闪动，发出金黄色的光，比用凉水冻的冰灯笼好看多了。大家众星捧月一般拥在纸灯笼的主人王文革的身边兴奋地叫嚷："真好看，真好看！"同学唐建超跟在王文革的屁股后面一个劲哀求："让我也提一会儿吧，求求你了。"王文革好像没听见，或许真的没听见，或许装作没听见，他迈着六亲不认的步伐，一边走一边大声吆喝："离远点，离远点，别碰到我的灯笼！"样子器张得不行不行的。这时,齐大双忍不住也靠近王文革,小声说:"文革,我帮你提一会儿吧。"在学校他们是最要好的朋友,这是有目共睹的事实,王文革不让别人提也会让他提的。王文革想了一下说:"行,你就提一会儿吧,不许给别人。"齐大双连声说:"没事,你放心,我提一会儿就还你。"从王文革手里接过纸灯笼,齐大双兴奋得不行,他把纸灯笼在空中上下晃动,那橘黄的光彩像舞动的彩虹,在夜空中流动。众人都哄叫蹦跳起来了,有人开始趁乱动手抢齐大双手里的提杆,王文革见状急忙上前阻拦,但人太多,他忙乎不过来,场面有些混乱了。显然,齐大双招架不住众人的围攻,开始跑了起来,他要尽快摆脱这帮疯狂的家伙,眼看与他们拉开了距离,突然脚在雪地上一滑,摔了狗吃屎,手里的纸灯笼像一个火球滚了出去,瞬间燃烧起来,火焰升腾,很快变成了一堆灰烬。刚才还喧闹的人群顿时陷入一片死静。好半天,齐大双和王文革异口同声地大哭起来。

……

火烧灯笼事件后,齐大双始终不好意思见王文革,他整日心事重重,寝食难安。他决定赔王文革一盏纸灯笼。尽管王文革没有提出索赔要求,但赔偿王文革纸灯笼的想法像赶不走的蚊子一样嗡嗡地在他脑海里盘旋。这场事故是自己造成的,人家把好好的纸灯笼交给你,而没有交给唐建超,就是对你齐大双的信任,现在你把它变成了一堆灰,没有理由不赔偿人家,损坏东西要赔偿，是天经地义的事情。齐大双知道，那么好看的纸灯笼一定是大人做的，王文革做不出来的。王文革他妈手可巧了，会做衣服，还会剪纸，每年过年镇上许多人家的窗上都贴着各种各样的剪纸，都是王文革他妈送的，很有可能这盏纸灯笼也是他妈做的。一盏新的纸灯笼拎出去一会儿就烧没了，他爸妈不打他一顿才怪呢。齐大双觉得自己不能这样躲着王文革，他要主动去找人家道歉。但连着好几天，齐大双却没有再见到王文革，有几次他特意从王文革家门前走，希望能遇到他，当面向他道歉，并告诉他，他要赔他一盏新的纸灯笼。但他始终没有看见王文革。于是，他决定先制作一盏纸灯笼，然后提着新灯笼登门道歉，亲自把新灯笼交到王文革的手里。

齐大双家所在的良谷镇地处偏僻，交通闭塞，离最近的县城也有80公里，既不靠山也不临水，满眼是一马平川的大平原。对孩子来说，这里的一年四季很寂寞，没啥好玩的。尤其到了冬天，白天虽然可以在街路上滑爬犁抽冰尜，到了晚上只能在昏暗的煤油灯下，在大人们的唠叨声中度过漫长的冬夜。每年冬季，镇里最先亮起来的冰灯笼是开杂货店的秦老板家，三五天后各家门前也相继亮起玲珑剔透的冰灯笼，映照得满街通明。其实，制作冰灯笼并不难，小孩子也会制作——就地取材，用维得罗（一种V形水桶）装满水放在外面冻，冻好后拎回屋里缓一会儿，再整个倒出来，一个冰灯笼就基本制成。唯独有技术含量的是要掌控好冻的火候，冻小劲了，周围的冰壁太薄容易碎掉；冻大劲了，就冻死心了，变成了冰坨，放不进蜡烛。第一次制作冰灯笼，齐大双因为睡过了头，没有在夜里10点前将冻在外面维得罗里的水倒掉，差点冻死心，只能勉强放进一支小蜡烛。点亮后，他准备在邻居面前显摆显摆，连夜和弟弟齐小双抬着冰灯笼去街上走一圈，展示一下自己的处女作。哪知几乎冻死心的冰灯太重，雪地也太滑，没走几步，哥俩摔个四仰八叉，冰灯哗啦一声碎成了两半。所以说，要制作一盏空心大又厚度适中的通心明亮的冰灯笼，并不是一件容易的事。

这天上午，齐大双正式动手。首先准备制作纸灯笼的主要材料——秸秆。那天，他特别注意看了王文革的纸灯笼，是用高粱秆扎的骨架，那东西既轻又有韧性。于是，他腰缠麻绳胯别镰刀，踏着积雪，来到二里地外镇西口的土场院，这里堆着秋天收割回来的高粱垛，一垛一垛像小山一样。他把码好的高粱秸一捆捆拉出来，再将一根根高粱顶端那一节用镰刀砍下来，很快就弄了一大捆，然后用绳子捆好扛着往家走。这些秸秆足够做好几个纸灯笼。正是寒假期间，他有充足的时间制作纸灯笼。齐大双扛着高粱秸秆走到镇街口的时候，遇到了在街边水泡里的冰面上抽冰尜的唐建超。唐建超见了他，收起鞭子跑过来，问他弄这么多秸秆干啥，齐大双把准备赔王文革纸灯笼的事说了。唐建超说："王文革和他妈回县里他姥姥家了，要好几天才回来呢。"齐大双说："那我这几天就把纸灯笼做出来，等他回来就赔给他。"唐建超说："其实这事也怨我，要不是我带头追你,你就不会摔倒,你不摔倒灯笼也不会烧掉,要赔咱俩一起赔。"

"行,人多力量大,这些秸秆能做好几个呢。"两人来到齐大双家,虽然都没有做过纸灯笼,但他们觉得并不难。当两人开始进入实际操作时,才知道低估了纸灯笼的制作难度。其实,与制作冰灯笼相比,制作纸灯笼的工序复杂且技术含量要高很多。齐大双认为自己的动手能力比唐建超强,就让他先画设计图,按图索骥,这样成功的概率会高些。唐建超努力回想那盏纸灯笼的样子,趴在桌子上聚精会神地画设计图,齐大双找出削铅笔的小刀和格尺,又把母亲缝衣服的线拿出来,作为制作工具。两人开始在桌子上忙碌起来。折腾到中午,弄了满地的高粱秆皮,终于搭起了一个灯笼的框架,下一步就是往上糊牛皮纸,然后刷油。豆油是现成的,家里厨房就有。牛皮纸到哪去弄呢?唐建超说:"我家炕席底下就铺着牛皮纸,你等一会儿,我去拿一张来。""你妈能让你拿吗?""我偷着拿,不让她看见。"说着,唐建超跑着回家去了。

只要糊上牛皮纸刷上油,两个纸灯笼就大功告成了。齐大双把豆油倒在小碗里,等唐建超拿牛皮纸回来,然而,左等右等,眼看到中午了,还不见唐建超的身影。齐大双决定去他家找。唐建超家在镇的东头,数九寒天,街上没有几个人,显得很寂寥。齐大双一边走一边想,如果今天把灯笼刷上油,晚上点上蜡烛就提着给王文革送去。走到唐建超家门口,听见屋里传出一个女人的怒骂声，他心里一抖，不好，一定是唐建超挨打了。他悄悄趴在窗户玻璃的一角向屋里看，看见唐建超正趴在炕沿，裤子被扒到了膝盖，他妈正用笤帚秆打他屁股，唐建超发出杀猪般的号叫。齐大双站在窗外想了半天，他觉得唐建超挨打都是自己造成的，他不能不管，更不能一走了之。他推门进了屋，对怒气冲冲的唐建超妈说："阿姨，你别打小超了，是我让他回家拿牛皮纸的。"齐大双原原本本把赔王文革纸灯笼的事告诉了唐建超妈。唐建超妈停下手里挥舞的笤帚，说："哦，原来罪魁祸首在这呢。那你也脱了裤子让我打屁股。我不是舍不得那几张牛皮纸，是他不和大人说就偷着拿，这要养成毛病，长大了还了得吗？行了，既然你们是干正事用，你们就拿吧。"

　　唐建超擦干眼泪，提起裤子，跟齐大双一起走了，他妈让他吃完中午饭再去，他气鼓鼓地说不饿。外面冰天雪地，齐大双和唐建超在屋里干得热火朝天，废寝忘食。冬日寂寞时光在他们灵动的手中羞答答地溜走了。两人用面粉打了糨糊，裁好牛皮纸，小心翼翼地糊在灯笼架上，然后进行最后一道工序——刷油。别看牛皮纸又厚又笨，刷上豆油晾干后，透明无比，泛着微黄的光泽。灯笼底部是用硬纸板做成的，用于固定蜡烛，再将刷上油的纸灯笼扣在底座上固定好，再在上面系上一根绳用木棍挑着，一个纸灯笼大功告成。两人兴奋地轮流提着在屋里转悠，一种成就感油然而生。

　　晚上，唐建超突然来给齐大双报信——王文革从县城回来了。两人就跑去小卖店买蜡烛,然后提着纸灯笼来到王文革家。王文革他妈正在院子里打扫雪,看见他俩提着灯笼进了院,大声说:"哟,这俩孩子在哪弄的纸灯笼,还怪好看的。"唐建超忙抢先说:"我俩做的。""看把你俩能的,还自己制作的。"王文革他妈一脸的不信。"阿姨,真是我俩做的,是赔给文革的。""哈哈,"王文革他妈笑了,"你俩可真讲究,一个破灯笼还要来赔。"同时说:"外面怪冷的,你俩快进屋吧,文革在家呢。"

正在屋里看电视的王文革见他们提着个纸灯笼进屋来,满脸疑惑。齐大双说:"那天我们把你的纸灯笼弄烧了,今天赔你一个。"王文革有些不好意思起来,说:"哎呀,你俩可真有意思,一个破灯笼还要赔。我妈做了好几个,说过年的时候给你们一人一个呢。你们看——"王文革走进里屋,指着衣柜上说:"看,都在衣柜上面呢,油都刷好了。"齐大双和唐建超不约而同地仰天看去,在衣柜上面果然有好几个纸灯笼,整齐地排列着,像一对对孪生兄弟,煞是好看。两人看看自己手里的纸灯笼,都红了脸——手里这灯笼太难看了。

这时,王文革妈进了屋,对王文革说:"你看看人家,手多巧,没人教自己都能做纸灯笼。你看你,让你剪个字都剪不好,笨不笨?"齐大双说:"阿姨,我们的灯笼和你的一比太难看了,像个歪南瓜。"王文革妈说:"我第一次做纸灯笼还没有你们做得好呢。一会儿我剪几个家禽贴在灯笼上,就好看了。"说着,拿出剪刀和红纸，双手翻飞，看得两人眼花缭乱。一会儿工夫，活生生的家鸭鹅狗就齐了，然后贴在纸灯笼上，单调的纸灯笼顿时焕发出奇异光彩，变得别有情趣。

"这回好看吧？""好看，好看。"三个孩子拍着手跳起来。

回家的路上，齐大双和唐建超轮流提着纸灯笼在街上游走，他们特意绕道多走一条街，乐此不疲。他们要让全镇的人都来看看全镇独一无二的彩色灯笼。面对人们羡慕的目光和啧啧赞叹，他们忘记了寒冷，真是个温暖的冬天哪！

背　篓

　　背篓不是背篓，背篓是一只猴子，一只属猴的猴子。

　　说起来，时间有些久远了，我仍然时常惦念着背篓。

　　与背篓相遇是在20多年前的一个深秋。那年老天爷很赏脸，整个一年从种到收，要风来风，要雨有雨，可谓风调雨顺，庄稼自然长得好，用我们农场场长的话说是实现了"双超历史"——播种面积超历史，粮食单产超历史。当然，我所在的生产队也不例外，粮食喜获丰收，职工交粮的积极性也空前高涨。天好，庄稼收获得快，国庆节刚过，全队上交农场的任务粮就完成了，有的职工还超额完成了任务，我和队长老田破天荒地被农场场长好一顿夸，还在全场大会上通报表扬，看来年底评农场劳模是板上钉钉了。有谁知道，作为生产队的父母官，多少年来，我们为职工交不上粮遭到农场领导多少指责批评呀，少拿多少奖金呀，今年终于可以扬眉吐气了。

这天，队长老田乐呵呵地对我说："刘书记，现在不少家都多交了粮，咱们也要表彰鼓励一下，是不？"我问："咋表彰，奖励钱吗？"队长老田把头一摇，说："奖钱太俗了，我想组织他们去同江玩两天，费用队里出，你看怎么样？"在农场生产队，队长是一把手，管着人钱物，支部书记就是个配角。见队长这么说，我也觉得该表彰鼓励，就借坡下驴地说："这个办法好。"

享受这次旅游的有十几人，都是在生产队举足轻重的家庭农场主，我特意从农场租了一辆颇为豪华的中巴车，和队长老田一起带队，驶向150多公里外的边境小城同江。

晌午的时候，中巴车驶进了江边码头，此时渡轮上车辆已满，我们只好将车停在码头，人员全部乘船到对面的同江。一个多小时后，渡轮靠上了同江码头。从另一只船上下来一群俄罗斯游客，大家一起沿着平整的水泥路向市区走去。金秋十月，天空瓦蓝瓦蓝的，阳光很是灿烂，秋风很是清爽，男男女女，老老少少，大包小裹，说说笑笑，那场面就像是节日里走亲戚。码头离市区不近，走到客运站时，有人吵吵饿了，我说那就先吃饭，吃饱了再逛街，便抬头看附近有无合适的饭店，十几号人，一般小饭馆坐不下。望了半天，饭店没找到，却看见客运站广场上一棵柳树下黑压压围着一群人，还不时传来噼啪的抽鞭声。走过去一看，是一个瘸腿汉子在耍猴，地上放着一只破旧的铝制饭盒，里面散落着几张小额纸币和钢镚。瘸腿汉子面目粗糙，那张胡子拉碴的瘦脸好像好久没有好好清洗了，他一手牵着一只猴子，一手挥舞着鞭子，口里不停地唱着怪异的小调，一会儿让猴子钻铁圈，一会儿又让骑自行车。那猴子很小，和一只猫差不多大，是那种很常见的猕猴，由于长时间的磨损，细细的脖子上几乎没有了毛，露出青色光亮的肌肤。表演中那小猴稍有迟疑或懈怠，就会遭到狠命抽打。瘸腿汉子的鞭法很准，鞭鞭不落空，一鞭下去就飞落一撮毛，痛得小猴子吱吱惨叫，乱蹦乱跳躲闪。也许因为伤痛或是累了，再骑自行车时，小猴子一下从自行车上摔下来，人群发出一片善意的笑声。瘸腿汉子却显得很恼火，大声骂道："背篓，老子把你背这么大容易吗？你他妈消极怠工还耍赖，看老子怎么收拾你！"一个响鞭抽在小猴子的后腿上，血就流下来了。有人看不下眼了，对瘸腿汉子嚷道："师傅，你也太狠了，这猴子才多大呀，你就这么打，早晚还不让你打死呀。"瘸腿汉子很不服气，一边继续教训着小猴子，一边回道："多大？我把它妈从县马戏团买来那时，就怀着它，它属猴的，你说多大？"人群又发出一阵笑声。瘸腿汉子看了眼地上几乎空空的饭盒，很不高兴地说："你们要心疼它，就多施舍点，说那么多废话干什么。"这话真见效，那饭盒里叮叮当当地落进不少钢镚来。

我在心里默算，如果那瘸腿汉子说的是真的，这小猴子应该2岁或14岁，但看小猴子的样子绝不可能14岁，我不知道2岁的猴子相当于人类多少岁，只是心里怜惜这只叫背篓的小猴子。

　　明天就要返回，午饭后，我带着职工们参观了同江百年老海关旧址等几个景点后，职工们就钻进商场购物。是呀，今年粮食丰收，职工们的腰包鼓了。晚上我找了家大饭店，多点了几个菜，大家开怀畅饮，连司机也喝了半斤白酒（那时候没有酒驾一说）。旅店是队长老田找的，一栋长长的平房里并排十几个房间。我和队长老田搞特权，住两人间，其他人都住四人间。队长老田喝高了，回到房间栽倒在床，鼾声如雷。我自然也喝了不少，脑袋晕晕的。这一天累得不轻，趴在床上想好好睡一觉，但旁边床上的老田不让人睡，那鼾声冲破了窗户，掀翻了屋顶，直到我在他的脚心抹了两坨牙膏。谁说偏方不好使，我跟谁急。

　　北国的深秋之夜，已是寒气袭人，半夜披衣起夜，听见走廊角落里传来窸窸窣窣的声响，借着昏黄的灯光，竟然看见那只叫背篓的小猴子正蹲在冰冷的水泥地上瑟瑟发抖，两只圆圆的大眼睛充满惊恐，脖子上的绳索用一只拇指大小的锁头锁在走廊的暖气管子上。看来那瘸腿汉子也住在这里。我上前摸了一下背篓的小脑瓜，它竟然没有反抗，也没有躲避，我返回房间找来半块面包递给它，它看了我一眼，一把抓过去急促地吃了起来，那狼狈的样子又可爱又可怜。想到小猴子还要继续受罪下去，我被酒精刺激得还在晕胀的脑子里忽地闪出一个念头——解救小背篓。我用力拽了拽那绳索，发现绳索很结实，一个人是拉不断的。怎么办呢？我想找把刀，哪怕指甲刀也好。回到房间，却看到队长老田放在床头柜上的打火机。在深夜寂静的走廊里,我啪地打燃了打火机,背篓一见火光,顿时惊跳起来,我用小腿夹住它的头,不让它乱动,足足半分钟才烧断绳索。我一手抓住背篓的脖套,一手托着它的屁股,将它放在走廊的窗台上,然后轻轻推开了窗户,把它推了出去。我看见夜色中的背篓瘸着那条后腿,有些吃力地跳上屋后的矮墙,然后回过头望着我,一双圆圆的大眼睛在月光下一闪一闪,那目光有些兴奋,也有些茫然。我向它摆摆手,示意它快跑,它却依然蹲在那望着我,足足有五秒钟后,它才一扭身消失在茫茫夜色中。

我离开旅店的时候,那个挥了一天鞭子、吼了一天小调的瘸腿汉子还没起床,那条被我烧断的绳索还挂在走廊的暖气管子上。我不知道那瘸腿汉子住在哪个房间,也不知道他一觉醒来发现消失的背篓和烧断的绳索会暴跳如雷,还是一叹了之。

事后,这件事竟成为我始终萦绕心头挥之不去的一件恨事——背篓这只获得自由的南方小猴子面对寒冷的北国山林,能生存下去吗?我一厢情愿的救助,对背篓来说究竟是一种解脱,还是一种伤害?抑或一场灾难呢?

如今,转眼已经过去20多年了,背篓如果还活着应该24岁了,今年是它的本命年。

某种时候,我们获得自由之时,或许也是不幸的开始。

积　肥

　　整个晚上，父亲弄得动静挺大，能看出他很卖力。昏黄的煤油灯光，悠悠地闪动，父亲额头和鼻尖上一粒粒成色饱满的汗珠闪着油润亮光，手里舞动的镰刀一下一下地举过头顶，紧抿着的嘴角也不时随之抽动，表情像孩子摆弄心爱的玩具一样专注，丝毫看不出有敷衍的意思。那把锈迹斑斑的镰刀明显不给力，刀刃钝得像老太太的脚后跟，砍在坚韧的柳条节杈上一个劲打滑，一削一出溜。镰刀头还时常脱离刀柄独自飞行，有一次竟像一只受伤的乌鸦，跌飞到了炕上，差点砸到正在煤油灯下聚精会神给我补裤裆的母亲头上。母亲受了惊吓："你想害死我就直说！"捡起镰刀头狠狠扔了回去。父亲是连队的物资保管员，从老家四川转业到北大荒已经十余年，两只握了八年枪的手，竟笨拙得像个孩子。若换个手巧的人，编三只筐个把小时就完事，父亲却忙乎了大半夜，弄了屋里满地的柳条皮，两个筐都没编完。我觉得父亲天亮前能编完三个柳条筐就算烧高香。

第二天一大早,我兴奋地爬起炕,发现父亲躺炕头上幸福地打着鼾,凌乱的地上扔着编好的三只筐。我趿拉着鞋下地,开始检查这三只筐的质量,我要从中选出一只满意的。我像一个将军审视俘虏一样看着脚下的三只筐,然后挨个提起左右端详。昨晚父亲还在奋力工作时,我不知道啥时候躺在炕上睡着了,没能监督到最后。现在一看,发现三只筐都有明显的问题,最致命的是筐的形状都是拧巴的,用大人的话说,叫七扁八不圆,没有别的同学的筐看着板正,放在地上像喝多酒的醉汉似的东倒西歪。我越看越来气,开始的兴奋变成了怨愤,向三个筐挨个踢了一脚,噘着嘴,使劲推了一把酣睡的父亲,嘴里嚷道:"你编的啥破筐呀,尽糊弄人。"被弄醒的父亲眼都不睁,不耐烦地说:"嗨呀,你就对付用吧,又不是找媳妇,还挑肥拣瘦的。"

其实,我用筐不是来挑东西,我一个小孩子能挑动个啥。也不是用来装干粮,家里厨房灶台上已经有个馒头筐。我用筐是来捡粪。按理说,种地积肥捡粪是大人们的事,去年连队也积肥了,就没有学生什么事。可是前两天连队在队部大食堂召开积肥动员大会,校长领着我们小学二十几个小学生也参加了。

"不是我要积肥,是响应毛主席的号召,深挖洞,广积粮。有肥才有粮嘛。我们兵团都在掀起积农家肥热潮哟——"连长黄大凡浓重的贵州口音异常尖细,如果不看那张胡子拉碴的黑长脸，你会以为是个女人在说话。"团里（也就是团部）年底还要评选积肥先进单位、先进个人。今年团里给我们连下达了300吨的积肥指标呕，完不成要受处罚的。我要特别强调一下哈，大家一定要深刻领会积肥的重大意义，端正积肥态度，重视积肥工作，这可是政治任务，马虎不得哟——"

连长的动员讲话一结束，连队农工班、机务排、后勤组的头头们纷纷上台表决心。我们学校的叶校长是北京女知青，在一群大老爷们面前有些腼腆，她最后一个上台，一口京腔脆声脆气的像春天里的百灵鸟："各位领导请放心，我们学校一定保质保量按时完成积肥任务。"说完，俊俏的小脸泛起了红晕，逃一般跳下主席台。

有人向连长黄大凡反映，积肥捡粪大人小孩齐上阵，各家铁铲和粪筐不够用呀。连长觉得这是个很现实的问题，立马安排烘炉加班加点打造了几百把铁铲，又派出一个农工班开着拖拉机到30公里外的黑龙江边割回一大车江柳，每家按人头分了一捆或两捆，一大捆柳条够编好几个筐呢。

我家领到了四个铁铲，编三只筐。曲秀英家人口多，领了六个铁铲，编了五只筐。曲秀英和我是同班同学，也是门挨门的邻居。她家是河北人，他爸说话侉了吧唧的，人都叫他曲老忐。兵团每个连队就是一个"联合国"，我们连队60多户人家来自全国20多个省（市、自治区），还不算从各大城市来的100多个知青。连队一开大会你就听吧，整个会场南腔北调，方言俚语，此起彼伏,如同滚开的一锅粥。曲秀英有一个弟弟和一个妹妹,她妈不知得的啥病,常年躺在炕上哼哼,能吃能喝就是不能干活,连下地做饭都干不了,还脾气大爱骂人,家里活全靠曲秀英一个人。

冬季是积肥捡粪的最佳季节,尤其雪后,原本稀溜溜软塌塌的猪粪、牛粪、人屎,在寒风中很快变成硬邦邦的石头,不脏不臭,与地面之间隔着松脆的积雪,用铁铲一铲就下来了。一入秋,连长把全连的积肥任务下达了,积肥不但有数量指标,还有质量要求,粪里杂草和泥土太多都要减体积的。连长不但把积肥任务分配到农工班、机务排、小学校,还分配到每户职工家庭。连长说了,要把冬闲变成冬忙呀,坚决完成积肥任务呀。往日人见人烦,躲之不及的人屎畜粪,一下子成了香饽饽。有人很不情愿,对连长说:"连长,全连就300来口人,牲畜也就几十头,上哪去弄那么多粪?"连长说:"上年我们连就没有完成积肥任务,如果今年再打狼拖全团的后腿,老子就有被撤职的危险,老子压力大呀!"

第一场雪落下,天一亮,人们爬起炕干的第一件事,不是洗脸,不是吃饭,而是捡粪。冬日晨曦的寒风里,连队大路小巷三三两两全是捡粪的人群,比赶集还热闹。女人和孩子们胳膊上挎着柳条筐,男人们嫌挎筐太娘气,一般都拉着爬犁,爬犁上立一个圆筒状的大柳条筐,很是气派,成为冬季里一道奇特的风景。

每天早晨上学,我和曲秀英会不约而同地走出家门,我们右手跨着粪筐,左肩跨着书包,一起走在去学校的路上。曲秀英有一张红红的苹果脸和一双黑葡萄似的好看的眼睛。她是女生,在学校她很少和我说话,我也不怎么和她说话。但我们两单独在一起时却有说不完的话,我喜欢看她的黑眼睛和一笑就翘起来的嘴角,咋看也看不够。有时候大人不在,我就到她家一起趴在炕沿上写作业。曲秀英学习好,和她一起写作业,可以抄她的。曲秀英并不愿意让我抄她作业,每次我要抄她作业,她就把作业本藏在身后:"你抄习惯了,老也不会做了。"我就动手去抢她手里的作业本,曲秀英瘫痪在炕上的老妈看见了,以为我俩在打架,就开始骂人,嗓子咕噜咕噜的,听不清骂的什么,眼睛瞪得老大,怪吓人的。看她愤怒的表情,断定肯定不是啥好话。再后来写作业我就让曲秀英到我家来写,开始她不敢,说怕碰见我爸我妈,我说没事,他们要天黑才下班呢。其实,我们每次在一起做作业时间很短,顶多半个多小时,曲秀英就该回家做家务,她要在父亲曲老忐下班之前,不但要做好饭,还要喂鸡喂鸭喂猪,忙完这些天就全黑了。

我们学生捡的粪都统一堆放在学校房后的粪堆上,上课的时候粪筐一律放在学校外面房山头。为了防止拿错,每个人都在自己筐上做了记号,我在筐篮上系了一根麻绳,狗子在自己篮把上缠上了铁丝，曲秀英在筐上系了一根红布条。在一大堆的柳条筐堆里，她的那根红布条最醒目。放学回家捡的粪就倒在自家猪圈旁的粪堆上，算自家的任务。

快到元旦了，连长要对各家积肥进展情况进行一次摸底检查，然后趁上冻先把各家积的肥统一送到地里去，开化了，车就开不进地里去了。连队分了若干个检查小组，俩人一组，一人带着一拉哗哗响的卷尺，一人腋下夹着账本，挨家逐户丈量积肥的体积。几天检查下来，发现有两家任务没有完成过半，也就是说，照这样的进度，这两家在开春种地之前是完不成积肥任务的，这两家像两个大包袱直接拖了连队积肥任务的后腿。

没想到这两家就是我家和曲秀英家。我家只是数量不太够，而曲秀英家不但数量不够，所积肥的质量也不合格——杂质太多。用连长的话说，那是肥吗？简直就是垃圾嘛。

有两家拖后腿，问题有些严峻，连长专门召开了全体职工大会。会上，连长通报了检查情况，对我们两家提出了严厉批评，并决定在春节前再进行一次积肥工作大检查，如果还达不到要求，就要对我们两家实行"资格三取消"——取消评选先进资格、取消看电影资格、取消过年分猪肉资格。说心里话，取消前两项我家并不在乎，因为我父母压根没有当什么先进的想法，对那玩意不感兴趣，也没有那种奢望。至于看不看电影那就更无所谓，连队一般都是在露天放电影，也不买票，你还能派人把我们家人的腿都绑起来吗？我家最在乎的是每年过年按人头分的猪肉，那可是事关全家过年能否吃上肉馅饺子的大事。我认为曲秀英家对所谓的"资格三取消"的态度应该和我家是一样的。

这天早上，我又尿炕了，不知道怎么搞的，一进入数九天我就尿炕，每个星期基本保持尿三到四回。我妈揪着我耳朵虚张声势地打了一阵儿，耽误了一点宝贵的捡粪时间。当我挎着粪筐走出家门时，看见曲秀英和狗子他们已经在街上了。西北风很硬，刀片般刮在脸上生疼，虽然穿着棉猴戴着棉手闷子，风依然像锥子似的从袖口的细缝扎进肉里，又从肉里钻到心里。我顾不上看地上哪有粪，赶紧缩脖子转过身，用后背顶着呼呼的北风，一步一步倒走着，很快追上了曲秀英。曲秀英头上只裹了一条单薄的花头巾，长长的睫毛和刘海上挂满了白霜，我用袖子擦了下流出的鼻涕，对曲秀英说："看你冻的，都成白毛女了。"

"你还好意思说人家，你自己不也冻得鼻涕拉撒的。"她并不看我，眼睛一直在地上撒摸。我看见她的粪筐里和我一样也是空的。走到一个柴禾堆跟前，我看见了几粒羊粪蛋，眼前一亮，悄悄指着对曲秀英说："那有好几个羊粪蛋。"

"那你咋不去捡？"我说："还是你捡吧，一会儿让别人看见捡走了。"曲秀英就快速将那几粒羊粪蛋用小铁铲戳进筐里，然后看了我一眼，脸就红了，声音低低地说："谢谢你呀！"

这时，狗子不知什么时候来到了我们身后，他一直在我们前面的。狗子高声喊道："你俩偷摸唠啥呢？"见狗子凑过来，曲秀英连忙走开了。我知道她很烦狗子，其实我也很烦狗子。

"宝根，你咋来这么晚呀，捡多些了？"狗子没话找话，我装作没听见，一个人低头往队部方向走去。走着走着，发现路边沟里的雪面上露出一个黄色的尖尖，凭借以往经验，我断定那下面肯定是一坨很大的牛粪。见狗子跟在后面就假装向别的地方看，想把他引开后再捡，可狗子像橡皮糖似的一直黏着我，并也向沟边撒晔。我紧张起来，如果让狗子发现那坨粪再捡就晚了，我决定先捡到手再说，就拎起粪筐直奔沟边而去。没想到狗子也跟了上来，我虽然在狗子前面一点，但手里的筐很重，影响我冲刺的速度。狗子的老爹是连队木匠，编的筐轻巧精致，狗子几步赶了上来，但他并没有看见那坨粪在哪里，往前抢只是出于本能。趁狗子站在沟边四处看时，我以最快的速度挥起手里的铁铲将那坨牛粪铲了起来，几乎同时，狗子的铲子也到了。"我先看见的。"我大声说。"是我先看见的。"狗子说。俩人互不相让，仿佛一场激烈的冰球赛，那坨牛粪被彼此打落几次，直到没了踪影。接下来我们就推搡起来。我退回几步，抓起一把雪扬了狗子的头，狗子捡起一块冰块扔过来，击中了我的脸，血就流了下来。我哇的一声大哭起来，扔下粪筐捂着脸往家跑。母亲收拾完碗筷正要去上班，见到我满脸血污地跑回来，她并没有惊慌，而是很镇定地问明了缘由，然后拉着我到连队卫生所做包扎，巴掌大的一块纱布遮去了我半张脸，只能用一只眼睛看东西。接着母亲又拖着我直奔狗子家讨说法。狗子的父母都在家，他们并不相信是自己儿子打的，面对我们娘俩的一面之词，他们执意要找来狗子对证。两家人吵嚷着一起来到学校找狗子。一进教室，虽然遮了一只眼，我还是看到同学们惊讶的目光，接着是嘻嘻的笑声。狗子不在学校，可能知道自己惹了祸，躲起来了。校长看了看我的伤，说："没事，就是破了一点皮，赶紧上课吧，一会儿狗子来了，我让他给你赔礼道歉。"

好几天过去了，狗子一直没有给我赔礼道歉，他父母也没来看我，我妈拖着我到连部去找指导员，她走得很急很快，我几次差点被她拖倒。和连长一样，指导员也是军人出身，是个很有正义感的四川老兵。指导员对狗子的恶劣行径很是气愤，这是在破坏积肥的大好形势，简直是个小反革命。当即写了个纸条交给会计，从狗子他爸的工资里扣除5块钱医药费给我。狗子他爸开工资时发现每月原本30元工资无端少了5元，就和会计理论起来，会计拿出了指导员的纸条往桌上一拍，说："你自己看。"狗子爹拿起纸条看了半天，啥也没说就走了。那晚，狗子杀猪般的哀号，响彻了半个连队。要知道，5块钱能买足足8斤猪肉呢！半个月里，狗子都是撅着屁股站着上的课。

我的座位离教室门口最近，每天放学，总是第一个冲出教室。曲秀英坐在我的后面。她每次放学几乎都在我后面，所以她捡的粪没有我多。其实，即使走在前面也捡不到多少粪，有时候一个粪团也捡不到。

那天放学，快走到家时，看见曲秀英的父亲曲老志站在土路上用木棍打她的弟弟曲秀才。曲秀才已经9岁了，不知道为什么一直没上学。此时的曲老志显得很气愤，一下一下高举木棍，起落的频率很高，曲秀才屁股棉裤上的棉花像雪花一样漫天飞舞。见到我和曲秀英一前一后走过来，曲老志打得更起劲了，从他边打边骂的话语里，我大致知道了缘由，原来曲秀英的父亲曲老志给全家制定了规定，不论大人孩子，有屎不能到处乱屙，也不能拉到公厕里，要憋到家里来屙，而曲秀才刚才违反规定把屎屙到了路边，被下班的父亲抓了现行。更让曲老志恼火的是，就在他们爷俩吵闹的时候，那泡屎被后街的刘老太太捡走了。曲秀才这泡屎拉得突然，刘老太太没有准备，也没带粪筐，她急中生智，在路边撅了一根干枯的艾蒿秆把曲秀才的那泡屎夹着回家了。正常来说，用一根艾蒿秆是弄不走一泡人屎的，可曲秀才大便干燥，于是刘老太太就像夹着一根刚出锅的麻花一样夹走了那泡屎。

曲秀英见父亲在街上大张旗鼓地打弟弟，有些怨恨父亲，她一反往日的温顺，瞪着一双好看的大眼睛，对父亲大声吼道："不就一泡屎吗？就这么狠地打人，吵吵嚷嚷地不嫌丢人哪。"曲老志是个很要脸面的人，自家积肥落后拖了连队后腿，被连长在大会上点名批评，已令他颜面尽失，现在女儿又当着外人面顶撞自己就更加恼火，上前一步，挥手扇了曲秀英一记耳光，骂道："你个死妮子，还给他帮腔，他违反规定，不该打吗？眼看就开春了，咱家肥还差那么多呢，我能不着急吗？"我还是第一次看见曲秀英挨打，那一巴掌很响，就像甩出的马鞭，我心里一惊，好像那巴掌不是打在曲秀英的脸上，而是打在我的脸上，我真想上去也给曲老忐一巴掌。我以为曲秀英会哭，但她只是愣了一下，捂着脸看着父亲，没有哭，也没有闹，表情平静地向父亲说道："爸，我知道你心里不痛快，你放心，咱家积肥任务会完成的，你就别生气了。"说完转身回了家。

曲秀英失踪的消息，我是第二天上课时候听说的。早晨没有看见她出来捡粪，也没有看见她来上学，以为她家有什么事，或者是昨天挨了父亲的打，生气不来上学了。后来听老师说，她昨晚在家吃完饭就独自出去了，到现在也没回家，曲老忐在家急得团团转。下午，连队开始组织人到处找，钻树林，下菜窖，翻厕所，折腾到天黑，也没见曲秀英的身影。人们很纳闷，大冬天的，一个小姑娘能去哪呢？

第二天，下午放学快走到家时，看见曲秀英门前停着一辆军用吉普车，还围着很多人，我好像预感到了什么，快步赶过去。走到人群跟前，我没有往里挤，我隐隐有一种不祥的恐惧——曲秀英一定出事了。狗子从我身边跑过去，兴奋地钻进人群里去看，被一个戴大盖帽穿公安制服的人很粗暴地搡到了一边，差点摔倒。

曲秀英的尸体是在她家仓房里被发现的,她喝了存放在仓房里的剧毒农药,那是她父亲曲老志夏天用来给菜园杀虫子的。让所有人没有想到的是,尸检报告显示,13岁的曲秀英死前受到过严重的性侵,血流湿了半条裤腿。

发现曲秀英尸体的第二天,公安人员在离连队家属区一公里外的马号房后的粪堆旁,找到了曲秀英系着红布条的粪筐,顺着这条线索,公安人员顺藤摸瓜,把马号的更夫老郭头抓了起来。老郭头是个从山东闯关东来的老光棍,开始嘴很硬,死不承认自己与小女孩的死有关。三天后,与公安人员较量了几个回合下来,他不得不交代案件发生的过程。据老郭头供认,那天晚上他独自在马号更房里喝完酒,到外面撒尿,看见屋后粪堆上有个人影在晃动,他知道是有人偷粪。马号里养着八匹马和十几头牛,每年冬天圈舍后面的场地上牛粪马粪堆积如山,马号离家属区不远,是偷粪人的首选之地。以前也曾发生过职工夜里来偷粪的事情,被他抓住后,人家给他一包烟或一瓶酒,他也就放人了,一个连队住着,抬头不见低头见,再说粪又不当吃不当喝,不管哪的粪,早晚都要撒到地里去,谁拿去不都一样吗?他也乐得做个顺水人情。他已经好长时间没有抓到偷粪的人了,真希望再抓住一个弄点烟酒享用。今晚,这人竟撞到枪口上了。他悄悄靠近,一把将那人逮住了,拖进屋里一看,是个俊俏的小姑娘,烟酒是得不到了,总不能就这样放了吧。

他眯着醉眼盯着缩成一团的小姑娘，也没问是谁家的孩子，借着酒劲扑了上去，像拎小鸡一样把女孩按在炕上。事后女孩儿趁他不注意跑了出去，以后的事他就不知道了。

曲秀英的遗体被拉到西山土岗下葬的那天，连队许多人都去了，不少同学也去了。我没有去，我躲在自家柴禾垛后面哭了，哭得一抽一抽的，我不知道自己为什么这么伤心地哭。

不久，我们连队的连长和指导员都换了，我也离开连队到团部上中学去了。放暑假回家，见曲秀英家大门紧锁，我妈告诉我，曲老志家都搬回河北老家去了。我问："连队的积肥任务完成了吗？"我妈没说话。

多年以后，我从省城回到农场参加同学聚会，决定借机到当年居住的连队看看。狗子很是诧异，大声嚷道："连队早就扒没了，一栋房子都没剩，啥都没了，有什么可看的。"我说看看那里的大地也好。狗子很无奈地开车拉着我去了。果然，连队的连部和家属区已无踪影，展现在面前的是一片宽阔的水田。

路过西山土岗时，看见那里已开垦成一片肥沃的耕地，正生长一片浓绿茂盛的大豆。车子驶上坡顶，我让狗子停车，说："你自己先回场部吧，下午再来接我。"

此情可待

这些日子,诗人罗一夫一个人过得挺滋润,挺清闲,也挺寂寞。他刚刚经历了一场惊心动魄的离婚风波。他和吴婉晴之间30年的婚姻宣告结束。起初吴婉晴提出离婚的时候,他是不同意的,他实在找不出妻子提出离婚的理由,他们之间没有大的矛盾,吵架也很少,更不存在家暴,而且儿子马上就要结婚,婚房都准备好了,再过几年退了休,老两口含饴弄孙,颐养天年。她吴婉晴这个节骨眼上闹离婚,着实令人费解,似乎让人怀疑暗藏某种隐情。

当然,两人平时各忙各的,沟通交流得少倒是事实,但也不至于闹到离婚的地步,人家两口子打得你死我活也没说离婚。罗一夫至今弄不明白吴婉晴为什么把维持了30多年还算和谐的家庭说不要就不要了。这么多年,为了这个家彼此都付出很多,罗一夫感到很委屈,也很恼火,他觉得吴婉晴突然翻脸是得了更年期综合征，无理取闹。"我和你过够了！"吴婉晴说的话，在他看来就是任性女人的气话。直到吴婉晴又说出三句话，使原本还希望彼此关系有所缓和的罗一夫，对自己的婚姻彻底死了心，现在她吴婉晴就是说不离了，他罗一夫也坚决要离。不管说这三句话时，这个女人是理智的，还是没有经过大脑随口而出的，他相信任何作为丈夫的人听了妻子这样的话都不会原谅："罗一夫，我从来没有爱过你。""我和你没有感情。""你死了我都不会哭的。"

这三句话可以单独成句，也可以连成一句。罗一夫觉得是代表三层意思，它像三把利刃直刺他的心。罗一夫有种想哭的感觉："我做啥对不起你的事了？你这样对我？"吴婉晴语气决绝："你没啥对不起我的，我就是不爱你，从来没爱过。"既然话都说到这个份上了，他罗一夫也没有什么可留恋的了，心想，如果自己再赖着不同意离婚，一味维持这种有名无实的婚姻，那就真成了无赖，没有一点男人的尊严了。回想起前些年自己有几次喝多了酒，烂醉如泥地回到家，摔倒在地板上，吴婉晴连看都不看他一眼，直到冻醒了自己爬上床。还有一次他喝多酒摔伤了脸，回到家栽倒在床，弄了被子褥子到处是血，吴婉晴竟然把他扔在家里，自己出去打麻将。罗一夫曾一度怀疑妻子外面有人了，或者发现了他与刘玉琪的暧昧关系，但通过观察和种种迹象表明，这两点都没有确凿的证据，退休在家的吴婉晴除了和小区里的人打麻将，很少出门，没见她和哪个男人有过多接触。从内心讲,罗一夫对吴婉晴还是有感情的,两人毕竟是初恋,而且共同生活了30多年,就是块石头也焐热了。他曾经设想过,如果和刘玉琪的事情有了眉目,他将以什么方式向吴婉晴提出离婚请求,说心里话,他有些不忍心。现在看来,他高估了自己在对方心里的地位。这样也好,至少消除了内心的愧疚感。他心里怨恨吴婉晴既然不想过了,为什么不早一点提出离婚,哪怕早两年,他就可以以一个单身男人的身份大大方方名正言顺地公开追求刘玉琪,情况也不至于陷入这种被动尴尬局面。

离婚后,罗一夫独自离家在外租房住。新租的房子离单位仅一街之隔。单位有食堂,一日三餐免费供应。如果他乐意,可以三顿饭都在单位吃,每个月能省下上千元伙食费,也就是说,一个月差不多能把房租钱吃回来。平日里,罗一夫除了上下班哪也不去。前妻吴婉晴把在外地工作的儿子叫回来,霸占了他的房子。霸占就霸占吧,反正房产证在自己手里,难道她吴婉晴能把房子扛跑了不成。他很少回到那个曾经的家,只是偶尔回去取几件应季的衣服。他一回来,她听到钥匙响就躲到厨房里假装干这干那,直到听到关门声,她才出来。罗一夫第一时间把离婚的"喜讯"用手机短信发给远在上海的刘玉琪,想试探一下她的反应。"我离婚了。"对方好半天才回复:"真的假的?"罗一夫把崭新的离婚证用手机拍下来发了过去,对方没再回复。

算起来和刘玉琪认识已经八年,可以说罗一夫追她追了八年,追得不紧不慢,不温不火,很有耐性,也很执着。八年前春季的一天,诗友老孙从老家良谷镇打来电话,说他妹妹的同学的妹妹离婚了,前夫总是骚扰她,想到省城找个工作,以此摆脱前夫的纠缠,让他帮帮忙。罗一夫是省城一家国营饮品公司的工会主席,他觉得以自己的能力帮忙找份普通工作不是难事,就联系了公司下属一个包装厂。三天后,刘玉琪给他打来电话,一声脆美的"罗哥"让他心里一颤,听声音这是一位貌美的年轻女人。很快,这个叫刘玉琪的女人只身来省城找他来了,他们在公司外面的一个小仓买的门前见了面。这个见面地点是罗一夫选的,他不希望让同事们看见,自己毕竟在公司大小是领导,在公司与一个陌生女人见面,人多嘴杂,影响不好。眼前的刘玉琪似乎比想象中还要美,留着一条马尾辫,体形姣好,容颜秀丽,风姿绰约,一双大眼睛透着一丝忧郁,让人心生怜惜。面对这个比自己小16岁的少妇,罗一夫表现出极大的热情。当晚他领她到街边饭店吃了饭,两人还喝了一点酒,饭后,他把她安排在公司内部招待所住下。

第二天,罗一夫专门用公司的奥迪车亲自把刘玉琪送到了包装厂,他以上级领导的口吻向包装厂的负责人交代,一定要照顾好新来的员工刘玉琪。随后,他帮她把行李扛上四楼宿舍,两人又共同铺好床。安顿好住宿,他陪她参观了这个花园式的工厂。此后,罗一夫利用工作之便经常到包装厂来看刘玉琪,买些水果什么的。他向她交代说:"别人问你和我啥关系,你就说我是你姑家的表哥,这样就没人敢欺负你了,正好我妈也姓刘。"刘玉琪笑了一下,点点头。一次,罗一夫又去看她时,刘玉琪和衣躺在宿舍床上,面朝墙壁不说话。同宿舍的女工见他来了,都借故出去了。罗一夫把手里的东西放在床边,弯腰去看刘玉琪的脸,见她满脸泪水,柔声问道:"琪,你怎么了?有人欺负你吗?"刘玉琪转过身来,说:"罗哥,你别问了,没人欺负我。"说着竟哭出声来。罗一夫这才看见她手里拿着一张照片,照片上是一个穿着迷彩服的四五岁的小男孩,双手端着一个玩具冲锋枪。男孩表情茫然,瘦瘦的小脸上一双大眼睛很像刘玉琪。罗一夫明白了,她是想儿子了,算起来她到这里上班快两个月了。他对她说:"良谷镇不算远,我可以帮你请几天假,回家看看孩子。"刘玉琪眼角流着泪说不用。他伸手拿出纸巾帮她擦眼泪,她推开他的手,躲开了。

　　罗一夫变得整天神不守舍,三天两头给刘玉琪打电话,问她工作怎么样,吃住习惯吗。那段时间,吃过晚饭,罗一夫就躲在阳台一角和刘玉琪用手机煲电话粥,开始吴婉晴没有在意,时间一长,就感到纳闷:"你天天和谁唠呢?没完没了的。"他敷衍说:"同事。"此后,两人改成周末游玩。先是中央大街、太阳岛,再是伏尔加庄园、二龙山,后来还去了凤凰山。始终面色忧郁的刘玉琪时常露出笑容,那笑脸真是天使般的迷人,和她在一起很愉快,罗一夫有一种前所未有的甜蜜与刺激,好像某根神经被激活了,整个人也精神起来,走路变得轻快而富有朝气,仿佛回到了青年时代。其实,她吸引他的不只是甜美的外貌,更多的是她身上所散发出的那种哀怜忧郁之气,让他心生爱惜之心,他从心里喜欢上她了。

那天,两人在街上过马路,在滚滚车流中穿行,刘玉琪下意识地拉住了他的胳膊,他顺势拉起她的小手,她的手指纤细柔软而光润白皙,过了街,她挣脱了一下,他握得很紧没有挣脱掉。那天整个下午,他们手拉手像一对相濡已久的恩爱夫妻,行走在大街上。此后,再相会时,牵手自然而然顺理成章了。有一回登山,两人攀登到山上凉亭里坐下来休息时,他想趁热打铁,见四下无人,一边抚摸着她的手,一边努起嘴凑过去想亲她的脸,她却极快地扭头躲开了。

中秋节前的某一天,江风习习,水鸟飞落。在江边斯大林公园内一个冷饮店外的大榆树下,他们一边吃着冰激凌,一边观赏着江景。他试探着问她:"你因为啥离的婚?"刘玉琪很平淡地说:"他不信任我。"于是说起她的前夫如何偷看她的手机,如何把她关在屋里不让出去。"他一直怀疑我外面有人了。"说这话时,刘玉琪苦笑了一下,"结婚这么多年,其实他根本不了解我。"罗一夫说:"谁让你长这么美呢。"刘玉琪说:"你们男人咋都这样呢,女人漂亮就有罪吗?就一定水性杨花吗?别人我管不着,反正我不是那样的人。后来,我们由吵架升级为打架。吵架他吃亏,打架我吃亏。"刘玉琪放下手里的杯子,摸了下头顶："现在我的头上还有个疤呢。"罗一夫表现出心疼的样子："是吗？这人也太野蛮了，我看一下。"刘玉琪没让他看，说："没啥看的。"罗一夫从江面收回目光，盯着眼前这个女人，一绺黑发正搭在她的额头，夕阳的余晖反衬着江水，照映在她五官精致的脸上，真是一幅绝美的美人图。罗一夫想，如果她不离婚，他们很可能一生不得相识。从这个角度说，他真要感谢那个混蛋男人呢。

罗一夫又将目光投向静静流淌的江水，半开玩笑地问她："你这么年轻，总不能一个人过一辈子吧，对今后生活有什么打算？没想再找个男人嫁了吗？"她低头笑了一下，说："没有啥打算，过一天算一天吧。""你觉得我这个人怎么样？"他笑着问，也掩饰内心的紧张。她脸泛起了红晕，说："挺好的呀！""哪里好？具体点说。""我说不出来。""如果我向你求婚，你能答应我吗？""你有妻子向我求啥婚。""如果我离婚了，你能嫁给我吗？"其实，罗一夫绝不是挑逗她或是调侃，更不是逢场作戏，应该是一种看似很随意的内心表白，也就是说，他是认真的。但他信心明显不足，毕竟自己年过半百，在年轻人眼里已经是老头子了，又不是有钱人，人家那么年轻漂亮，怎么会轻易嫁给你呢？但眼前这个女人的到来就像淋下的一场春雨，唤醒并滋润了他内心几近枯萎的爱情之藤，让他在进入老年的时候，第一次有了不可言状的爱恋之心。他觉得这个女人的突然降临，是上天赐给他罗一夫的福报，他怎能轻易罢手？

他甚至想，如果此时刘玉琪哪怕态度暧昧一点，也会给他莫大的力量——他会毫不犹豫地与妻子离婚。刘玉琪的嘴角抽动了一下，低头看着别处，说："你不了解我。""你怎么了？""我离过两次婚，配不上你。""离过两次婚？"罗一夫确实惊讶了，她刚刚30岁呀！他只知道她刚刚离婚，5岁的儿子判给了前夫，绝没想到此前还离过一次婚，这是他始料不及的，这多出一次的离婚，似乎平衡了彼此的砝码，在一片迷雾中闪现出一丝光亮。罗一夫说："我不在乎你的过去，一切可以重新开始。"刘玉琪低头用手撩着江水，没有说话。她总是在问题的关键点上保持沉默。罗一夫明白，虽然他很喜欢她，但她是否也喜欢自己，他始终拿不准。所以在对方没有明确表态之前，他是不能轻易离婚的。俗话说："有钱不娶活汉妻。"她的前夫远在良谷镇，不会干预到他们的交往，但谁也不敢保证那个男人不会在某一天突然出现，甚至有看在孩子还小而复婚的可能。罗一夫觉得此事急不得，条件还不成熟，有些事情需要努力，而更多时候则要看天意。至于以后两人感情发展的走向，乃至结果，就交给上帝吧。两人依然经常周末约会游玩，乐此不疲。有一次，他们跟团两日游去了长春，回到哈尔滨已经天黑了。两人在街上吃完饭，罗一夫说："天太晚了，路上不安全，你还是找个宾馆住下吧，明天再回去。"刘玉琪没说话，罗一夫带她去了附近的一家旅馆，开房间的时候，刘玉琪突然说不住了，脸色很不好看，执意要回单位宿舍。包装厂在郊区，这个点已经没有公交车，没办法，罗一夫只好打车送她回到包装厂。在工厂大门口分手时，罗一夫想给她一个拥抱，她低声说"别闹"，一闪身躲开了。回到出租车上，罗一夫心里郁闷——她是什么意思呢？

当然，他们发生不愉快的事情不止这一次。那天，两人坐在中央大街与红专街口的长椅上，罗一夫看着来来往往的人群，对刘玉琪说："单身女人不容易，趁着还没老，赶紧找个好男人嫁了吧。"刘玉琪看了他一眼，露出不悦的神色："说的容易，哪有那么多好男人可嫁。"罗一夫笑道："远在天边，近在眼前。"刘玉琪嘴角一撇，发出一声"切"，此时，罗一夫并没有感觉到对方的情绪变化，自顾自地说道："女人老得快，等老得像风干的白菜帮子，就没人要了。虽然我比你大一些，其实我们走在一起，还是挺般配的。"听了这话，刘玉琪一下阴了脸，乜着眼看他，一副挑战的样子，厉声质问道："你啥意思？你的意思是我长得老呗，你长得年轻呗。"罗一夫还是第一次见她发这么大火，连忙道歉："对不起，对不起，我说错了。"刘玉琪起身要走，罗一夫拉住她的手："脾气咋这么大呢？""别碰我！"刘玉琪甩开他的手，径直走了。

连续三天，罗一夫没敢给刘玉琪打电话。第四天实在忍不住了，小心翼翼地给她发了个短信，没想到对方居然很快地回了，而且回话的语气不像还在生气的样子，罗一夫心里的石头总算落了地。

这日周末，罗一夫特意到超市买了一只深红色拉杆箱，一见面对刘玉琪说："你的行李箱都旧了，拉锁也坏了，给你买了一个新的，感觉颜色挺适合你气质的。"刘玉琪看了一眼那只紫红色的崭新的拉杆箱，并没有表现出惊喜："罗哥，这个箱子我可以收下，但我得给你钱。""给钱？又不是什么值钱东西，给什么钱。""不行，我不想接受任何男人的礼物。"罗一夫笑了："好，好，钱就免了，你请我吃饭吧。"刘玉琪抿嘴一笑说："行呀，不过今天不行，拖着个拉杆箱不方便，下周末吧。"

几天后，刘玉琪打电话来，问他腰围多少？罗一夫逗她说："饭前二尺四，饭后二尺八。"刘玉琪笑着说："你比猪还能吃吗？说正经的，到底多大？"罗一夫说："二尺五左右吧。你问这干啥？"刘玉琪说："先不告诉你。"不难听出，这话有点撒娇的意思。

转眼又是周末，天有点凉了。刘玉琪已经换上了秋装，一见面就把手里的一个包装盒递给罗一夫："送给你的，找个地方穿一下试试，看看合适不。"罗一夫打开一看，是条浅灰色的老板牌男裤。说实话，这种颜色的裤子他并不喜欢，他喜欢深色的。但他嘴里连声说："谢谢美女，让你破费了。"他把裤子放在腰部比量一下，然后拉起她的手："走，到前面林带里试试去。"刘玉琪一边跟着走，一边悄声说："大白天，让人看到不好吧。""有啥不好的，我又不是没穿内裤。"说着，就往林子里钻,刘玉琪挣脱他的手:"你自己去吧。""那好,你不许偷看。"刘玉琪一撇嘴说:"谁稀看哪。"罗一夫在林子里脱了旧裤子穿上新裤子,从林中走出来,在刘玉琪面前转着身子让她看。刘玉琪歪头看看,又蹲下身扯了下裤腿:"有点长,你自己找个裁缝店挽一下吧。"

收起裤子,罗一夫说:"今天中午我们吃西餐去。"于是,两人十指相扣来到暖风习习的街上,有一搭没一搭说着话,刘玉琪脑后的马尾辫,悠悠荡荡,逸起一阵阵清香,沁人肺腑,罗一夫不自觉地把头靠向她。

两人走进了一家西餐馆,一起点了菜,要了一瓶红酒,刘玉琪只喝了一杯,面颊便浮起一片红晕。无论罗一夫怎么劝,刘玉琪再也不肯喝了,罗一夫只好独自喝完了那瓶红酒。趁刘玉琪去卫生间的空档,罗一夫用微信结了餐费。临走时,刘玉琪去吧台买单,罗一夫假装没看见,一会儿,刘玉琪回来在他肩上轻捶了一下:"你真坏,说话不算话。"罗一夫说:"哥给你赔罪,一会儿带你去一个好玩的地方。"

两人坐出租车来到防洪纪念塔,不料迎面遇到了公司同事老张,老张脖子下挂着砖头一样的照相机,见罗一夫领着一个年轻美女,故意大惊小怪:"吆,你老兄真有雅兴呀,这位美女是……""哦,我表妹,刚来哈尔滨,我陪她转转。"临走,老张低声说:"你小子老牛吃嫩草,小心闪了腰。"罗一夫怼了老张一拳:"别瞎说。"见西侧有一处用绿色植物制作的风帆造型的景观雕塑，上写"一帆风顺"四个大字，罗一夫就求路人帮他俩以"一帆风顺"四字为背景拍了合影，开始刘玉琪有些不愿意，扭捏了一下后，还是站在了他的身边。他们乘游船过江，来到松花江北的极地馆，整个下午他们和海豚们玩得很开心，出来时天已经黑了。"太晚了，不回家了，"罗一夫说完瞥了一眼身边的刘玉琪，见她撩了一下头发，低头没有说话，心里不由一阵狂跳。她的沉默给了他很大信心。他决定今晚带她找个宾馆住下。在宾馆大厅，罗一夫凑近刘玉琪低声说："咱们开一间房行吗？"刘玉琪还是没有说话。他就用自己的身份证开了一间房。走进房间，两人都洗了澡，罗一夫躺在床上，刘玉琪在镜子前一边梳理着湿漉漉的头发，一边漫不经心地问："你晚上不回家，你老婆不找你吗？"罗一夫用鼻子哼了一声："我死在外面她也不会找我的。"话音刚落，手机就响了，他看了一眼来电显示，没接。"你咋不接呢？是你老婆吧？"罗一夫想自己不接电话，老婆会认为自己是在和朋友喝酒，就会不再打了，但这次老婆吴婉晴不依不饶，一个劲打，好像他不接就誓不罢休。他只好接了电话，装作大舌头，谎称和哥们喝多了，今晚回不去了。说着，瞟了一眼坐在床边摆弄手机的刘玉琪。那天整个夜上，刘玉琪是穿着衣服睡的，她用被子把自己全身裹得像只粽子。罗一夫碰她，她就推搡他，不让他靠近，她在两人中间比画一下："听话，不许过界。"罗一夫很无奈。他觉得这种事强迫不得，否则事情就会搞砸。他生气地背过身去，不再理她，他希望她能主动安慰他一下，她却没有一点反应。他睡不着，他知道她也没睡着，他用手机给她发信息说："我嘴笨，不会甜言蜜语。我爱的人，为什么不爱我？咱俩都不是人？"她回复道："不是人是啥？""是神。"他分明感到她身子在颤抖，她一定是隐忍不住在暗笑。两人在黑暗中各自躺在双人床的一角，背靠背地相互发着短信，直到天明。

此后的日子里，两人至少开房三四次，每次罗一夫都激动不已，却又失望至极，因为刘玉琪每次都和衣而眠，让他无从下手。有一次她说来大姨妈了，他不信，就要动手，被她用力挡了回去。霸王强上弓，事情会不可收拾。罗一夫心里郁闷："你为什么这样对我？"刘玉琪说："我不是那种随便的人，不想和有夫之妇有更深交往，如果我们有了那种关系，连朋友也做不成了。""你这是什么逻辑？如果我离婚了，你还会这样对我吗？"刘玉琪低头抿嘴一笑，说："不知道。"他非常喜欢她快乐起来的样子，魅力四射，但这种时候太少了，更多时候是满脸抑郁。他们的亲密程度只限于牵手，始终没有实质性进展，即使牵手都是他主动，她从来不主动也不拒绝，也没有丝毫互动。

有一次，她突然问他："你说算卦这东西准不准？"他说："你怎么想起这个问题？"她又问："你信算卦吗？"罗一夫说："信就真，不信就假。""下周末你领我去极乐寺找大仙算一卦。""你想算啥？""到时候再告诉你。""不用告诉我我也知道。""啥？""婚姻。""上一边去。"她举起小拳头做要打的架势，却只是比画一下而已。罗一夫多么希望那小拳头真的落下来。

这个周末是个阴天，两人到了极乐寺，进了对面一家卖冥品的小店。刘玉琪报了自己的生日时辰，卦师是位40多岁模样平常的女人，看了看她的面相，然后闭眼捻指，口念卦语，猛睁眼说了一句："你有四次婚姻。"听了这话，连罗一夫都紧张起来，刘玉琪脸色浮出惊恐之色，一时呆在那里。"怎么破解呢？"罗一夫镇静下来后问卦师。卦师并不看罗一夫，依然对刘玉琪说："你是小鬼缠身，买些东西烧了，驱驱小鬼。"趁刘玉琪去选冥品的空档，罗一夫低声问卦师："请您看一下，我和她有姻缘吗？"卦师抬眼看了一下他，很干脆地说："有也过不长。"那天，刘玉琪买了几百块钱的冥品，拿到外面的空地上烧了。离开极乐寺，罗一夫想拉刘玉琪的手，以此安慰她一下，但她使劲甩开了他，好像他就是小鬼。

此后，罗一夫再约刘玉琪出来，她总说工作忙，要加班。罗一夫偷偷问过车间主任，这段时间车间工人并没有加班。

独自静下来，罗一夫很理智地分析了和刘玉琪的关系，他始终拿不准刘玉琪的态度或想法，有几次他想放弃了。虽然两人在一起自己很快乐，但这种看不见结果的关系能保持多久呢？与其和一个态度不明的女人无休止地缠绵，浪费时间消耗精力甚至金钱，有什么意义呢？有朝一日被妻子和单位发现，这么大年纪竟然搞婚外情，那不是打不着狐狸还惹一身骚吗？每次他准备放弃不再主动联系她时，对方总会在恰当的时候给他发来信息或打来电话，就像即将熄灭的火焰迎来了一股疾风，顿时又燃烧起来。

快到年底的时候，已经好久没有联系刘玉琪的罗一夫，突然接到刘玉琪打来的电话，她告诉他，她明天要去上海，她叔叔在那边给她找了一份商场收银员的工作。罗一夫听了心里一沉，有种不舍的酸楚，低声说："你为什么要走？"她说在包装厂虽然不累，但挣得太少。罗一夫一时说不出话来："你在听吗？""在听。""几点的飞机？我送你吧。""不用，厂里有几个同事姐妹送就行了。你来了让她们看见不好。""你啥时候再回哈尔滨？""不一定，看情况吧。"罗一夫知道，天南地北，刘玉琪这一去不知道何时才能再见，他有点埋怨她，为什么不提前告诉他，至少临别前两人见个面做个告别。他若有所思地叹口气："那好吧，你一个人在外要注意安全，有事给我打电话。"

刘玉琪奔走申城，也许两人再无缘重逢，以刘玉琪的年龄和美貌，独身的她置身开放的都市，哪能不招蜂引蝶呢？好长一段时间，罗一夫心事重重，寝食难安，尤其到了周末，整个人像丢了魂一样。他几乎每天都给刘玉琪打电话，嘘寒问暖。和在哈尔滨时一样，两人有时一聊好半天。最近，忧伤的罗一夫喜欢上了电影《终有一天感动你》中的经典英文主题曲《此情可待》。他觉得那词那曲分明就是为他而作，他把这首经典情歌发给她听，有时候他会关掉房间所有的灯，在黑暗中独自坐在沙发里，深情而忧伤的曲调回荡在房间的每个角落，也震荡在他心里，听着听着，已是泪流满面——

　　天各一方，日复一日
　　我渐渐变得忧郁
　　电话里传来你的声音，
　　不能停止我的忧伤。
　　如果再也不能与你相见，
　　怎能说我们到永远。
　　无论你在何方，无论你做何事，
　　我就在这里等候你。
　　……
　　不管怎么样，
　　不管我多哀伤，
　　此刻我不能接近你。
　　听见你的笑声，我品尝眼泪。
　　但我一直坚信，
　　你我会情长义久。
　　……
　　我想知道我们怎么在这场爱情中生存，
　　你和我如何一起走到尽头，
　　如果最终能与你同在

我会抓住这个机会

……

陷入思念之苦的罗一夫虽然与远在上海的刘玉琪时常保持着电话联系，但因为见不到人，他的内心依然无比怅惘，走路都感觉没跟，发飘。每到周末，他时常会不自觉地一个人去江边斯大林公园，来到他和刘玉琪曾经到过的地方重游，走一下他们走过的路，坐一下他们坐过的长椅，回忆他们在一起的两年里的点点滴滴，眼前不时会出现刘玉琪那张秀美而略带忧郁的小脸，这辈子第一次为一个女人如此牵肠挂肚，这是种前所未有的既甜蜜又痛苦的感觉。

这天，罗一夫正在单位开会，手机突然响了，一看是刘玉琪打来的，平时都是他先给她打电话，她很少主动给他打。罗一夫很兴奋，离开会场跑到走廊去接听，说话的却是一个陌生男人，对方自称是刘玉琪的男朋友，警告他以后不要再骚扰刘玉琪，对方口吻很不友好。罗一夫很气愤，心里升起一股怒火，不知道这股火来自刘玉琪还是那个男人，或者是自己。以他对刘玉琪的了解，她不是那种随便的人，这人有可能真是她新找的男朋友。尽管心里不好受，但他知道自己无权干涉她的再恋和自由。他沉默了一会儿，稳定一下心情，向对方说："你如果真的是她的男朋友，我也警告你，好好对待她，否则我对你不客气！但在你们没有结婚之前，你没有权力要求我怎么做。"

男友事件发生后，罗一夫有很长一段时间没有和刘玉琪联系。他不是怕那男人，而是对刘玉琪有些失望。后来两人又恢复了交往和联系，由电话改为了短信。刘玉琪平时回复他的短信本来就很短。超过三个字的时候很少，罗一夫曾嘲笑她在写"三字经"，这之后就由"三字经"变成了"一指禅"——嗯、哦、好。

这天夜里2点左右，睡梦中的罗一夫被一阵手机铃声吵醒，摸过手机一看，是一条奇怪的陌生短信："你知道琪琪的电话吗？我找她有事。"罗一夫打开床头灯，回问道："你是哪位？"对方回复说："我是刘玉琪在上海的朋友。"罗一夫不能断定这个人是不是上次打电话的那个男人。"你怎么知道我的电话？""是琪琪告诉我的。"罗一夫想，自己和刘玉琪说话，喊她琪，这个男人叫她琪琪？叫得比自己还亲，看来关系不一般。他问对方："她怎么会告诉你我的电话，我们又不认识。"对方说："琪琪原来在哈尔滨，你不是一直挂念她吗？咱们是不认识，可是她经常提起你呀。"罗一夫问："你为啥找不到她了？"对方回复："她跑回东北了，她怀了我的孩子。"孩子？罗一夫大吃一惊。"你们结婚了？""没有。""你是哪里人？我是徐州人，在上海工作。琪琪换了手机号，你如果知道她的新电话号码请告诉我一声，打扰你了。"罗一夫说："我和她半年多没联系了，也不知道她电话。你贵姓？""我叫胡超。""她什么时候回的东北？""上个月走的，具体时间我也不清楚。困了，改天再聊。"对方先停止了回复。

整个下半夜，罗一夫辗转反侧睡不着，心里有说不出的滋味。

他想打电话质问刘玉琪,那个男人是谁?你们什么关系?那个男人说的事情是真的吗?但一想到刘玉琪的脾气,自己不是没事找事吗。再说,你罗一夫是人家刘玉琪什么人?你有什么资格质问人家?那个男人是谁跟你罗一夫有半毛钱关系吗?天亮时,他发现枕头上湿漉漉的,心想,是自己的眼泪吗?

此后,罗一夫再没和刘玉琪联系,直到自己离婚。

自从发出离婚证照片后,罗一夫一直没有收到回复。他不知道自己给她发这个信息的根本目的是什么,是向她证明自己已经有资格追求她了吗?还是以此让她消除顾虑放心接受自己?罗一夫没有主动给她打电话,似乎在暗自较劲。一晃一个多月过去,孤独的罗一夫百无聊赖,忍不住给刘玉琪发了一句:"我现在有资格了吧?"发完后觉得不妥,马上又删除了。他觉得两人是在玩某种游戏,猜想着对方各种回答。此后一个多月,罗一夫始终没有收到刘玉琪的回复,他也没再给她发信息。

罗一夫租住的是个高档小区,楼下有个不大但很精致的小花园,以一座古色古香的凉亭为中心,辐射着六条林荫甬道,绿荫婆娑,花草茂盛,很是惬意,当初租房的时候,就是看中了这个花园。他租的是802室,对面的801是一对中年男女,是不是夫妻说不准。有一天晚上,一个陌生女人来敲801室的门,从猫眼里罗一夫看到男人开了门,见了门外的女人,二话不说把那女人往外推,然后咣当一下关了门,女人在门口大叫:"李京明,你有能耐出来,当缩头乌龟算什么男人?我就不信没人收拾了你。"

这天,罗一夫到省图书馆听一个从北京来的诗人讲课,见到了从前在一个诗歌朗诵会上认识的老王,老王口无遮拦,当着众人大声说:"老罗,听说你离婚了,被老婆孩子赶出来了吧?"罗一夫一听很不高兴,他离婚的事没有几个人知道,如今这虽然不是丢人的事,但至少不是啥光荣的事,他认为老王是故意在大庭广众之下磕碜他,让他难堪。他大声说道:"你他妈不会说人话就闭嘴!"很明显,他回击只是发泄。

夜里,罗一夫正在看电视,他已经好长时间无心诗歌创作,主要靠看电视玩手机打发业余时间。这时候,他意外地接到刘玉琪发来的一条短信:"在吗?帮我订一张25日从哈尔滨到良谷镇的火车卧铺好吗?"罗一夫不由一阵惊喜,赶紧回复:"好,没问题。你哪天到哈尔滨?"对方回道:"春秋航空,23日中午到哈尔滨太平国际机场。"罗一夫像被注了鸡血,兴奋地在屋里来回窜,如果不出意外,刘玉琪至少要在哈尔滨滞留两天。他当即用手机上网订了25日晚上最后一班到良谷镇的火车票,这样就可以和她多待些时间。哦,时间过得好快,转眼刘玉琪去南方已经六年多了,也不知道她变啥样了(他们从来不视频)。取完火车票,罗一夫把车票拍了照发了过去,对方回复道:"我给你发红包。"罗一夫说:"不用,见面你请我吃饭吧。"对方回了笑脸表情包。其实,他在和她开玩笑,以往每次约会游玩,费用都是自己出,没有让她花一分钱,他觉得自己挺男人的。

这次见面一切费用必须自己出。一个女人在外面打工挣点钱不容易，怎么好意思让人家请。

明天就是23日，罗一夫提前向单位请了假，早早出了门，他要为迎接刘玉琪的到来做必要的准备。盛夏的阳光明晃晃地耀眼，他掏出墨镜戴上，站在马路牙子上呆愣了一会儿，走进一家超市，买了一盒口香糖，一包湿巾和毛巾。出了超市，来到一家药店。他觉得这次和刘玉琪见面一定会有故事发生，可能是年龄的关系，他对自己那方面的功能有点信心不足，毕竟年近花甲了，人家可是如虎似狼之年，关键时刻自己不能掉链子。他将事先写好的纸条抖着手递给药店售货员，纸条上写了三个字：万艾可。据说这东西堪比著名的伟哥。女售货员问："要几粒？多买便宜。""就来两粒吧。"两粒600元的价格让他有些肉痛，但一想到即将到来的幸福时刻，值了。活了大半辈子，好容易刻骨铭心地爱上一个女人，为她所做一切都是值得的。他要感谢苍天给了他这个机会。

翌日上午，罗一夫下楼到街上吃了早餐，看了下时间，估计这个时间刘玉琪还没登机，一定在机场候机呢。他坐在马路边的长椅上，从手机的图片收藏里翻出当年在江边防洪纪念塔边那个"一帆风顺"景观雕塑下拍的两人的合影，八年了，那时的自己看着还不老，据说从生理上讲，女人比男人老得快，这样他们的外貌上的差距就不那么大了。照片上的两人并肩站着都没有笑容。罗一夫看着照片笑了一下就发给了她，果然很快收到了回复:"这照片你还留着呢。"他回复:"当然,这是我最珍贵的记忆。"对方没再回复。

从市区到机场要一个半小时路程。罗一夫回到出租屋,仔细地洗了澡,换上平日不舍得穿的西装。这套深蓝色西装还是前年单位组织学习时特意订制的,一直没有机会穿。脚上的皮鞋配这身新西装明显有些旧,他下楼又去买了一双新皮鞋。一切收拾妥当,在穿衣镜前左右看,镜子里是一张不年轻的脸,尤其是额头上的三道抬头纹和两鬓几缕白发,让整个人有了明显的老态。他急中生智,找来春秋季节才戴的棒球帽扣在头上,一下年轻至少5岁。虽然有些不搭,但也顾不上这些了。

罗一夫比飞机落地时间提前一个小时到了机场,他一边在出站口等,一边给刘玉琪发信息:"我已到机场。"十几分钟后,对方回复:"飞机晚点,我在大连经停呢,你怎么来这么早?"罗一夫看了眼大厅里的时钟,是有点早,至少要等三个小时,他在心里埋怨她,飞机晚点为什么不提前告诉他。当然埋怨只在心里,他随即回复:"来早点想早点见到你呗。"这句充满暧昧的情话,连自己都感动了,他仿佛看到刘玉琪精致的嘴角浮起娇媚的笑意。情爱是可以提高一个人情商的呀。

机场旅客出站口前挤满了接机的人群,罗一夫扶着栏杆夹在吵吵嚷嚷的人堆里。他想象着,两人见面第一时间是来个深情的拥抱,还是礼节性地握一下手呢?他一边想着一边盯着从出站口涌出的人流,尽量不放过每一个人,但出站有左右两个出口，他转动着眼睛有些应接不暇，眼花缭乱。很快，最后一拨下机的旅客走光了，他没有看见刘玉琪的身影，正要问一个机场服务人员，从上海来的班机落地了没有，这时手机响了，是刘玉琪打来的："我都出站半天了，你在哪呢？怎么没看见你？"刘玉琪的语速很快，明显有些不悦。

"对不起，人太多，没看见你。"在大厅里一个立柱下面，罗一夫见到了拉着一个红色拉杆箱的刘玉琪（罗一夫认出就是自己送给她的那只拉杆箱）。两人先是对望了一下，双方都没有表现出太大的惊喜，表情都很平静，没有握手，也没有拥抱。罗一夫仔细看了刘玉琪一眼，发现她也注视着他。她的眼角有了明显的鱼尾纹，可衣着却比以前时尚了，上身是半袒胸的白色短袖衫，下身是一条七分镂空牛仔裤，脚上是一双半高跟白凉鞋，周身淡雅清爽气质。也许在飞机上睡觉了，头发有些蓬松，透着一丝中年女人特有的妩媚，但脸上曾经的忧郁之色依然还在。

罗一夫凑近刘玉琪低声说："你还那么美。"刘玉琪一笑，面露羞涩："美啥，都老太婆了。"然后看着罗一夫："你也没咋变。"

罗一夫看了一眼大厅里的挂钟，说："咱们走吧。"像以往两人外出游玩时一样，他拉起她的手，随着熙熙攘攘的人流，走出机场大厅，坐上了去市区的机场巴士。一路上，罗一夫始终握着刘玉琪的手不放，生怕她再跑了似的。八年了，他有太多的话要对这个女人说，有太多事要对这个女人做。

押　解

"师傅，我饿了。"土豆的声音不高不低，似乎怕张子祥听见，又怕听不见。张子祥没说话，只顾在前面走。土豆以为师傅没听见，又说了一遍："师傅，我饿了。"几乎是喊出来。他确信师傅不可能听不见，他张子祥是在装聋作哑。土豆说第三遍的时候，张子祥训斥他："你是饿死鬼托生的呀，任务还没有一点线索，你还有心思吃饭。"说归说，两人还是走进了街边的一个小酒馆。算上今天，他们潜入良谷镇已经三天，只吃了两顿饭。

张子祥带着土豆走进这家叫醉客居的小酒馆时，没有注意到那个墙角里坐着一个人，那个位置太隐蔽，以至于他们已经走到跟前才发现他。此时刚刚过了后半晌，这个时间还不是饭口，若不是饿极的外来行者，一般很少有人这个时间来吃饭。张子祥挑了一张靠屋角的桌子坐下，将背上的包袱解下来放在桌子底下,他很疲惫地喘了一口长气,用眼角瞥了一眼坐在靠窗户的那位食客。那是个长相富态的中年汉子,肥圆脑袋,清白面皮,下颚蓄着一缕长须。此人一边独自饮酒,一边向他俩斜眼扫了一眼,嘴角下抿,面露不屑之色,然后慢条斯理地夹了一块猪头肉塞进嘴里,又"吱"地嘬了口酒,然后扭头看着窗外。深秋的日光透过窗子照在他不停蠕动的腮帮子,像是里面有两只大老鼠在打架。

见来了客人,腰扎粗布围裙的小伙计忙上前热情招呼,张子祥点了一盘辣椒炒土豆片,两碗白菜汤,两张苞米面饼。土豆看了张子祥一眼,嘴一噘:"天天就知道吃菜,我想吃肉。"

"吃肉?我想吃你的肉,吃菜能吃饱就不错了。"张子祥大声呵斥他,心里好像窝着很大火气。

土豆不再说话,低头看着桌上的饭菜不动筷子。"不吃你就饿着。"张子祥向土豆甩了一句,自己津津有味地吃起来。

"二位是收皮货的吧?俗话说得好,穷家富路,你这当爹的领孩子出门不能太抠搜是不是?本店有刚上的新菜品——驴蛋炖土豆,两位来个尝尝鲜咋样?"张子祥对小伙计说:"不用了,我们还要赶路。"又抬头看着土豆,笑了:"快吃吧,一会儿人家把你和驴蛋一起炖了。"

醉客居是良谷镇唯一的酒馆,由于地处街边,去往饶河县城的商客络绎不绝,生意自然红火。小伙计也算是见多识广,你想想,酒馆常年迎来送往,天南地北,什么样的客人没有见过?

两人吃得正起劲,坐在窗口的那位食客打着酒嗝站起身来,冲小伙计一摆手:"记上!"小伙计连忙上前,伸脖哈腰:"署长您吃好了,您明日再来,我家掌柜明天一早就从同江镇回来,专门给您带了条头拨的大马哈鱼,让您尝尝鲜。"

"告诉你家掌柜,给我留好喽,大马哈鱼子也给我留着。"那人披上蓝布绸衫,一手撸着下颚的长须,惬意地走出了小酒馆。

小伙计从柜台下拿出账本开始记账,嘴里叨念着:"上年的账还没结清,今个又快年根了,这账猴年马月能还清呢。"

"这人就是良谷镇警察署署长?怎么不穿警服?"张子祥嘴里嚼着饼,一脸好奇地问。按理说小小的良谷镇没有资格设立警察署,顶多设个警察所,只因地处县城与富锦之间的交通要道,又靠近饶力河,为防止抗联偷袭,日本人专门在这里设立了警察署。

"李署长平时都穿便服。李署长还是咱们良谷镇的大户呢,家里有几百垧地,佃户就有上百家。你没看见后面那片场院吗?就是李署长家的。"小伙计走到窗前向外指给他俩看,好像那片场院是他家的,有点炫耀的意思。窗外百米远的地方果然有一块宽敞的大场院,院面正晾晒着一堆堆竖起的苞米秆子。

张子祥看见刚走出酒馆的李署长正往自家的场院走去,小伙计说:"他每天这个点喝了酒都要去场院转转,看看苞米秆子晾干没有,干了好码垛冬天喂牛。"

离开小酒馆,土豆说:"人家都以为我是你儿子呢。"张子祥说:"我可不想要你这样的儿子,一天就知道吃,像是饿死鬼托生的。"其实,土豆只是长得个小,岁数并不小,过了年就15岁了,张子祥只比他大9岁,但确实长得比实际年龄老气。张子祥向四周望了望,离开密营两天了,刘连长到底关在哪一点线索都没有探到,回去咋向崔团长交代呢?他决定再到警察署那边转转,兴许能发现点线索。这事不能到处乱打听,那样会引起别人怀疑,保不准你前脚刚走,后脚就有人给日本人报信领奖赏呢。

两人肩搭布袋拖拖沓沓向镇西方向走去。镇警察署在街口的路北,是一栋青砖黑瓦的平房和一个很大的院子,院墙四角筑有瞭望台,上面有警察站岗,大院门边挂着一块白底黑字的牌子:满洲国饶河县良谷镇警察署。刚进镇里的那天,他俩从那里走过,本想从敞开的大门向里面看,门口站岗的哨兵警惕性很高,他们就不敢再看了。

此时,夕阳依然毒辣,如千万根烧红的长针刺向他们紫红的脸,根本睁不开眼,他们低着头看着自己脚上的烂布鞋踢踏得尘土飞扬。路边沟里几只鸡在刨地觅食,偶尔远处传来几声狗叫。路上遇到了去烧锅打酒的小酒馆的小伙计,小伙计显然认出了他们,大声招呼:"你们爷俩收了多少兽皮呀?这大热天的,去酒馆喝口水吧。""秋老虎更毒呀。"张子祥回笑道:"只收了几张兔皮。头年雪小打的兽少,价格贵呀。"见天色已经不早了,两人加快了脚步。远远看见警察署那边静悄悄的,大门紧闭，从外面啥也看不见。瞭望台有个哨兵斜身歪站着，手里拿着警帽扇风驱热，一副有气无力的样子。

张子祥和土豆在警察署斜对面的一间破草房的墙根下坐下来乘凉。以多年的侦查经验，张子祥觉得这样长时间坐下去很难得到有用的线索，反而会引起哨兵的注意。他低头对土豆说了几句，土豆愣了一下，就躺在地上打起滚来，嘴里一个劲嚷着："我走不动了，走不动了，我要骑髋绠。"张子祥拉他不起，骂道："这孩子一走累了就耍赖。"最后土豆笑嘻嘻地骑在了张子祥的脖子上，走过警察署门前的时候，土豆偷偷向院里看了一眼。低声告诉张子祥，院子里面有辆汽车，还插着膏药旗呢。

张子祥苦笑一下，心想，这只能说明有日本人来镇上了，来干什么？与处理刘连长有关吗？良谷镇就这么大，除了关押在警察署他们还能把刘连长藏哪呢？夜长梦多，如果再拖几天，刘连长一旦被交到关东军手里，那就凶多吉少了。

当晚，两人没有住店，张子祥说："崔团长交给我们的任务还没有完成，哪有脸住店，找个沟里对付一宿得了，给部队省点钱吧，眼见天冷了，部队过冬的棉衣还没有着落呢。"两人在林边一个柴禾垛里睡了一夜。这一夜土豆睡得酣睡如雷，张子祥却一双大眼睁到天亮——他想出了一个不得已的办法。

三天前，抗联六军三师一团崔明山团长，在饶力河边小西山的密营里召开排以上干部会议，研究如何营救十天前攻打饶河县城被俘的二连连长刘恩光。崔团长说:"据潜伏在饶河县的同志通过地下交通员传来的情报,刘连长已经被秘密押往良谷镇,但具体关押在什么地方还不清楚。"说到这里,崔团长将目光转向张子祥:"老张,这次还得请你出马,跑一趟良谷镇,有了消息速回报告。我知道你和刘连长是拜把子兄弟,但切记,没有我的命令不可擅自行动。你有啥要求现在就提出来。"

张子祥说:"我缺个搭档。"

张子祥是饶河县土著,20岁那年经媒人介绍定了亲,姑娘是十里外杨家窝棚杨丙贤的独生女杨梅,两人一见面都很中意对方。杨梅母亲在她3岁那年病逝,杨梅与老父亲相依为命。杨梅父女与张子祥父母见面后不久,杨梅父亲杨丙贤突然向张家提出退婚。原来有人又给杨梅介绍了一户富裕人家。张子祥一家给大户做佃户,年年交了租金吃饱饭都困难。张子祥还是理解杨梅父女的,谁家老人不想自己的女儿嫁个富裕人家呢?但血气方刚的张子祥还是难以咽下这口气,一气之下离家出走,入了报号"满江红"的伙儿,落草为寇,上山当了土匪。不久,满江红被抗联六军收编。因为对当地熟悉,又是穷苦人家出身,不久,张子祥当上了抗联部队的侦查班班长,这几年抗联六军在三江一带打了好几场漂亮的伏击战,都是他提供的侦查情报。战友们都称赞他是侦查大王。作为侦查大王,张子祥对自己的搭档很挑剔,他觉得搭档的好孬是决定侦查工作成败的关键。老搭档吴显明是他从事侦查工作以来最得力的助手,两人有着天生的默契。武术世家出身的吴显明不仅身手敏捷，而且鬼点子多，危急时刻常常能化险为夷。可惜上个月他在路边撒尿，一时大意，被躲在暗处的二鬼子打了冷枪，倒下再没起来。成了光杆司令的张子祥难过了好几天。连里给他安排了好几个搭档，他都不满意。他对搭档的要求很苛刻，说找搭档不是找老婆，长得太俊了不行，要在人堆里不起眼的那种。这天，连长把这个叫土豆的新兵蛋子推到他面前时，说实话，他是不满意的，这小家伙矮墩墩，黑乎乎的，目光平淡，没有个机灵劲。见他有些犹豫，连长忙再加了一把火，说："这小家伙跟着他爷爷给咱抗联当过几年交通员呢，你好好调教调教，将来一定是个侦查好手。"

张子祥没说话，算是勉强接受了这个搭档。

当晚，张子祥带着土豆肩搭麻布包袱化装成皮货商，从密营出发，由富锦经二龙山，潜入良谷镇。

翌日的傍晚，伴着暮色的来临，雾气也升腾起来，漂浮在葱郁的田野之上。此时，饥饿的蚊虫们也越加疯狂，乌云一般一团团满天旋舞寻找着吸血目标，嗡鸣之声响如远雷，令人心生恐怖。

张子祥趴在一堆立起的苞米秆子堆里不敢动弹，无孔不入的蚊虫糊满了他的脸，令他几乎窒息，忍不住用手在脸上拍打一下，满手通红："我操，吃老子这么多血！"他一边摇摆着手驱赶蚊虫,一边从苞米秆子的缝隙间向对面 5 米开外的另一个苞米秆子堆张望,那里也藏着一个人——土豆,那堆苞米秆子静得像座坟。

已经藏在苞米秆子堆里大半天,如果李德才再不出现,他俩不被闷死也会被蚊虫吸干血而死。

太阳落到小西山背后,天色暗下来,张子祥实在受不住了,汗水早已湿透全身,糨糊似的黏在肌肤上,难受死了。他决定结束这次设伏,反正没有打草惊蛇,崔团长也不会责备自己,大不了让狗日的汉奸署长李德才多活几天。想到这,他看了一眼对面的苞米秆子堆,那里依然没有一点动静,这小子不会闷死了吧?他正要钻出苞米秆子堆,隐约听见踢踢踏踏的脚步声,接着是几声咳嗽声,那声音像是被掐住脖子的鸡。透过苞米秸秆缝隙,见一个人正向这边走了过来,一张肥脸,手里握着一只大烟袋,他认出来人正是警察署长李德才。李德才走到张子祥的鼻子底下停住了,腾起的尘土气息混合着脚臭味扑在他汗津津的脸上,又钻进了他的口鼻里。张子祥忙用手捂住脸,只留两只眼睛,他看见李德才松松垮垮又模糊的裤裆,看不到那家伙的脸。头顶一阵哗啦啦的声响,那是李德才用手在扒拉苞米秆子,检查秆子晒得咋样了。逗留片刻,李德才又向对面的苞米秆子堆走去。张子祥紧张起来,要是黄嘴丫子还没退的土豆紧张叫唤起来,狡猾的李德才就会撒腿跑掉,设伏失败不说,还会打草惊蛇,以后再抓就更难了。事不宜迟,张子祥一下窜出苞米秆子堆，从背后扑向李德才，由于用力过猛，连人带苞米秆子也一起扑倒了。李德才显然被这突如其来的袭击弄蒙了，待他明白过来正要反抗，已经被张子祥死死压在身下。李德才嗷嗷叫了起来，张子祥忙将自己半个多月没洗的袜子扯下来塞进他的嘴里，这味道比麻醉剂还好使，李德才立马就耷拉下脑袋不叫了。这时，土豆也从苞米秆子堆里冲了出来，两人合力将李德才的双手捆牢。此地不宜久留，两人押着被堵了嘴巴的汉奸李德才，趁着夜色蹚过饶力河的一个河汊子，向小西山方向走去。他们要把警察署长李德才押回密营进行审讯，弄清楚刘连长究竟关押在什么地方。路上，张子祥摸了摸土豆还沾着苞米叶子乱蓬蓬的脑袋："你小兔崽子刚才是不是在苞米秆子堆里睡着了？"

土豆不好意思地笑了，说："我也不知道是睡着了还是晕过去了，反正啥也不知道了，你要不出来抓这家伙，我就死在苞米秆子堆里了"。

"饶力"是满语，饶力河意为流荡不定的大河。饶力河在饶河县境内有九百九十九道弯，水流舒缓，温柔地蜿蜒于三江大地之上，滋润着两岸平展如砥的肥沃土地。

一路上，两人押着李德才深一脚浅一脚地走在朦胧的土路上。他们不敢走大路，专门挑地边的小路走。秋后空荡荡的田野格外寂静，偶尔传来老鼠在地垄沟里穿行觅食的簌簌声。土豆手里抓着绳子的一头,另一端拴在李德才的裤腰带上。李德才走得很慢,还被土坷垃绊倒好几次,土豆几乎是拖着他走。张子祥觉得这样蜗牛似的走下去,两天内很可能走不到密营。"这家伙看不见路老摔跟头,不行把他蒙眼布摘了吧。"土豆建议说。他拖着李德才很累,已经满头大汗了。张子祥没有言语,他不是担心李德才摘了眼罩会逃脱,而是担心这家伙偷偷记下去密营的路,再偷偷把情报传递出去,那样抗联就会遭到灭顶之灾。土豆似乎看出了张子祥的顾虑,说:"我把绳子也系在身上,看他往哪跑。"没办法,眼下唯一可行的办法就是摘了这家伙的眼罩,让他迈开步快点走。张子祥上前一边摘下李德才的眼罩,一边口气严厉地警告道:"你老小子别动歪心思,老子手里的家伙可不是吃素的。"说着掏出腰间的驳壳枪,使劲顶了几下李德才的腰眼,疼得李德才呜呜叫起来,好在嘴里的袜子塞得紧实,声音并不大,像是女人在被窝里被人掐了一把。

  摘了眼罩的李德才走得并没有快多少,甚至还滑到路边的水沟里,滚了一身烂泥。土豆在他屁股上踢了一脚,喝道:"快点走!"这不轻不重的一脚竟把李德才踢倒了,躺在地上嘴里呜呜地叫,他的一条腿僵直地伸着。"你踢他腿了?"张子祥问,明显有点埋怨的意思。"我没踢他腿,就轻轻踢他屁股一下,他就倒了,我看他就是耍赖,故意磨蹭。"张子祥上前薅住李德才的衣领往起拎,李德才像只死狗似的不起来,仰起下巴示意自己的右腿受伤了。张子祥冷笑一下,靠近土豆,用低声而又能让李德才听见的声音说:"看样子这家伙真走不了了,没有必要留着他了,干脆就地处决得了。"土豆连忙附和道:"就是,留着是祸害,押回去也别指望能审出有用情报,不如就地弄死。"两人商量完,张子祥转身看着地上的李德才,拔出腰间的驳壳枪,卡巴一下了弹上膛,李德才见状,一个翻滚从地上爬了起来,冲两人连连点头求饶,然后迈开脚步走得比他俩还快。张子祥收起枪,说了句:"敬酒不吃吃罚酒。"

走到一个村子,三人进了村子旁边的树林里,张子祥将李德才嘴里的袜子往里塞紧,把他绑在树上,然后将一个粗布兜子扔给土豆,说:"这里还有两个苞米面饼,还能对付一下,葫芦里的水见底了,你把这家伙看住了,哪也别去,我去村里弄点吃喝,过了这个村就没这个店。我一会儿就回来。"说着,将收皮货的包袱往肩上一搭,走出了树林。

小村很小,十几栋破旧的茅草房静悄悄地散落在森林边靠阳坡的空地上。张子祥没敢从正面进村,他从树林里绕到村后,但还是引来了几声狗叫,他躲在一个柴禾垛后面向村里观察。朦胧暮色中,一个村妇从屋前绕到屋后走了过来,手里拿着一根拇指粗的麻绳,看样子是来抱柴禾做饭。张子祥意识到如果自己直接迎上去,会惊吓到对方,很有可能报官。自从伪满洲国成立后,各村屯都设有保安队,而且配有枪支,自己人单力薄一旦被抓,真是偷鸡不成蚀把米。思索间,那妇人离自己只有几步远了,他急中生智就势歪头倒在柴禾垛旁,紧闭双眼,几滴口水在嘴角上流着——片刻，他听见一声女人惊恐的尖叫和一阵渐渐远去的慌乱的脚步声。他没敢睁开眼睛，继续躺在那里，一副垂死的样子。一袋烟的工夫，一阵脚踩枯枝断裂的声响，接着他的眼皮被两根树皮一样粗糙的手指扒开，他看见一个老汉蹲在自己面前，那张沟壑纵横的老脸似曾相识。"还有气，八成是饿的，你扶一下，我把他背到屋里去。这世道这种事我见的多了。"张子祥趴在老汉背上假装昏迷，心里在想，真是个好百姓呀，等革命成功了，一定要好好报答这户人家。

女人端了一碗苞米面糊糊进来，见张子祥已经从炕上坐起来，就走过来把碗放在他面前，说："你喝点粥吧。"借着微弱的油灯，张子祥盯着女人看了好一会儿，突然喊道："你是杨梅！"女人也认出他来："祥子呀！咋这么巧。看来是老天爷有意安排呢。"张子祥也对这突然的邂逅惊喜不已。"你们唠吧，我去地里看看豆子，别让人偷咯。"杨丙贤老汉知趣地走开了。两个年轻人在油灯下边吃边唠，互说分离后的生活，自然也谈到彼此的相思。原来，杨梅自从嫁给那家大户人家，三年生了两个女孩，这让三代单传的夫家很不满，一纸休书将她撵回了娘家，杨丙贤感觉很丢人，在杨家窝棚没办法待了，就带着女儿杨梅到了这山沟里住下。说起自己的经历，杨梅对灯而泣，张子祥情不自禁地将她搂在怀里……张子祥没有将自己参加抗联的事告诉杨梅，只说自己在富锦城里一家皮货店当伙计，趁入秋和师傅一起进山下屯子收点皮货，师徒俩三天没吃东西了,师傅让他进村弄点吃的,不想走到村后,连累带饿就晕倒了。

不知不觉已是深夜,张子祥收拾东西准备走,他惦记着土豆能否看得住老奸巨猾的李德才。他对杨梅谎称师傅还在村边等他送吃的,但杨梅却拉着他不撒手,看着心爱的女人充盈着柔情蜜意的眼睛,他心跳如鼓,对于女人的请求他已无法拒绝,心想,只要明天抓紧赶路,耽误一夜也能按时回到密营。他在心里默默祈祷,但愿土豆能安稳地等他回去。

秋夜绵绵,月光如水。杨梅躺在张子祥怀里轻柔地抚摸着他强健的胸肌,倾诉着自己这些年来的思念和心中的哀怨,她哀求他带自己走,离开这个憋死人的山沟沟,到很远的地方去。"你舍得扔下你爹吗?""那就把俺爹带上一起走。"张子祥说:"不行呀,我还有大事要办。""啥大事比俺还重要?""是改天换地的大事。"张子祥不敢说出实情,不是怕杨梅告密,而是怕她担心,在伪满洲国和日本人作对是要掉脑袋的,何况是抗联,那可是日本人的心腹大患,梦想早日除之以绝后患呢。

第二天天刚放亮,张子祥依依不舍地离开了杨梅。凌晨的山林是那样安详宁静,他踩在枯叶上的脚步声,不时惊起还在晨睡的鸟儿,惊慌地穿林而过,飞向朦胧的天际。此时,张子祥的脚步有些慌乱,一种不祥的预感袭上心头……

回到原地,眼前的场景让张子祥惊诧不已,土豆和李德才都没有了踪影,地上只留下一根绳子像一条僵死的蛇扭曲在被踏平的草丛中。"土豆，土豆。"他不敢大喊大叫，只能压低声音呼唤，但周围一片死静，没有任何回音。凭借多年的侦查经验，他首先想到的是李德才挣脱绳索后杀害了土豆逃跑了。毕竟土豆还是个孩子。他开始在四周寻找，走出方圆几百米并没有发现土豆的尸体。他懊悔地蹲在地上，用拳头猛砸自己的头，李德才跑了问题不大，他更担心土豆的安危，如果土豆有个三长两短，怎么向崔团长交代呀。

张子祥决定返回良谷镇寻找土豆的下落，既然没有找到土豆的尸体，说明他还可能活着，李德才把他带回镇里关押起来的可能性还是很大的。张子祥做了简单的化装，把收皮货的包袱藏在路边沟的草丛里后返回了良谷镇。在镇上走了好几遍，没有发现土豆的影子，走过镇警察署时，他特意放慢了脚步，虽然警察署的大门紧闭，根本看不到什么，但隐隐约约听见里面传来阵阵吵闹声，好像有人在高兴地欢呼大笑。

在良谷镇寻找土豆无果，张子祥决定连夜赶回密营，尽快向崔团长报告土豆失踪和李德才逃走的情况。他知道崔团长一定会大骂自己一顿，作为一名老侦察员，鬼迷心窍，竟然犯下如此严重又如此低级的错误，罪不可恕！他一路急奔，终于在第二天天黑前赶到了小西山下，密营近在眼前，在进山的路口没有见到岗哨，正常情况下，山下应该设有岗哨的。他没有多想，继续往上走，离密营越近，他心里越紧张，不知道见到崔团长自己该怎么说，特别是与杨梅幽会的事，不说就是隐瞒，说了问题会更严重。他一边往山上走,一边寻思见到崔团长自己怎么开口。这时,他猛然嗅到一股刺鼻的焦煳气味,越往上走气味越大,待他走上山顶时,眼前的景象让他如遭雷击,密营那两间泥草房已成两堆灰烬,还在冒着缕缕青烟,周围横七竖八地躺着战友们的尸体,有的已被烧成焦煳状。他愣愣地站了好一会儿,双腿开始颤抖,接着扑通跪在地上,大喊一声:"团长,对不起,我该死!"

张子祥醒来时,脸上爬满了黑蚂蚁,他是被咬醒的。他吃力地爬到一棵老柞树下,靠着树身喘息着,他哭了起来,开始像老牛一样发出呜呜哀鸣,后来就尖利地号啕起来,哭声在山林中飘荡了整个夜晚。

随着晨曦的到来,张子祥停止了哭泣。他擦了擦眼睛,利落地站起来,快步来到50米外的山坡下一片朝阳的空地上,用随身带的匕首开始拼命挖坑,挖松一点土,就用手把土捧出来,每一捧土里都蘸着他的血,树根荆棘早已使他的双手鲜血淋漓。两天两夜后,终于挖出了一个大坑。他开始在密营周围寻找牺牲战友的尸体,在离那两堆灰烬西面不远处,他发现了土豆的尸体,土豆的颈部被刺了一刀,刀口贯穿了他整个脖子。张子祥停顿了一下,似乎有些诧异,但还是把土豆拖到坑里,和其他战友一起摆好。一、二、三……十八,他数完人数,用手一捧一捧地埋土,一天一夜后,空地上有了一座像样的坟丘。

阳光从树缝间倾泻下来,斑斑点点地撒在张子祥的脸上,望着面前散发着新鲜泥土芳香的坟丘，他双膝跪地重重地磕了三个头，然后慢慢掏出枪来，清脆的枪声在秋日寂静的山谷间回荡，余音是那么悠长……

后　记：

1985年春，饶河县重修县志，在整理资料时，编纂人员发现了一份日伪时期的《新京报》，上面有一篇"三年治安肃正计划讨伐匪贼战绩卓著"的战报，虽然纸张泛黄，但字迹依稀可见，其中有这样一段："康德六年季秋，满洲国饶河县良谷镇警察署长李德才被匪贼抓捕，羁押途中，英勇机智，对小匪贼三言两语套取其小西山密营所在，遂将情报传递，沿途留下记号。我军获悉连夜秘密集结，突袭了匪贼密营，匪贼顽固至极，我军皆有伤亡。此战仅一匪逃脱，余者尽歼之，窝穴尽焚。"

老兵索班朝

我工作比较早，初中毕业就走上了工作岗位。报到那天，连长低头看看我，一个劲地挠头，一脸为难的样子："你小子黄嘴丫还没退干净，能干点啥呢？这样，你跑两步我看看。"我撒丫子开撩，搞得土路尘土飞扬，连长在后面大喊："好了好了，再跑就看不见人了！"我擦了把鼻涕，提着滑落下来的裤子又跑回到连长身边，连长说："你小子腿脚挺快的，去羊舍放羊吧！"于是我拿起放羊鞭子当起了羊倌。在秋收后的大豆地里放羊时，我躺在豆秸堆上睡着了，有两只追求自由的羊趁我熟睡之机私奔。连长说："你这孩子还是不定性呀，先到农工班让老索好好调教调教吧。"

那一年，我刚满 15 岁。

我们农工班的班长索三能，是从贵州转业来的一个布依族老兵。前年老伴因病去世，他就成了老光棍。说老，其实也不算老，四十出头的样子，身材瘦小，黑黑的一张国字脸，扁平的鼻子，却天生一副大嗓门，不管和谁说话，张口闭口都是"老子老子"的，老远一听还以为他在跟人吵架。索三能人长得矮小，力气却不小。用老百姓的话讲，有干巴劲。据说在朝鲜战场上的一次突袭战斗中，为掩护部队突围，他如一只敏捷的猎豹只身闯入敌阵，手持一把上了刺刀的三八大盖，在人高马大的美国鬼子群里左右开弓，瞬间撂倒了四个鬼子。不料却被躲在石头后面的一个美国鬼子从背后打了暗枪，击伤了左肩胛骨。从此落下了左臂举不高、一到阴天下雨就肩痛的毛病，复员时部队给他开了二级伤残证。

连队领导照顾老兵索三能，让他当仓库保管员。风吹不着雨淋不着，工作很清闲。索三能却不乐意，整天找连长闹："老子又不是婆娘，整天蹲在仓库里还不得闷死？"连长无奈，安排他到机务排开拖拉机，见他左手拉操纵杆很吃力，又让他到农工班当班长。其实，干农工并不比干机务轻松。每到春播、夏锄和秋收，常常是凌晨3点半，地里三顿饭，晚上看不见。农工班男男女女二十几号人，年龄和能力参差不齐，真要管好这些人，不是件容易事。班长索三能的岁数算是偏大的，但所有脏活累活都少不了他。

东北农村有句谚语："割麦扬场粮入囤，不死也要半条命。"粮食入囤是最重的体力活，能干得了这活的无疑都是最精壮的年轻汉子。入秋后新粮入场，扬场完毕就要粮食入囤，连队照例组织精干人员组成新粮入囤突击队。早已不年轻,而且体重只有百十斤的索三能,自然没有入连长的"法眼"。见队部黑板上公布的新粮入囤突击队名单里没有自己,老兵索三能怒了,他跑到连长办公室拍了桌子,质问道:"老子比他们少了胳膊还是少了腿?"连长知晓他的脾气,劝道:"老索啊,咱不能不服老哇,不能逞能呀!""你认为老子真的不行吗?"索三能认为连长明显是瞧不起他。旁边看热闹的人借机起哄,齐声说:"对!是骡子是马,拉出来遛遛就知道了。"大伙儿明显知道,凭他像干鸡一样的身板,想扛百十公斤的麻袋上跳板入囤,简直是天方夜谭。但这激将法果然起了作用,索三能说:"你们以为老子是老驴拉硬屎吗?老子今天就让你们见识见识马王爷生了几只眼。"于是,一群人众星捧月一般簇拥着老兵索三能向场院走去。连长叼着旱烟跟在人群后面,他心里在为老兵索三能捏把汗,他要保证这个老兵的安全。

众人来到粮囤前站成一个扇形,将瘦小的索三能围在中间,看他如何创造奇迹。索三能面对一百公斤重的麻袋不慌不忙,显然他不能像别人那样用肩扛,他有自己的绝技——单臂夹。他走到灌满粮食的麻袋垛前,侧身一个马步,将右胯贴紧粮垛,憋足一口气,伸出麻秆样的右臂,将圆滚滚的麻袋拦腰一夹揽入胯间,一扭身,步履稳健,直奔四五米高的跳板。开始的时候,随着跳板在他脚下起伏扇动,大伙儿担心他会从高高的跳板上连人带麻袋狼狈地掉下来,都仰着头张着手随时准备接住他，紧张地跟在后面保护他。连夹了三个麻袋，都安然无恙，从未失手，大伙儿不禁暗自咂舌，惊叹道："乖乖，那不是枕头，可是一百多公斤重的麻袋呀！"几个年轻力壮的知青不服气，也想学他的样子试试，结果没有一个人能用一只胳膊夹起滚圆的麻袋走上三步，更别说上高高的跳板了。大伙儿都感觉不可思议，上前一个劲地摸索三能的胳膊和胸脯。我也摸了，那地方都是筋骨，并没有多少坚实的肌肉。我好奇得不行，一边摸一边问："班长，你这劲从哪来的呀？"摸得索三能直喊痒痒："摸啥子嘛，老子是有神力。"

"索三能"不是索三能的本名，他的原名叫索班朝，从小在老家贵州给地主家放猪。那年解放军进入贵州，不满15岁的索班朝扔了放猪的鞭子参加了解放军，剿了一年多的土匪，随部队入朝作战。1958年，他成为十万官兵开发北大荒的一员。来到北大荒后，开始开荒种地，扛了八年枪的他，从来没有摸过镰刀锄头，对农活一窍不通。他给我们开会时说："北大荒的土地黑黝黝的，一马平川，这么好的土地，要是种不出好庄稼，打不下好粮食，就对不起党中央和毛主席的信任。老子在战场上死都不怕，还怕学不会种地？！"他跑到农场农技科借来许多农业书籍，趁老婆睡着了，一个人在煤油灯下啃读，用笨拙的手一笔一画记了十几本笔记。几年下来，从三大作物的品种特点，到从种到收的田间管理流程，他都了如指掌，应用自如，成了比当地种地老把式还厉害的行家里手。有时候，连队的农业技术员遇到问题都请教他。索班朝研究农田，也研究农机，虽然到农工班不怎么开拖拉机了，但他没有放松对农机保养和维修技术的学习，一有机会就和机务排的人围着拖拉机研究，有时像吵架似的争论不休。令人称奇的是，他还真练就了三样绝活，于是，就有了远近闻名的雅号——索三能。

老兵索三能到底有哪三样绝活呢？

索三能会看天。那时候农场气象设备和水平很落后，都是通过电话和广播播报。天气预报常常不准，也不及时，雨雪常常来得让人措手不及，给春播和秋收工作造成很大影响和损失。

记得那年麦收时节的某天，天空晴朗，微风轻拂，连长听到农场气象站播报近三天天气晴好的预报，指示农工班要利用晴好天气，抓紧晾晒小麦入囤。一大早，农工班全体到场院开始摊场，摊完场已是正午时分。大伙儿草草地在食堂吃了午饭，就回到各自宿舍午休。刚刚躺下，听见队部门前树上吊着的半截钢轨突然被人敲响，当当之声在晴朗的正午的空中震荡，急切而慌乱。那是每天早上出工时连队更夫按时间敲的，这大中午头谁敲它干什么，而且还敲得特别急，一下紧似一下，火上房了似的，不像是哪个淘小子闲得没事手痒敲着玩。我揉着眼睛，睡眼蒙眬地从炕上爬起来向窗外看去，见是班长索三能站在几块砖头上面，手里挥着一把羊角锤，狠命地敲打着那半截吊悬在空中微微晃动着的钢轨，好像和那半截钢轨有仇似的。见敲了半天没几个人出来，他从砖头上跳下来，小跑着冲向职工宿舍，挨个敲窗户，嘴里大声喊着："快给老子起来，要来雨了，快收场去！"大家都不情愿地爬起来，眯起眼去看天，天空瓦亮，万里无云，不像有雨的样子。知青马猴子望了望天，说："瞎扯，哪来的雨？"说着又想躺下。索三能隔着窗户伸手一把薅住马猴子的衣领，指着西北的天空说："那边都起毛了，你给老子没看见吗？"

"起毛？哪起毛了？没看见哪。"马猴子一头雾水。

"你少给老子废话，赶快都给老子起来收场去。"班长索三能嘴里吼叫着，又向西边天空望了一眼，转身快步奔场院而去。

果然，一个多小时后，人们刚刚将晾晒的小麦收起，用苫布、草帘盖好，西边天空一下涌起一片乌云，伴着一阵疾风，一场瓢泼大雨从天而降。

人们纷纷跑到旁边的仓库里避雨，马猴子抖了抖头上的雨水，半开玩笑地向索三能一拱手道："班长，你真神，大晴天能喊下雨来，佩服佩服！"

索三能撩起衣襟擦了把脸上的雨水，说："这叫伏天西方起毛必生雨。"

索三能会听。那年秋季雨少，许多低洼地块可以进车秋整地，这样一来明年就能增加播种面积。连长很高兴，要求各机车班组歇人不歇车，一天三班倒连轴转，务必赶在上冻之前把所有低洼地都抢翻过来。

这天傍晚，机务排的拖拉机驾驶员大张开着75链轨拖拉机匆匆驶向连队油库，准备加满油值夜班。驶到场院路口时，看见正从场院出来的索三能老远向他招手，大张以为他要搭车回家，就停下车拉开车门说："索班长，你要去哪？"索三能没有上车，阴沉着脸反问道："老子问你，你小子开几年拖拉机了？"大张满脸疑惑，眨眨眼说："我上班就到机务排了，有三年多了。咋了？你想调我去农工班吗？"索三能一抽鼻子，没好气地说："老子可不要你这样的马大哈。"

"马大哈？我怎么马大哈了？"大张有点蒙圈。

"这车的缸垫子呲了，你给老子没听出来吗？再开就有爆瓦的危险，整个发动机就要报废，你给老子开的什么车？"

"是吗？"大张听了一惊，急忙降低油门，跳下车仔细去听拖拉机发动机的声音。果然，在轰轰的引擎声里隐隐夹杂着噗噗的声响。他知道一旦机车爆瓦后果有多严重。

"我马上去找保管员领个新缸垫子换上。"大张紧张地说。

索三能背着手，围着拖拉机转了一圈，拔出油尺看了看，说："光换缸垫子还不行，安全起见，要给老子换上35号防冻柴油才行。反正天也冷了，早晚都要换。"

换缸垫子时，大张发现缸垫子果然被高温烧掉了好大一块，不禁暗暗后怕。事后，大张逢人便讲："索班长真厉害，离二里地都能听出拖拉机的毛病，够神的。"

索三能会算计。农工班的人杂，不像机务排都是清一色的中青年男人。农工班的人男女老幼年龄参差不齐，老的五十好几，小的有十几岁的半大孩子。工作能力、经验,以及性格差异很大。用工派活如何做到因人而异,不窝工不浪费,实现最大效益,还真是个技术活。知青马猴子喜欢偷奸耍滑是大伙儿公认的,不是没有力气而是不愿意出力。作为一班之长,索三能可以说对每个成员都了如指掌。这天,他对马猴子说:"今天你给老子跟牛车去二号地,把落下的四堆豆子收回来。"马猴子听了班长的工作安排,暗自乐了,心想:一天收四堆豆子,还不闲半拉身子,加上车老板帮忙,一上午就能轻松干完;下午就没事了,可以找在机务排值夜班的哥们大张到南泡子打鱼去。哪知道,那天下午,大张在宿舍等到晚上吃饭,才见到了刚卸完车一身疲惫的马猴子回到宿舍。

"他妈的,这索三能够狠的,这活让他算到骨头里了,我整整忙乎一天。唉,服了。"马猴子耷拉着脑袋说。

前年,老天赏脸,风调雨顺,麦田油绿如毯,刚刚吐出的麦穗个个像小棒槌般饱满,长势喜人,丰收已成定局。

早上一上班,班长索三能把全班的工作安排好后,将一根麻绳缠在腰上,对我说:"小家伙,拿把镰刀跟老子走。""干啥去?"我很好奇,我还是第一次独自和班长在一起。

"到时候你就知道了。"

我们爷俩一前一后来到场院东边的一片麦田,站在地头,索三能望着眼前在微风中翻滚的金色麦浪,感慨道:"北大荒真是个好地方呀!不愧是中国的大粮仓,老子还是第一回看到长得这么好的麦子。看着都喜人,又是一个丰收年呀!"

此时,我却被一阵蝈蝈的叫声吸引,猫腰蹑手蹑脚循声去捉,班长索三能在背后喊道:"你小子莫贪玩,快干活。"

我说:"干啥活?"

"你给老子把镰刀往麦田里扔,使劲扔!"

"这镰刀还是好的,扔它干啥?不要了吗?"

"让你给老子扔你就扔,莫废话。"

既然班长发话了,扔就扔吧,我使出吃奶劲将镰刀甩了出去,那镰刀旋转着向麦田深处飞去。索三能见落下的镰刀淹没在浓密的麦田里,问我:"记住镰刀落到哪了吗?你领老子找镰刀去。记住,走麦田里的行沟,别踩倒麦子。"

找到镰刀后,索三能解下腰间的麻绳,在镰刀周围用麻绳围成一个一米见方的方框。我这才发现,那麻绳上每隔一米系了一个疙瘩,看来班长早有准备。

"你小孩子眼神好,给老子查查这绳框里多少行麦子,每行多少棵麦子。"索三能蹲下来,吸着烟命令道。

"20行,每行133棵。"

"每行给老子找出10棵不大不小的麦穗来,老子要查查一共有多少麦粒。"

我正要把麦稞拔下来,准备放在地上查,班长索三能说:"莫要拔,不能损失一粒麦子,你就给老子站着查麦稞上的麦粒,必须给老子查仔细咯。"

我弓着腰撅着腚，一连查了三遍后，向班长索三能汇报："10棵麦穗一共463粒。"

"你可给老子算准咯！"索三能说着，掏出衣兜里脏兮兮的小本本记了起来。

就这样，整整一上午，我们走遍了连队所有麦田，取了十几个测查点。

"班长，我们弄这干啥？"回来的路上，我忍不住问道。

"哈哈，真是个傻孩子。"班长索三能亲昵地抚摸着我的头，望着眼前已吐穗扬花的麦田说："今年麦子丰收，水泥晒场肯定不够用。老子是提前测产呢，掌握了产量，要扩建多少面积的场院不就有数了吗？"

据说，那年为迎接新麦入场，连队决定抢建水泥晒场。在索三能的建议下，新建了500多平方米的新水泥晒场，正好满足了晾晒需要，没有浪费一袋水泥和人工。连长激动地对索三能说："老索呀，我们连队有你，真是福分哪！"

那年，班长索三能当上了农场劳模，是连队建队以来第一个农场劳模。当他戴着大红花从场部回到连队时，那张黑脸和胸前的大红花一样红，嘴里连声说："老子也没做啥贡献，担不起这个荣誉呀。"连长高兴，学着他的口气说："你给老子听着，连队几百号职工就你担得起。"

三年后，我调到了场部工作。离开农工班那天，班长索三能拍着我的肩，叮嘱道："年轻人干工作一定要踏实，只要用心，就没有干不好的。到了场部给老子好好干，不能给我们连队丢人，更不能给农工班丢脸。没事的时候多回来看看。"

然而，此后的几年里，我多次回到连队，却只见到过索三能一次。那还是在路边正在收割的玉米地里，他手里拖着一条麻袋，跟在收割机后面，捡没有收割干净掉在垄沟里的玉米棒。我把自行车停在路边，喊了声："班长——"他抬头见是我，开口笑道："哦，老子一听就是你这小家伙。"说着激烈地咳嗽起来，说话声音明显不如从前洪亮了，面色呈病态的苍白，常年的劳累使他的身体大不如前。他告诉我，因为身体原因，自己已经内退了，在家闲不住，看见地里扔下的粮食，实在可惜，忍不住就下地来捡捡。"你们年轻人没挨过饿，不知道粮食的金贵呀，哪一粒粮食不是用汗水换来的？北大荒建设到今天不容易呀！"我连连点头称是。

没想到，那次见面竟成为永别。

许多年过去了，班长索三能已过世多年，但关于他当年的那些奇闻逸事，还时常在老年人的闲谈间被提起。看到如今稻香四溢的广阔沃野，生活在鸟语花香中的老人们，言语中不禁生出许多感慨和怀念，都说："如果老兵索三能能活到今天，该有多好呀！"

让你见个人

老朴伤得不轻。

众所周知,老朴是一个不太安分的人。不安分的老朴没有做什么违法和丢人现眼的事,老朴的不安分主要体现在爱好上,爱好又体现在"玩"上。作为机关工会分管文体工作的副主席,老朴的爱好可以说涉猎很广,什么钓鱼、打乒乓球、打太极拳、耍空竹,甚至吹萨克斯,样样都能整两下,像模像样的,虽谈不上精通,但绝对不能说外行。去年秋天,同事拉他看了一场拳击比赛,此次拳击赛是轻量级,两个拳手个头不高,但一身精壮的肌肉线条着实令老朴艳羡。老朴暗想,如果自己练出这样一身肌肉,那该多带劲。过两年退休出去旅游遇到歹人,也有资本对抗。走出省体育馆赛场,老朴有了新的决定——学拳击。拳击是年轻人玩的项目,极具危险性。对已经五十出头的老朴来说,无论如何都有些离谱。拳击馆老板不敢收,觉得老朴是一时心血来潮。如果训练中出现意外，不是自找麻烦吗？老朴软磨硬泡，态度坚决。老板说那你走两步我看看，老朴挺胸昂头，脚下生风。老板说你先试着训练一周再说，感觉不好就走人，不收费用。头三天下了班，老朴戴着拳套对着沙袋练拳法。第四天开始对打训练，对手是个敦实的小伙子，虎潮潮的，把训练当成比赛，一个直拳打掉了老朴一颗门牙，血流不止，嘴唇肿得如同开口包子。老板赶忙叫来馆里的医生处理。老朴照了下镜子，口不能言，找块石头在地上写了三个字"戴口罩"。回到家，老伴问："你有病吧？大夏天戴个黑口罩，像个贼似的。"待发现老朴少颗门牙，先是惊讶，后是解恨，没有一丝心疼，该！一天到晚嘚瑟，自作自受。女儿小丽在旁边添油加醋地帮腔，小丽嘴里咕哝一句，老朴没听清，但知道不是什么好话。老大不小还没出嫁的小丽让老朴两口子很忧虑，小丽的婚事一直是他们的一块心病。其实，老伴骂什么他并不介意，半辈子习惯了，就当放屁。可气的是从小到大被他视为掌上明珠的女儿小丽，竟也和自己过不去，老爸受了伤连一句安慰话都没有。老朴用手掌捂着受伤的嘴，嗡声说道："我的事用不着你管，你管好你自己的事得了。"

门牙位置特殊，门面作用显然大于咀嚼作用。老朴豁牙漏齿，好几天闭嘴不能说话，说话漏风，张嘴露出个黑洞，很难看。不得不说话时，老朴尽量不张嘴，用喉咙呜呜两声或点头摇头应付一下。这种状况对极爱面子的老朴来说，简直是一种煎熬，他请了年假在家休养。半月后，人们发现老朴不仅可以张嘴说话了，而且一说话还金光闪动耀人眼，原来他镶了颗金牙。大家不知道老朴为啥要镶个如今并不多见的金牙。有人开玩笑说："老朴，你这一张嘴就金光闪闪的，明显是在炫富嘛，就不怕贼人惦记吗？如今金价暴涨呢。"老朴笑道："嘿嘿，想虎口拔牙，借他个熊胆。"

镶了金牙的老朴消停了一段时间，又有新举动——学开车。他在离家不远的一家驾校报了名。老朴说："我要为退休后的生活做准备。到时候弄台二手车，想去哪玩，自己开车就走，不用求人，方便得很。"

其实，老朴年轻时是开过车的。那时候他在农场生产队当团支书，家住在场部，要经常回家，搭车不便，就花3000块钱买了一辆二手北京吉普。之所以没有像生产队其他管理人员那样买辆轻便又省油的摩托车，是因为老朴觉得吉普车更安全实用，回家或者外出开会风刮不着雨淋不着，比两个轮的摩托车强多了。那时候，偏僻的农场可谓山高皇帝远，村路上开车的司机没有几个有驾照的，更没有酒驾醉驾一说，砂石大道就像自家院子，任尔驰骋。有一次酒后，要搭车回家的同事看老朴醉得没个人样，想把车钥匙要来找个人开。老朴把车钥匙捏在手里死活不撒手，掰都掰不开。大伙儿只好把烂醉如泥的老朴抬到驾驶座上，他脑袋耷拉在方向盘上，瞪着呆滞的醉眼启动了车。他敢开，那些人也敢坐，他居然把车有惊无险地开回了生产队。事后问他，他死活不承认是自己开的车。

听说老朴要考驾照，财务科的刘会计专程从二楼爬上六楼老朴的办公室，气喘吁吁地劝告老朴说："你可真能嘚瑟，也不看看自己多大岁数了。现在不比以前了，我考了两年才拿到驾照，费老劲了。尤其像你这样的老同志，记忆力和反应能力都不行喽。"老朴不服气："老什么老？按国际标准，60岁刚进入中年，何况我才58岁，还是青年呢。"刘会计费力不讨好，鼻孔里发出一声哼："好，好，你年轻，你才18岁。"气话归气话，不得不承认，个头不高的老朴虽然有些拔顶，但头发黝黑，面有光泽，几无褶皱，行动敏捷，看着确实比同龄人年轻不少，说40岁都有人相信。

驾考科目一内容是交规理论，按照要求老朴在手机上下载了《驾考宝典》，开始模拟考题，学得很投入。老伴见他整天摆弄着手机，以为他在玩游戏，骂他越老越不着调，还小孩似的玩游戏。老朴得意地说："你知道个啥？我在学习呢，等驾照一到手，我就开车领着你周游世界去。"老伴一撇嘴："拉倒吧，我可信不着你，你还是领别人老伴去吧。"老朴不满地说："对牛弹琴，跟你一辈子了也没有一点共同语言，一点情趣都没有。"

十几天后，驾校通知科目一考试，老朴早早来到考场，发现参加考试的一百多名学员都是大学生模样的年轻人，就自己一个老头，在人群里显得很另类，他感到有些不适。考试结果是电脑直接出分的,他竟然考了99分。如此高分令老朴兴奋不已,第二天一上班,逢人便炫耀一番。刘会计看不惯,背地里说:"科目一傻子都能考及格,有啥美的?我话放在这,考科目二他老朴不哭得尿裤子算他裤裆夹得紧。"

科目二是实际驾驶操作,老朴觉得自己虽然没有在正规驾校学习过,但毕竟有过几年的驾龄,学起来应该不难,比其他从未摸过车的学员有优势。当那个姓刁的教练向学员们问,你们谁以前开过车时,老朴在人堆里踮起脚伸长脖子,颇为自豪地喊道:"我以前开过车。"他觉得教练一定喜欢他这样有驾驶经验的学员,毕竟有一定基础嘛,教起来更容易更省心。不料教练看了他一眼,拉长了脸说:"我最烦你这样的野路子,没人教没人管的,乱开一气,养了一身臭毛病,还得我费心给你改。"教练这一句话,让原本情绪高涨的老朴顿时如跌冰窟,情绪一落千丈。他尴尬地退到人群后面,对这个三十郎当岁,两只绿豆眼,一张刀条脸,瘦得像猴子似的教练心生怨恨。这家伙太没素质了,在年轻人面前一点不给老同志面子,当个破教练有什么了不起。他有点后悔当初选教练时马虎,站在了这家伙儿身后。生气归生气,既然学费都交了,车不能不练,小不忍则乱大谋呀。

先练倒车入库。轮到老朴上车,他一坐上驾驶座,教练就阴着脸盯着他看。车子刚一起步,教练就喊停车。老朴一头雾水,有点蒙圈,自己没做错啥呀,一切都很正常呀。教练当着众人冲他大声问道:"你真开过车吗?""真开过呀。""你方向盘是怎么握的?"说着上前抓住老朴肩膀向后拉,动作很粗暴,嘴里喝道:"坐直了,别像虾米似的趴着!一档起车,向右打两圈!"老朴刚打了一圈,教练就上来抢方向盘,一边抢一边说:"你反应咋这么慢呢?再向左回一圈,向左!你怎么左右不分?"教练没好气地训斥老朴。老朴心里紧张,手脚更加忙乱。两人一个车里一个车外抢方向盘,你一把我一把地如同打架。眼见车子直奔旁边的护栏去了,教练急喊:"刹车,刹车——"老朴却一脚踩上了油门,车子一下冲了出去。教练手疾眼快一把关了钥匙门,熄了火。好在挂的一档,车速并不快,车子在离护栏不足半米的地方停住。"行了行了,你下来吧!"教练气得脸都白了,"你这样的要是上路,非成马路杀手不可。话都听不明白,还学啥车,回家老实待着得了。"

当着这么多学员面挨训,老朴有点受不了,觉得自己大小是个国家干部,从年龄上讲,可以给猴脸教练当爹了,理应受到尊重才是。他大声对教练说:"你说话放尊重点行吗?"教练说:"我不管你岁数大岁数小,受不了可以走人。"

陪着一帮男女孩子,在烈日下耗了大半天,只练了两次车,挨了猴头八相的教练一通训,憋了一肚子气。晚上回到家,老朴疲惫地仰在沙发上生闷气。活了大半辈子还是第一次受这样的气,单位领导也没有这样训斥过自己。自尊心和身心受到严重挫伤的老朴,觉得这样下去会被气出病来。听刘会计说,给教练上几盒好烟就会得到照顾。老朴想，如果对我态度好点，买十条大中华都行。他这样对我，我再给他送礼，那不是自取其辱吗？老子大不了不学了。他坐起来，拿起手机上网查考驾照中途弃考是否可以退学费。老伴见他突然发蔫，垂头丧气，以为他工作遇到不顺，又孩子似的耍脾气，暗自好笑，揶揄道："又挨领导批评了吧，该！让你整天嘚瑟不务正业，我要是你们领导早开除你了。"老伴不识时务的一句话，无疑火上浇油，老朴一脚蹬翻了跟前的茶几，大吼道："你知道个屁！"

第二天，老朴直接找到驾校负责人，说："你们教练太野蛮太没教养，我不学了，退学费。"对方笑了，说："科目一都考完了，退也退不几个钱。"从内心讲，老朴还是想继续学。是呀，咋能说放弃就放弃呢。"换教练可以吗？"对方说可以，向墙上挂着的一排教练照片一指："自己选吧。"照片隔在亚克力板后面，有些模糊。老朴掏出老花镜戴上，他不看简介和驾驶经验，他要选个面善憨厚一些的。对比了好半天，选中一个姓李的年纪大些的教练，胖乎乎的，一脸憨厚。但一想到那个刁姓教练那副嘴脸，他还是心有余悸，人不可貌相呀。他指着李姓教练的照片问那位负责人："这个姓李的教练脾气咋样？""其实我们这些教练脾气都差不多。"负责人说，"刁教练是我校最好的教练，是部队汽车兵出身，来我们驾校三年了，过考率一直名列前茅。你当时选他是你的幸运，偷着乐吧。教练对学员发脾气其实是工作认真、对学员负责的表现。如果不对学员严格点,学员能学到真技能吗?即使拿了驾照上了路,出了事最后受害的是驾驶员自己。你们作为学员的要摆正心态,放下面子。咱们这些教练私下里关系都不错,你想,新教练肯定认为你这学员难伺候,事多,能对你好吗?所以换教练纯粹多余,换完你就后悔。"

一连几天,老朴没去练车。

这天,老朴突然出现在练车场上。姓刁的猴脸教练正在指挥学员练直角转弯。老朴发现在场的学员都换了,不是原来那帮人。教练对其他学员的态度也很粗暴,稍不如意就骂骂咧咧,这些孩子挨了训都蔫头耷脑地不敢吱声。猴脸教练似乎感觉到老朴来了,用余光扫了一眼,没搭理。半个多小时后,所有学员都轮流练完了,教练才转过身,嘴角一咧,讥笑说:"真没看出来,你这么大岁数还会打小报告。你今天干啥来了?"

老朴觉得这家伙总是这副德行,不能再惯着他,老子花钱是来学车的,不是来受气的。老朴没好气地瞪着教练反问道:"你说我来干啥?我好几千块的学费不能打水漂。"

"那还不赶紧上车练。"教练陡地变了脸,吼道。

老朴上了车,对教练说:"你能不能离我远点?我看见你闹心。"教练说:"好,我走,你自己练吧。"

教练死尸一样躺在练车场角落里一条长椅上,帽子扣在脸上。

没有那张猴脸在眼前晃荡,老朴感觉压力小多了,人也不紧张了，车练得比较顺。此后，一到老朴上车，教练就到一边休息。两人谁都不看谁，配合默契。轻松下来的老朴逐渐找到了往昔驾驶的感觉，进步很快。练车经常要占用工作时间，单位领导对他这个老同志比较照顾，睁只眼闭只眼。老朴不好意思总请假，就和教练商量要一对一地练。教练一听，面露悦色，说："一对一要加钱的。"老朴说："钱不是问题，只要节省时间，早点拿到驾照就行。"

一对一练了几天后，教练面无表情地对老朴说："你再练一天就参加下个月的科目二考试。"老朴很高兴。第二天，老朴来得比教练还早，他决定中午不回家，让女儿小丽送点午饭，抓紧时间多练一会儿。那天，女儿小丽拎着一盒外卖来到练车场时，还不到10点半。老朴正练侧方停车，他示意小丽先等会儿再吃饭。小丽和不远处的教练站在一起闲唠起来，还有说有笑的。不知过了多长时间，小丽冲他喊："爸，该吃饭了。"老朴停了车一看手机，都下午2点多了。

考过了科目二，老朴第一时间把猴脸教练微信拉黑，他这辈子再不想见到这家伙。科目三换教练，正是姓李的教练，比那个猴脸家伙强多了，很随和，从来不训斥学员，有时候还和学员开玩笑。但老朴发现这个朴实的教练有吃女学员豆腐的嫌疑，经常利用教挂挡和握方向盘的机会，有意无意地触碰女学员的手和胸，有时候明显是故意在碰。女学员也只是红红脸，不说啥。在如此融洽的气氛里练车，老朴很快就一次性考过了科目三。

入秋时节，驾校通知说，驾照下来了，让老朴有时间去取。当天下午老朴就迫不及待地取回驾照。恰好周末，老朴决定犒劳一下自己，这三个多月确实辛苦呀。老朴正要奔菜市场买些菜，突然女儿小丽打来了电话："爸，我现在去超市买菜，你晚上一定回家呀，让你见个人，咱们一起吃饭。"

"见人？见什么人？"老朴一头雾水。

"当然是男人。"小丽说。

"男人？哦，好吧，我回去。"老朴心下喜欢，看来女儿对自己的终身大事还是上心的。

晚上，回到家里，老伴和女儿都在厨房里忙活。在客厅里，老朴果然见到了一个男人，两只绿豆眼，一张刀条脸，瘦得像猴子，正坐在沙发上笑眯眯看着自己呢。

北有南岛

  我比现在年轻8岁的时候认识了南岛。那是丁香花瓣四处飘飞的季节，我瞒着家人，春心荡漾着从鹤北来到寒城。网聊半年多的辽宁女网友却毫无征兆地突然爽约，电话关机。估计是被家里人发现，把她关起来，也或许她临时改变了主意。为了这次期待已久的见面，我做了精心的准备，剪了当时市面上颇为时髦的爆炸式飞机头，新买了一身白色运动装，以及一些成人用品。不管怎样的原因，第一次会女网友就被放了鸽子令我十分沮丧，无心在此逗留。我在火车站前找了一家小旅店住下，准备第二天坐早班火车返回鹤北。

  我住进这家旅店的时候，四人房间里只有我一个人。傍黑时又住进来一个人，30岁出头，身量瘦削，清白面皮，长发披肩，嘴角叼着烟，背包往床角边一扔，重重地把自己摔在床上，很疲惫的样子。我说："哥们，从哪来？""良谷镇。""是良谷镇坐地户吗?""当然,我就在那出生的,你呢?""鹤北。""哦,良谷镇归鹤北管辖,咱俩是老乡呢。"我说:"去过鹤北吗?"他说:"那年相亲去过,穷山沟,兔子不拉屎的地方。"我问:"谁家姑娘?兴许我认识。"他说:"我三姑领我去的,女孩好像姓金,住在街西头,门前不远有座山神庙。那女孩长得还行,左眼有点斜楞。那天我和我三姑在她家吃的午饭,她妈炒了好几个菜。他爸一看就是个酒馋子,一上桌捧着酒瓶不撒手,一个劲喝,好像这桌酒席是为他准备的。我们走的时候,他嘴里说送我们,却咋也不动窝,估计是喝高了站不起来。""后来你和那女孩成了吗?"他甩了下长发,一笑:"成了还说啥?你想呀,咱一个诗人,找个初中生,怎么交流?""诗人?"大概看出我脸上露出的惊疑之色,他捋了捋有些卷曲的长发,露出光亮的额头,说:"一看你就比我小。哥上中学的时候就在杂志上发表诗歌,还出版过个人诗集,我的笔名叫南岛,听说过吧?"见我未置可否的样子,他明显有些失望:"看来你平时不怎么看书。"我说:"这个笔名感觉像个地名。""我起南岛这个笔名是有缘故的。""啥缘故?""知道诗人北岛不?"我说:"知道,在中学课本里学过他的诗。""知道就好,作为中国人如果连诗人北岛都不知道,太不应该了。""北岛是你哥吗?""什么哥呀,北岛是我恩师。诗坛上流传一句话,南有北岛,北有南岛。不吹牛,北岛老师的诗我可以倒背如流,你信不信?"说着,甩了下长发,清了清嗓子,"就来首北岛的代表作《回答》吧——"

> 卑鄙是卑鄙者的通行证，
> 高尚是高尚者的墓志铭，
> 看吧，在那镀金的天空中，
> 飘满了死者弯曲的倒影。
> ……
>
> 我来到这个世界上，
> 只带着纸、绳索和身影，
> 为了在审判之前，
> 宣读那些被判决的声音
>
> 告诉你吧，世界
> 我——不——相——信！
> ……

背诵到"我不相信"这句的时候，他突然咳嗽起来，越咳越猛，好像要背过气。我说："哥，不用背了，我信了。"他停止背诵，缓了口气，说："不怕老弟笑话，哥在东三省诗歌界很有名气的，也算给咱良谷镇增光了。要不是那年走火入魔犯了案，早就功成名就了。"见他很健谈，而且并不避讳陌生人，心里也减少了顾忌。我问："你是诗人，能犯啥案？男女关系？"他说："那倒不是。说来有点丢人，比男女关系还丢人。一个在基层宣传口当通讯员的诗友，说可以用手里的记者证搞点钱,并说有几个同事靠这手发了财,非要拉我也去。你想想,搞诗歌的也没有别的来钱道,当时想法比较简单,就跟着去了。我们自称是法制报记者,到一家化工厂找到负责人,说有人反映他们排放污水,如果不配合采访调查就在报纸和媒体上曝光。厂长哪见过这阵势,拿钱消灾吧,给了我们2000元烟酒钱。钱还没焐热,我们就被抓了。不说了,太丢人。"他把刚脱下的外衣重新穿上,对我说:"走,给哥个面子,咱哥俩出去喝点。"我有点不好意思,说:"还不太饿。"他一挥手:"走吧,出门在外都是兄弟,客气啥?"

那晚我们在街边一家小酒馆喝的。毕竟刚认识,彼此话题不多,东拉西扯。我说:"我上中学的时候,有一阵子特别喜欢画画,后来学习紧张就顾不上了。"南岛说:"绘画更需要天赋,我这人说话直,你学了也白学。不学就对了,劳民伤财,还浪费时间。"我自嘲地笑笑:"我这人学啥都是三天新鲜,没有长劲,而且好高骛远。找工作也是,这山望着那山高,大学毕业两年了,还在家啃老呢。"他说:"哥想啃老还没老可啃呢。我父母早都不在了,我老哥一个人在社会上混,其中滋味你是体会不到哇。"

一瓶白酒见底,开始喝啤酒。我不擅长喝啤酒,两瓶没喝完就上头,酒一上头,话就多。其实,南岛在旅店说他去鹤北相亲的时候,我就差点说出来,但那时我很清醒,忍住没说。现在实在憋不住了。"哥,老弟告诉你个事。""啥事?""你说的鹤北那个女孩,现在人家都两个孩子了。小两口开家山货加工厂,发财了,在省城有车有房,日子过得红火着呢。""你认识她?""当然。"我诡秘地一笑,"她是我二姐。""是吗?那可太巧了,你回家问问她,看她还记得我不?""不好意思,说你爸是酒慒子,你不介意吧?"我说:"不知者不为过。"

离开饭店时,已经下半夜了,街上清清冷冷。回到旅店房间,发现另一张床上躺着一个人。我上前开了灯,那个人醒了,是个和尚。北方罕见僧人。此时,我和南岛已无睡意,很好奇地和那个和尚唠了起来。那和尚40岁出头,皮宽肉浮,一口河南腔。他说自己法号德满,从五台山来,专程到寒城千佛山考察,准备开展两山合作。千佛山资金匮乏,佛事一直不景气,双方如果优势互补,或能承包千佛山,真是双赢的好事。说着,从随身携带的黄色粗布包里取出两份打印的经文,分别送给我和南岛。我把那份经文折叠了一下,准备放进包里,德满和尚忙拦住我——经文不可折叠。

三人谈性很浓,相互加了微信。不觉间天光大亮,我和南岛邀请德满和尚共进早餐。来到站前一家小吃铺,面对餐桌上一屉素馅包子和米粥,德满和尚双手合十,口中念念有词:"阿弥陀佛,善哉善哉。受人供养,趣自除恼,多谢施主……"

用过早餐,正是城里早上上班时间,街上人流涌动。我们三人——一个身披黄色袈裟的中年和尚,一个乱发披肩的青年诗人,一个留着爆炸式飞机头的时尚小伙儿,说说笑笑,并肩行走在人流中，成为那天早上寒城街头罕见的一道诡异风景。

三人没再回旅店。在街口，德满和尚双手合十，与我们告别，打车去了位于市郊的千佛山。南岛说要去寒城晚报送篇诗稿，和我拥抱后消失在人流中。我没再与那个失约的女网友联系，我金福来是一个有尊严的男人。我一路打着饱嗝直奔火车站。

再次与南岛见面是在数年后的一次省绿色产品展销会上。我是替我二姐参加的这次展销会，她家加工的山货产品，质量上乘，名声响亮。我二姐在省城开了一家山货专卖店，见我赋闲在家，无所事事，就让我帮着经管她的山货专卖店，自家人，用着放心。这样，我来到省城当了店长。其实，店里就我一个人，既是店长也是店员。在人头攒动的展厅里，我意外地见到了挎着照相机的南岛，见面彼此都很激动。他说："咱哥俩寒城一别，有三年了吧？"我点头："嗯，好像三年多了。"几年不见，他依旧一头蓬乱的长发，没太变，只是消瘦了些。他说他目前在省城《江城晚报》当记者，说可以为我的山货产品拍几张照片，登在报纸上做宣传。见我有些犹豫，他习惯性地甩了下长发，说："放心吧，老弟。凭咱哥俩多年的关系，我可以做主，一切免费。"临走，送我一本新出版的诗集。我随口念出书名《狗好》，他连忙更正："什么狗好，是《独好》。草书，不太好认。""现在出书太贵，要不是为了加入中国诗会，打死我也不出这玩意。"走出几步后，他又返回来，说："哎，德满和尚出事了，你知道吗？""出啥事？""被抓了。""因为啥呀?""诈骗。去年夏天的事,都上报纸了。冒充出家人,以与武当山合作的名义,在寒城千佛山设香坛收香客的钱,还将老婆孩子接到寒城隐居起来,不到两年在河南老家买房买车。他真实身份是河南商丘乡下一个初中毕业的农民,判几年不知道。"我说:"怪不得。去年我还试着给他发微信,想问他咋样了。微信没发过去,拒收。"

几天后,南岛打来电话,说产品照片已经在报上登出来,要送报纸过来。后来我才知道,很长一段时间,居无定所的南岛,一直住在报社编辑室的沙发上。此后,他得闲就来我店里,一旦喝多了,就和我挤在店里的单人床上睡。各种山货食材店里现成的,但我俩都不会做饭。有时我们会避开饭口,请隔壁饭店的厨师"来寓治馔"。南岛酒量不大但爱喝,属于三两白酒下肚就钻桌底那种。有一回,我二姐从鹤北来到店里视察,她总是出其不意搞突然袭击。我正和南岛在店里喝酒,二姐的突然到来让我有些尴尬。我给他们双方做了介绍,两人竟谁也没认出谁。因为眼睛有毛病,我二姐常年戴着宽边墨镜。临走的时候她低声对我说:"这人咋看着不像好人呢?头发那么长。城里比不得乡下,你可长点心眼,别啥人都往店里领,吃吃喝喝的。"我想告诉她,这人和你相过亲呢,但话到嘴边没说出来。

醉客居是我和南岛经常光顾的酒馆,位于我所在的山货专卖店斜对面。门脸不大,装修一般化,走的是原始复古风格,粗面红砖墙上挂着长角牛头骨和马头琴之类的装饰，很有格调。我一直以为店主是蒙古族，一打听，不是，是地道的汉族。南岛也经常把他的诗友带到这里，三五老友相聚，品酌阔谈之间，享受着畅快人生。

酒馆内常年播放着著名的萨克斯乐曲《回家》，令我等流浪在外的人，心生一种莫名的忧伤。有好几次，南岛听着听着就哭了。他对老板娘说："换个欢快点的曲子吧。"于是音乐声再度响起，竟是当下很流行的歌曲《如果我的爱还在》。听着听着，南岛又哭了，哭得比上几次还厉害，鼻涕都流出来了。我对老板娘说："你这是啥快乐曲子，把俺大哥又弄哭了。"老板娘说："你这大哥比林黛玉还矫情。"甩手把脏兮兮的歌单扔到我面前："看啥欢快你们自己点吧。"

刚进省城，认识人不多，南岛自然成了我最亲近的朋友。那段快意的生活一直持续到我结婚。媳妇是我斜眼的二姐介绍的，是她省城一个吴姓客户的侄女，叫吴颖。一个有着强烈大女子主义的女人，结婚的当月没收了我的工资卡。小手一伸说："拿来！"我说："拿啥？""卡。""啥卡？""你的工资卡。"婚前，她隐藏得很好，话不多，表情平静，没有丝毫破绽，以至于我认为她是一个颇温柔的女人。我承认，我的性格有些懒散浪荡，好酒，随我爹。我二姐眼斜，但看人很正。她说："你这样的浪荡鬼就得找个孙二娘治治。"婚前我曾有过一段亲密关系，她是一个大龄青年婚恋网站节目主持人，姓曲名薇，体态微胖，圆脸，戴着无框眼镜，语音表达能力很强，小嘴巴巴的像加满油的马达，说得我一愣一愣的。据说，她的相亲节目每年都能促成好几对，一度成了情感品牌，她本人也被业界称为情感专家。然而自己的情感问题却始终没有解决。我是参加了她们的婚恋活动认识她的。我参加这个活动，目的是想找个城里姑娘。曲薇每次来店里，脱下外套，把头发盘在头顶就开始做饭。她让我给她在后面系围裙的时候，我会趁机搂着她并不纤细的腰，亲一下她的脖颈。她的厨艺非川非鲁也非粤，自成一家。那段时间我都被她喂胖了。我对她也不薄，前后给她买了两双不同颜色的高腰皮靴和一件价值不菲的貂皮大衣。当然，钱都来自店里的货款，谁让咱是一店之长呢。南岛见过曲薇一面，悄悄对我说："老弟，这个女人对你并不真心，至少脚踏三只船，还是离她远点吧。"一次相聚后，她接了个电话说要回家，就匆匆走了。我趴在窗户上看，她并没有回家，而是上了一辆等候在街边的黑色奥迪轿车，向相反的方向驶去。车窗贴着膜，看不清车里人，无从辨识司机是男是女。

　　结婚之后，我不再住在店里，我和南岛肆意无羁的生活宣告结束。他虽然时常在我工作时间来店里，但明显有些落寞，好像一只失去主人的宠物。我劝他："找个女人成家吧，人嘛，无论男女，总要有个归宿。"他苦笑一下："说得容易，哥自己都养活不了自己，哪有钱娶媳妇？"不知什么时候，南岛不再弄诗歌，他说："我以往每年都在省级以上报刊发表不少作品,这两年没有了灵感,找不到感觉,索性就不写了。"除了在晚报副刊编诗歌外,他还给成功人士写传记,给先进人物写报告文学。无利不起早,当然都是有偿的。有位德高望重的老诗人对他的行为深感惋惜,在电话里殷切地教导他,勤能补拙,不要半途而废,还是有希望成为北岛第二。他点头答应:"老师,我会努力,绝不放弃。"放下电话却说:"老子都不惑了,还补个球。天赋乃上天所赐,岂能后天可补?无天赋而勤奋,只能制造文字垃圾。"

这天,南岛说,报社来了新人,他不再住编辑部,在幸福街上找了间能做饭的地下室住。那地方离我家不算远。我时常带些木耳、蘑菇等山货去看他。其实,我之所以始终与南岛保持友好关系,最吸引我的还是他直率的性格,彼此在一起很轻松随意。如今,遇到一个让你感觉舒服的人,多难得呀。谁能拒绝呢?

腊月里,有几个南方诗人来看冰灯,南岛尽地主之谊请他们吃饭,一高兴喝高了。我送走客人,我把他扶到附近一家旅店,老板娘见他喝成这样,对我说:"大哥,你还是留个电话吧。你这哥们如果半夜有啥事好找你。"我想也是,留了电话就打车往家走,还没到家,就接到旅店老板娘电话:"大哥,你快来吧,他上我床了。"我让出租车司机掉头返回到旅店,见南岛正蜷曲在旅店接待室的床上,被子上吐满污物,那是人家老板娘休息的地方。老板娘说:"你快把他整走吧。"这时,南岛见我来了,好像醒了酒,自己爬起来到卫生间洗了脸,又喝了一杯热茶。我要送他回他的地下室,他死活不让送,执意自己打车回去,说:"没事,吐完就好了。"二十分钟后,我估计他应该到了,就给他打电话。不料接电话的是出租车司机,说:"你可来电话了,你哥们下车就走了,把手机落在车上了。几分钟的工夫,再找他就找不到了,我打不开手机。"我一下彻底醒了酒,打车直奔幸福街。手机丢了是小事,数九寒冬,醉鬼冻死的事件在东北并不罕见,每年冬天都会发生几起。出租车司机见到我,把手机交给我后,指着前面说:"你哥们就在那棵树边下的车,往哪走了,我就不知道了。"借助灯光我找到那间地下室,下了台阶推门,门锁着。我顺着街边一路寻找,在一个角落的垃圾堆旁发现了蜷缩在那里的南岛。我吃力地架着他来到地下室门口,中途歇了好几气。从他裤腰带上找出钥匙开了门,一直陪他到天亮。第二天起来,我说:"昨晚这条街上有个酒鬼差点冻死。"他说:"是,多亏让一个好心人救了。"

初春的一天,南岛来到店里,进屋就一屁股坐在椅子上,点上一支烟抽起来,说:"我不在报社干了。"原来三八节前夕,在市民中有着很大影响力的《江城晚报》要出一期女诗人作品专辑。南岛在众多自发来稿中,编发了一组自由诗,其中一首诗里有一句:"啊,一个戴着安全帽的建筑工人,站在城市的上空,仰望苍穹……"报纸登出后变成了"啊,一个戴着安全套的建筑工人，站在城市的上空，仰望苍穹……"作者是位50多岁的女士，热爱诗歌几近病态，拿着当日的晚报，闯进报社大吵大闹："我的安全帽，你怎么给变成安全套？你让我这脸往哪放？"揪住责任编辑南岛不放，不让吃饭，不让上厕所。直到总编好说歹说，答应在下期报上登份道歉说明，再给她发一篇稿子，才算平息了此事。如此低级的错误给报社带来了极大负面影响。南岛觉得很冤枉，来稿是电子版，是作者自己打错了字，但作为责任编辑没有及时发现更正，有不可推卸的责任。被报社辞退后，南岛一度在街上游荡。我说："我有个同学，开了一家网吧。你去当管理员吧，还管吃管住。"他看我一眼，一脸的不悦："你可拉倒吧，别忘了，哥是诗人，干那活不是磕碜人吗？"我说："那你有啥打算？"他说："遇事不决，可问春风；春风不语，即随本心。"我说："你是诗心不死吧？"他说："哥当初离开诗歌乃生活所迫，非我本意，也非我所愿。然兄诗心从未死过。现在有人看我笑话，在网上说我江郎才尽，自甘堕落，诗坛从此再无南岛。你等着，我要先挣一笔钱，再下乡购一农家小屋。静居乡间，力避尘扰，潜心创作，写一部传世诗作。用行动打他们耳光，用实力让他们闭嘴。"不久，南岛应聘到一家广告公司做产品摄影，业余时间继续写报告文学，写人物传记挣钱。

这天夜里11点多，南岛给我打来电话。当时我正在客厅里看电视，音量放得挺大，没有听见手机铃声。关了电视准备上床睡觉的时候,他又打过来。这个时间打电话,十有八九是找我喝酒。因为晚上总出去喝酒,吴颖和我闹了几次离婚。还没等我接电话,已经上床的吴颖恶狠狠扫我一眼:"金福来,我告诉你,你今晚要出去就别再回来!"

尽管受到女人的语言威胁,我还是拿起响个不停的手机躲进卫生间接听。"我在你家楼下呢,你赶紧下来,有事。""有啥事你说,太晚了我不下去了。""哥睡不着,想跟你说点事,就一会儿。"听声音是喝了,但是说话还没走板。我伸头看了一眼躺在床上的吴颖,床头灯光线灰暗,看不出她睡没睡。她这段时间灾祸不断,心情极其不好。先是周末跳广场舞的时候,被一颗流弹击中了右眼角。派出所的人根据弹弓击出的方向,认定那颗樱桃大小的塑料弹丸来自广场对面的三号楼。三号楼有32层,袭击者具体住在哪一层,不得而知。从伤情来看,袭击者应该住在低层,如果从高层射击,其弹丸在巨大惯性作用下足以击穿吴颖同志的头骨。好在伤情并不严重,皮外伤,贴块创可贴就没事了。广场舞不去跳了,改学太极剑。师傅来自外省,很敬业的一个中年男人,手把手教她。在演练过程中,双方都过于投入,不慎剑头刺到了她的左眼角,流了不少血。这下好了,两个眼眉处一边一个创可贴,成了黄眉大侠。

我对着手机低声说:"好,你等会儿。"悄悄披上衣服,蹑手蹑脚推开屋门,一脚门里一脚门外时,传来了吴颖同志中气十足的一声怒骂:"真他妈没脸!"

8月中旬的夜晚已有了丝丝的凉意。从闷热的家里出来，让晚风一吹，还很清爽。南岛正靠着小区大门的石柱边抽烟，外衣领子竖起来，从侧面看遮去了半截脸，但右脸颊上的伤痕还依稀可见。前几天他刚刚挨了打。那天晚上他酒后打车回他的地下室，车费30元，他认为出租车司机绕道了，执意只给25元，两人吵起来。出租车司机说："那就找派出所来处理吧。""找呗，谁怕谁。"出租车司机拿起电话："派出所吗？这有个人打车不够钱，你们来看看吧。"一会儿，来了一辆车停在了前面。当他看见下来的几个人不是警察时已经晚了，他被薅着脖领子拖下车。亏了那天穿得多，要不非被打死不可。事后，他说："那出租车司机的电话根本没打给派出所，而是打给了自己哥们。"

我走过去，他递给我一支烟，说："弟妹没骂你吧？"我说："除了我爸妈，敢骂我的人还没出生呢。"他鼻子发出一声哼："你就吹吧。"我说："大半夜的，啥事？说吧。""是这样，我不是说过想到乡下买个农家小屋嘛，前有院后有园，靠山临水那种。"我说："是，不止一次说过。"他说："这几天我一直在网上找房子，专找省城周边农村的平房，发现清山镇有个房子挺合适，六十平，五万。从图片上看，房子八成新。""你去实地看过吗？""去了。"他诡秘地一笑。我说："你笑啥？"他说："这样傻站着说话不是咱哥俩风格，走，到路灯下边去坐会儿，边喝边说。"小区门前橘黄的路灯光温暖地包围着我们，南岛从提包里掏出一瓶北大荒六十度，一根里道斯香肠。这个提包跟随他多年，几乎形影不离，是好些年前他参加中国诗歌创作笔会时，主办单位发的，湛蓝色，一尺见方，上面印有"中国诗歌创作笔会"字样。每次提着它，出入各种场合，他都要把有字的一面露在外面，以便映入人们的眼帘，似乎陡增了对生活的信心和勇气。由于年久失色，那字迹严重褪色，模糊不清。有人劝他换个提包，他死活不换。他通过网络找到一家美甲店，请专人用红色美甲油把那几个字重新描了一遍。破旧的提包，配着鲜艳的字迹，怎么看都让人感觉突兀怪异。

"咱哥俩一家一半。"他说着，把那根里道斯香肠一撅两节，一人一节。

"那天，我按网上出售房屋信息上留的电话打过去，接电话的是个女的，听声音年纪不大。我开始以为是中介，一问，不是，是房主，叫潘倩倩。她说，她在城里住，乡下的房子没人住，准备卖掉。于是我们约好周末在清山镇客运站对面的清真饭店见面。客车快到镇里的时候，我给她打电话，想问她到了没有，没想到坐在我旁边的女人手机响了，电话一通彼此都惊住了。'哎呀妈呀，你就是南岛先生？'我说：'是。'原来我们坐的是同一班客车，而且座挨座。她是一个身材异常高大，高鼻深目，有一张欧范面孔的女人，我猜想她可能有俄罗斯血统。"

"下车后，已是晌午，我们并肩而行，我一米六五的身高在她身边就像她领着的孩子。房子在离镇里20公里外的小村，我们先找了个饭店吃饭。饭桌上我们唠得很投机。人高马大的她有着很强的小女人性情，说话总是一惊一乍，回答话时'哎呀妈呀'是她的口头禅，大睁的眼睛里闪着清澈而天真的光。她说她在省城中医院做保健医生。我说：'你爱人做什么工作？'她说：'哎呀妈呀，哪有爱人哪。这不都三十好几了还单着，父母急得不行。'我说：'你这么苗条漂亮，找对象不难。'她说：'哎呀妈呀，咋不难哪？比我高的男人不多，矮的又嫌我高。我还嫌他矮呢，我宁可独身也不想将就。'我说：'我也单着呢。'她说：'哎呀妈呀，我以为你有家呢。'"

"那天，我们走进村里已是傍晚，村子的上空飘浮着缕缕炊烟。那是一间东北农村常见的低矮的破旧砖房，后面有园子，但前面没有院子，直接是一条坑坑洼洼的土路，既不靠山也不临水，与我的要求相差甚远。'你这房子和图片上完全不符。'她很坦然：'哎呀妈呀，真让你说着了。网上房子的照片是我在别处找的贴上的，不这样能引来你这样的人吗？'她进屋用电壶烧了水，给我沏了茶，让我在屋里看电视，她到厨房开始做晚饭。她说：'我晚上不吃饭，减肥。你来了，今晚就陪你吃点。'我们一边吃饭一边说笑，像一对来历不明的恩爱夫妻。她说当初买这个平房是看周边村里老人多，想在这里开家按摩针灸诊所。后来，村里女人们因为她的到来，总和自家男人打架。有时候她给男人按摩针灸，男人的老婆就坐在旁边监视。村长说她扰乱了村里的和谐生活，几次撵她走。她一想，走就走吧。

城里乡下,每周往返挺累的,也挣不了几个钱,就决定把房子卖了。受疫情影响,房子在网上挂了一年多也没卖出去。吃过晚饭,她说:'我看你这人挺好的,一会儿我给你按摩,看看我的技术咋样。'按摩的时候,我有意摸了她的手,她并没有排斥。她说:'村里没有旅店,你今晚就住这吧,你睡床,我睡沙发。'我说:'咱俩都睡床吧。''你买我房子我就答应你。'我说:'你答应我就答应你。'"说到这里,南岛呵呵笑出声来,扬脖喝了口酒,低下头看着别处,说:"那晚的体验真是难以言说。第二天我们起得很晚,都快到中午了。她说要收拾一下屋子,明天再回城里。她送我到村口等客车,路上有人见了我俩,大声对她说:'大洋马,又换伴了。'她紧张地低声说了句:'哎呀妈呀,咱快走,这些村里人可愿意嚼舌头了,别搭理他们。'拉起我,头也不回地急走。"

据我所知,此前,南岛有过一个女人,是无意间听他一个多年的诗友酒后透露的。是个脸颊有几粒雀斑的离异女人,两人因诗歌有了精神共鸣,可以说诗稿充当了两人的黏合剂。两人过了一段相当短暂且相当浪漫的日子,直到一个男孩找上门来,打破了他们恬静幸福的生活。男孩十七八岁,不太高,微胖,手臂上纹一条龙,大冷天露着胳膊。男孩的突然出现让南岛措手不及。见面当天,男孩张口向南岛要3000块钱换新手机。"你睡了我妈,就得给钱。"南岛当着女人的面不好说啥,掏出了500块钱扔过去。男孩说:"老鸡巴灯,打发要饭的呀!"

扑上来把他按在沙发上,开始翻扯他的衣兜。干瘦的南岛根本支把不过牛犊一般的半大小子,兜里刚到手的2000多元工资被洗劫一空,屁股上还挨了两脚,女人在一旁拉也拉不住。

月亮偏西,有露水下来了,感觉身上潮乎乎的。"你今晚来就专门告诉我这些?""不是,还有事。""有啥事快说吧,天都快亮了。"他声音突然低了下来:"我想结婚。""结婚?和那个卖你房子的女人?你们才认识几天?玩闪婚哪?"我看见他在朦胧的夜色中笑了,笑得很诡异。"房子我没相中。可相中人了,她知道我是个穷光蛋,还愿意和我在一起,就凭这一点就够了。"我哼了一声:"好吧,结婚是好事。你是哥,老弟支持你。需要老弟做什么尽管说。""钱!""差多少?""一万。""没问题,下周一你来我店里取吧。"他伸手拍我的肩,声音有些哽咽:"哥没白交你这个兄弟。放心,哥不能让你为难,月底有一笔润笔费到账,再凑一下,第一时间还你。"

疏星满天,我扬手把手里的烟蒂弹向夜空,一星嫣红的亮点滑破夜幕。我说:"不急,没别的事,我该回屋睡觉了。"

年底,因为多次擅自挪用山货专卖店的售货款,而且至今没有还款的迹象,我被二姐撤了店长之职。"这个店再交给你,非让你祸害黄了不可。"我虽然不是店长了,但我二姐觉得我虽然可恶,还是有可用之处。不是有句话吗?"世上没有废物,只是放错了地方。"我爱喝酒,有一定社交能力,二姐就让我跑产品销售。我觉得我二姐很有大将风度。

南岛和那个潘倩倩并没有成婚，女方家长得知他没有正式工作，没房没车，坚决反对两人交往。潘倩倩的弟弟是个有黑社会背景的无业青年，警告他再骚扰他姐就挑了他脚筋。南岛并不关心自己的脚筋，而是在意此时潘倩倩对他的态度。潘倩倩的断然失联让他不知所措。我劝他："情若浮萍，你们本就萍水相逢，何必用情至深，就当幻梦一场吧。"

南岛得知我因他挪用"公款"被撤职后，十分内疚，惭愧得不行，非要请我喝酒当面赔罪。他这段时间正在采访一个民营企业家，准备写篇报告文学。对方先付了1000元的润笔费，他将钱掏出来往酒桌上一拍："今天咱哥俩把它都喝了。"那天我们是在双柳街的宋记饭店喝的，双柳街是条小街，离南岛居住的幸福街很近。这条街最大特色是两旁都生长着沧桑的巨柳，而且都是双株，准确地说是同根的两株，呈V字形。不知道双柳街的街名是否与此有关。坐落在街口的宋记小酒馆，门前也有一棵双株柳树。那天，我和南岛在宋记酒馆里喝酒的时候，这棵双株柳就站在窗外看着我们。"这棵柳树至少100多岁了。"南岛呷了口酒说。我说："在一本旧书上看过，70多年前在这条街上，一个日本兵追捕一名抗日分子。那人矮小灵活，像只猎豹沿街边的双柳树间急速穿行，日本兵连开了好几枪都打在街边的柳树上。事后得知，此人就是大名鼎鼎的赵尚志将军。"

从宋记酒馆出来，我俩相互搀扶着走在双柳街上。正是春意盎然的日子，两旁巨柳，枝叶繁茂，生长得那么旺盛。街上几个工人正在修路，一个穿着迷彩服的工人抱着嗡嗡作响的油锯，走向街边一棵双株柳树，南岛见状大声喊道："你要干啥？"那人吓了一跳，瞥了他一眼，以为遇见了酒鬼，并不理会，将飞速旋转的锯口对准了柳树根部开始工作。南岛冲上前拦住那人，红着眼睛说："人倒了还能站起来，树倒了就永远起不来了，你们非要锯掉它吗？"

"修路碍事，必须锯掉，柳树不成材，当柴烧都没人要。"那个工人说着就下手了。

"它们没有死在修中东铁路的俄国人手里，没有死在日本人的炮火中，活了几百年容易吗？它们救过赵尚志将军的命，今天却要死在你们手里——"南岛的情绪明显失控，我拉住他说："人家干活呢，你别管闲事，咱走。"他不听，执意上前与人争论。"你谁呀？有病吧。"那工人有点不耐烦，很奇怪地盯着南岛，好像看一只稀奇古怪的动物。"你上一边去，别耽误我干活。"

油锯轰鸣，飞转的锯齿瞬间切入柳树根部，锯末如无数泪滴飞溅。南岛突然挣脱我的手，大叫一声："你住手——"抬起右腿向那个工人踢去。那个工人架着油锯本能地一闪身，南岛脚上踢出的那只大头鞋，像只笨拙的乌鸦一样吃力地飞了出去，抛出一道略有隆起的弧线，落在地上又滚了几滚，腾起一团飞扬的尘土。我踉跄着奔过去,双手捧着,把那只大头鞋捡了回来,说:"你的大头鞋可真沉。"躺在树根下的南岛抱着右腿,冲我笑了笑,说:"我的脚在鞋里吗?"

那一年

我认识赵金田之前,他一直住在良谷镇。北沟村的人都说,如果赵金田的父亲赵耀祖不到北沟村来当村长,也许就不会发生后面的事情。当然,对于当时只有 12 岁的赵金田来说,是没有办法的事。总的说来,那一年,赵金田家发生的一切事情,都源于他的父亲赵耀祖摸了一个女知青的屁股。

春

大豆下种,麦子泛绿的时候,刚从良谷镇奉命下村的赵耀祖当上了北沟村的村长。此前他在良谷镇一家供销社当采购员。明眼人都知道,他明显是戴帽下来的,说白了是上面有人。30多年前,赵耀祖在老家河南商丘乡下小学刚毕业,跟着大人从关里跑盲流来到了良谷镇的北沟村,后又进了镇里。如今当上村长的赵耀祖真的觉得自己光宗耀祖了。他有事没事喜欢背着手在田间里走来走去,如同君主视察自己的领地。田野的风吹着他的紫红大脸,那眼神里充满目空一切的傲气。村民们见了都毕恭毕敬向他打招呼。他觉得全村几千亩土地归他管,几百号村民自然也归他管。当然,更包括那些花花绿绿的女人。那个春日的夜晚,在村边的场院里看露天电影的时候,酒后的赵耀祖趁黑很认真地摸了女知青魏丽丽的屁股。此前,他随性而为,在不同场合摸过不少女人的屁股,摸就摸了,嘻哈一笑,没出啥事,女人的笑骂声随着一阵风飘过去了。在北沟村一手遮天的赵耀祖忘了有句老话,"久走夜路总要碰到鬼"。据说被村长摸了屁股的魏丽丽当场没有做出任何反应,只是扭身走开了,甚至还朝他娇羞地一笑。电影散场后,也没有找村长赵耀祖说理,过了一夜之后,直接找到良谷镇政府,哭着向李镇长叙述赵耀祖猥亵她的过程。李镇长问道:"你是哪里的知青?""北京的。"李镇长眉头一皱,没有说话。赵耀祖是李镇长的远房亲戚,虽然李镇长比赵耀祖年长了 8 岁,论辈分李镇长却要管赵耀祖叫老舅。这个八竿子打不着的老舅,当年跟他一起闯关东的时候,是多么腼腆文静的一个孩子呀,见了女人不说话,脸红得像猴腚。他不相信赵耀祖会干出这种龌龊事。他警告魏丽丽不要诬陷好人,否则要负法律责任。魏丽丽毕竟来自祖国首都,没有惧怕李镇长的官威。她一口咬定赵耀祖摸了她屁股,并从随身带来的旅行包里,拿出当晚看电影时穿的裤子,指着屁股位置，说："不信你看，这还有捏的手印呢。"李镇长完全可以让别人来处理此事，但毕竟沾亲带故，他不能家丑外扬。李镇长一个电话喊来赵耀祖当面对证。显然，赵耀祖没有意识到问题的严重性。丢人是丢人，摸屁股又不是强奸，大不了挨顿批评写份检查，赔个礼道个歉就行了，没想到魏丽丽竟然跑到镇上来告他，更没有料到此次事件所产生的一系列连锁反应，竟会给自己和家庭带来灭顶之灾。

赵耀祖见了李镇长，脸竟然羞涩地红了一下。他承认自己确实摸了魏丽丽，但并不像对方所说的摸了屁股，而是摸的脸蛋。两人当着李镇长的面就到底是摸了屁股还是脸蛋这个关键性问题争论不休。李镇长板着面孔说："不管屁股还是脸蛋，不经过人家允许你都不能随便摸，何况人家还是北京知青。你先给人家小魏赔礼道歉，回去再写份检查交上来。"魏丽丽感觉李镇长的话有些不对劲，反问道："难道不是北京的女知青，他就可以随便摸吗？"李镇长连忙解释说："我不是那个意思。小魏呀，你看这样好不好？这事也没有给你造成什么伤害，如果传扬出去，对你一个女孩子影响也不好。给我个面子，让赵村长给你道个歉，下不为例，这事不要再追究了，好不好？"见魏丽丽眨着眼睛有些犹豫，李镇长向赵耀祖递了个眼色，故作严肃地训斥道："哪有你这样的村长，一点不尊重妇女。对你的行为，我代表镇党委向你提出严厉批评。我相信魏丽丽同志觉悟是高的，会考虑你是老同志，一定会原谅你。如果再有这样的事情发生,我绝不姑息。还不快给小魏同志道歉。"赵耀祖看了一眼李镇长,向魏丽丽连声说:"对不起,是我不对。"魏丽丽始终没再说话。她正在办理返城手续,她不想得罪领导,对她来说,回城可比眼前摸屁股的事大。

魏丽丽走后,两人都松了一口气。李镇长批评赵耀祖说:"你也一把年纪了,有老婆孩子,咋还把持不住自己呢?"赵耀祖说:"这事她魏丽丽也有责任。她那天抹了好多雪花膏,那香气直冲鼻子。走路还一扭一扭的,正好从我眼前过,嘿嘿,我就没忍住。"

两人都以为这事就算过去了,然而他们过于乐观了,事情没有想象的那么简单。这天一大早,一群激愤的知青挥舞着锄头突然冲进了镇政府,大喊着要求李镇长出来说个清楚。原来,魏丽丽回到村里,起早下地铲草的时候,把李镇长的话和处理结果说给了村里的知青。知青们感到李镇长是在和稀泥,明显在袒护赵耀祖。他们认为,村干部无端地摸女人屁股,毫无疑问是流氓行为。这不是魏丽丽一个人的羞辱,是全村知青的羞辱,他们不能坐视不管,袖手旁观,他们要讨个公道,讨个说法,不能就这样被赵耀祖占了便宜。于是,知青们活也不干了,扛着锄头直奔镇政府来了。他们群情激愤,怒火中烧,将镇政府大门团团围住,要求把赵耀祖撤职查办。魏丽丽似乎也有了底气,变得不依不饶,扬言如果镇里不严办流氓村长赵耀祖,就到北京去告,不信共产党的天下没有说理的地方。李镇长见状躲在办公室不敢出来。镇党委书记怕事态失控，不说告到北京，就是闹到县里也够镇领导喝一壶的。他对知青们拍着胸脯说："你们放心，我们镇政府会严肃处理此事，绝不姑息。"当即命令镇派出所将赵耀祖抓到镇里关了禁闭，等候处理。三天后，赵耀祖被撤销村长职务，新到任的村干部安排他在场院打更，此事才算平息下来。

夏

玉米拔节大田挂锄的时候，赵耀祖的老婆跟人跑了。赵耀祖晚节不保，丢了人还丢了官。首先受到波及的是老婆吴玉娥。这个平时文文静静的女人，自从丈夫做出这等丑事，她就不再出门，感觉无脸见人。她先与赵耀祖闹离婚，赵耀祖死猪不怕开水烫，死活不同意离婚。吴玉娥说那你就自己过吧，收拾了东西，在一个风高夜黑的晚上，跟一个常年在这一带收鹅毛的小贩跑了。这个小贩赵耀祖是认识的，这人走南闯北，油嘴滑舌，他还留他在家吃过几次饭，万没料到他会和自己的女人暗度陈仓。赵耀祖心大想得开，想不开又能咋样呢，老婆跟野汉子私奔，对他的生活并没有产生多大影响，似乎更自由自在。儿子赵金田在镇里上中学，不放假不回来。他索性搬到了场院的打更房，吃住在小小的更房里。村民们看见他一边喝着小酒，一边听着收音机的小曲，小日子过得挺滋润。好事不出门，坏事传千里，何况村子离镇上只有 10 公里，赵耀祖因耍流氓被撤职的消息很快就在镇中学传开。一向以有个当村长的父亲而心高气傲的赵金田，一下就像泄了气的皮球蔫了下来，眼神恍惚，走路开始躲人溜墙边，学习成绩可以说一落千丈。老师先是因为小小的一次迟到，罢了他班长的官，不久又把他调到后排去坐。同学们对他的态度也来个急转弯，除了我之外，很少有人再找他玩。我俩一个村，走得自然近些。虽然赵金田的父亲犯的是生活作风错误，他们也认为有必要与犯错误的人划清界限，保持距离。赵金田原本学习挺好，他多次说过长大了要当制造航天飞机的科学家。放暑假的时候，我俩顶着烈日下河打鱼摸虾，然后在河边的树林里炖鱼吃。打鱼打累了，我们会光着身子坐在河边说话，天是那么的高那么的蓝，地是那么的宽阔那么的葱郁。"我长大了要当制作大飞机的科学家。"赵金田躺在嫩绿柔软的草地上，眯着眼睛望着辽远的天空，说，"制造老大老大的飞机，坐老多老多的人，开着大飞机一起周游世界去。"他手里举着树枝做成的飞机模型，在空中来回晃动，嘴里发出呜呜的飞机轰鸣声。我说："我长大就当解放军，拿枪打鬼子。突突突——"我学着机枪的射击声，唾沫星四溅。那段时间我们过着相当自由而快活的生活。

　　如今看来，这样下去他当科学家的梦够呛能实现了，大飞机估计也制作不成了，因为他渐渐不怎么上课了。这正合我意，我从此有了个同党。我始终是不愿上课的，用老师的话讲，"你张老大就是狗屎扶不上墙,你就破罐破摔吧"。这句话让我受到了人格侮辱,我当着全班同学的面,往她水杯里撒了尿。那年的整个夏天,我和赵金田上课三天打鱼两天晒网,我们主要活动是去掏麻雀窝。掏不到鸟蛋,他就去打麻雀。我们每人用自行车内胎做皮筋,自制了一个弹弓。衣兜里装满石子,在村路上走来走去,搞的路上尘土飞扬。看见屋檐上走动或在树枝间跳跃的麻雀就举起弹弓瞄准,打下麻雀就烧着吃。那段时间,我们无师自通地学会了抽烟喝酒。除了打麻雀,天好的时候我俩没忘了打鱼摸虾,改善一下生活。直到赵金田的妈妈突然出现,彻底打破我们颇为快乐的日子。谁也没有想到,跑了三个多月的吴玉娥又回来了,而且还带来一个蓬头垢面的豁牙男人,村民们发现这个男人并不是那个收鹅毛的小贩。

赵金田的母亲吴玉娥进屋的时候,天有点黑了,我和赵金田正在吃烤鱼。那天我俩打了不少鱼,大点的拿到村里的小卖店换了两盒烟,小的收拾一下烤着吃。赵金田他妈进屋的瞬间,我一时没有认出来,估计赵金田也没认出来。当认出来的时候,我俩都吃惊不小。我发现吴玉娥的眼神有些神经,她笑得不正常,两眼发直。还没等赵金田站起来,他的妈妈一把搂住了他,嘴里喊着:"我的儿呀,我的儿呀!"弄得他不知所措。身后的那个豁牙男人门牙少了一颗,另一颗歪在一边,一张嘴黑洞洞的,还有点秃顶,看样子要比赵金田他妈大10岁都不止。豁牙男人见我们在吃烤鱼,显得很兴奋,也不见外,扔下手里的包袱，张着漏风的大嘴说："哦，烤鱼，真香！咋也得喝点呀，来，我这有酒，咱一起整点。"说着一屁股在我身边坐下来，把酒瓶一放，也不怕烫，伸出脏兮兮的手抓起热锅里仅剩的三条小鱼，放在自己跟前，拿起酒瓶"嗞——"一仰脖喝下一口，三口两口就把三条鱼吞下了肚。正当豁牙男人大快朵颐的时候，赵金田突然挣脱母亲的搂抱，冲着豁牙男人怒吼道："你他妈谁呀？给我滚出去！滚——"我还是第一次见到他这样暴怒，两眼简直喷出火来。他母亲吴玉娥在一旁怒斥儿子道："你这孩子咋这么没大没小。"豁牙男人并没有被赵金田的气势吓倒，显然没有把眼前这个干鸡似的小屁孩放在眼里。他站起身恶狠狠地说："你个小兔崽子跟谁说话呢，欠揍是不是？告诉你，你小子应该感谢我才对，你妈被那个收鹅毛的家伙甩了，差点饿死在路边沟里，要不是我发现收留了她，你就是没娘的孩子了，要不是你妈想你，非要回来看你，你八抬大轿请我也不来，你现在恩将仇报还想打我，真他妈没良心。"说着伸手一把将赵金田推了个四仰八叉。我见状，大怒，喊了一句："你敢打我哥们！"操起桌上的酒瓶子砸在豁牙男人头上。他"啊"了一声，用手捂着头，血顺着手指流了满脸。赵金田起身一脚踢翻了桌子，说："你们不走我走！"径直冲出门去。我出门时对豁牙男人说："你给我等着。"

跑了多日的吴玉娥回来了，还领回来另外一个男人。听到这个消息，一向心宽的赵耀祖再也沉不住气了，他一反常态，大为光火。他摔烂了手里的酒瓶，扬言要告吴玉娥重婚罪。但一夜醒来，又好像什么事情也没发生一样，依然过着自己悠闲的生活。有村民们劝他说："吴玉娥回来了，你不回去看看？"他好像没听见，似乎吴玉娥是个不认识的陌生人，跟自己毫无关系。

但很快他就赶到了家里，因为吴玉娥被那个龅牙男人打伤了。他看了一眼被抬上车准备送往镇医院的吴玉娥，说了句："你呀，这是何苦呢？"赵耀祖这次不仅见到了妻子吴玉娥，也见到了多日没见的儿子赵金田。看着屋地上的斑斑血迹，爷俩都表情木然。赵耀祖盯着儿子看，嘴角抽动着，然而儿子脸上的冷漠之气，把他想说的话顶在喉咙里，他没有说出一句话来。

那个龅牙男人真是个狠人，吴玉娥头顶的头发被薅秃了好大一块，门牙也打掉了两颗，鼻梁骨折。一个月后，医院通知家属去接吴玉娥出院，住院期间基本都是儿子赵金田在护理。伤愈回来的吴玉娥却疯癫了，竟然有几次光着屁股跑到了街上去。而被刑拘的龅牙男人也释放了，竟来到吴玉娥身边照顾起她的生活，两人形影不离，俨然一对恩爱夫妻。

秋

初秋之日，天高气爽，是修缮房屋的好时机，村东的王生家要缮一下自家草房的房盖。

说实话，赵耀祖虽然喜欢和女人动手动脚，却是个乐观的热心肠的人，即使当村长的时候，也是很乐意帮助人的，谁家有个大事小情，一喊就到。入秋下了霜，王生家打了两车三棱草准备重新缮房盖，请了村里老少爷们帮忙。如今，缮房盖这种老活，看似简单，其实技术含量很高，一般年轻人干不了，没那手把。王生自然想到了赵耀祖，他可是干这活的老把式。上午活干得很正常，中午王生备了酒席，大家吃完午饭接着干。赵耀祖午间喝了不少酒，有人劝他："你喝了酒还能上房顶吗？不行就在下面递递草吧。"赵耀祖醉红着脸说："这点酒算啥？不耽误干活。"谁也没想到，他刚爬上房顶，突然脚下一滑，一下从房顶上跌落下来，摔断了腰杆，住了两个月的医院，最终还是瘫了。瘫痪的赵耀祖不能再当更夫，从医院回来，原本准备将他送回家里，但老婆吴玉娥和豁牙男人在家，无奈，只好被人抬回到场院更房里。村干部安排鳏夫齐老二一边打更一边照顾赵耀祖的起居。整日瘫在炕上的赵耀祖时常想起儿子赵金田，一个劲求齐老二去把儿子赵金田找来。齐老二不乐意，说："你那儿子都成了野孩子了，我上哪去找？"赵耀祖给齐老二出主意，说："你先到老张家去，找到张家老大就找到我家金田了。他俩整天形影不离的，除了老张家他谁家也不会去的。"

后来，听我妈说，齐老二来过两次，说赵耀祖想儿子都要想疯了。我妈说："我儿子整天都不见个影，哪有闲工夫给他找儿子，他有能耐自己去找。"我把这话说给赵金田听，他低着头半天没吱声。

那段时间，我和赵金田基本都在柴火垛里过夜。后来我俩在树林里搭了一个窝棚，这个窝棚成了我们的家。我们一起偷村里的香瓜，一起下河摸鱼。邻居老张婆子总是不拿好眼神看我俩，昏黄的眼珠充满了恶毒与轻蔑。我俩憋了三天不拉屎，第四天夜里跑她家门后拉了个痛快，再把屎扔在她家窗下的大酱缸里。村长老婆看我俩也不顺眼，骂我俩是有娘养无娘教的杂种。我俩打了个夜班，把村长家菜园里的菜拔了精光。这样大快人心的事情我和赵金田可真没有少干。当然我们也做过好事。那天，我俩摇晃着往村西走，到村里的菜地找些东西吃。如果再不往肚子里填点东西，胃就要拧成麻花了。当我们走到村中的时候，看见王老太太蹲在门槛上喝玉米粥。豁牙漏齿的王老太太把干瘪的嘴唇沿着碗的边沿旋转着吸，喝得呼呼生风，满条街都听得见。看见俩孩子走来，王老太太停住了嘴，觑着眼叹道："哎哟，俺的亲娘哩，这是谁家的娃呀，咋恁可怜哟！"我俩看着她的碗，站着不动了。"饿了吧，自己上屋去盛吧。"我俩没客气，一通湖填海塞，都喝了个肚儿圆。我们已经好久没有吃过饱饭了。后来，我们上山给王老太太背了好几捆柴火，王老太太乐得合不拢嘴，一个劲夸真是俩好娃。

不到一周就是中秋节，赵金田把自己淹死了。他将一块石头装在化肥袋子里，又绑在自己身上，跳进了村北边的冰冷的河水中。有人怀疑是豁牙男人干的，公安人员则认定是自杀。

那天，村民们把赵金田的尸体从河里打捞上来，赤条条躺放在沙地上，那瘦小的身体在阳光下发出惨白的光来，我的心里悲戚不已。我很纳闷，从小在河边长大的赵金田，在水里就像一条鱼，一个猛子能扎出去好远，怎么会自己把自己淹死呢？

蓬头垢面的吴玉娥也来了。她嘴角流着长长的口水，目光充满惊异。她还不知道儿子出事了，她好像也是来看热闹。人们嫌她脏，避瘟疫似的远远地躲着她。吴玉娥呆呆地看着躺在地上赵金田，突然上去揪住他的耳朵使劲摇晃起来，边摇边张开黑洞洞的大嘴笑起来，笑着笑着，就流下泪来。

在大人们忙着抬尸的时候，我一个人躲在一棵树后哭得伤心欲绝。按照习俗，对于这种横死的人是不能久留的。当天村里就把赵金田火化了，骨灰交给了瘫在炕上的赵耀祖。等大人都走了，我到场院更房走近赵耀祖的跟前，小心翼翼地说："赵叔，求你个事行不？""啥事？"赵耀祖没好气，他认定自己的儿子是被我带坏的。我说："您能把金田的骨灰交给我吗？""什么？你要他的骨灰干什么？""我要把他安葬到坟地去。"

冬

一场重霜过后，路边的水沟里浮起了亮晶晶的冰碴。遍地的绿草已变得枯黄软曲，似乎从来没有绿过。只有在草的根部残留着一丝绿，证明它们曾经绿过，而且绿得很嚣张。我是从镇上走回村里的，初中没能毕业是情理之中的事。同学们有的到县里上了高中，有的去外地上了职业院校，我只能回家务农。我已经15岁了，用老人的话说，是个小大人了。除了帮父母种地，我还给陈拐子家放羊。东家陈拐子特意嘱咐我把羊赶到村南面的大豆地去放，说那里的大豆刚收完，满地的豆皮子，是羊抓秋膘的好饲料。我没吱声，羊鞭子在我手里，只要能让羊吃饱，到哪放拿羊鞭子的人说了算。某些时候，物质的实际掌控者往往比物质的所有者更有权力。我喜欢把羊赶到坟地里去放，这样我可以和赵金田说说话。初冬的坟场如同一口口倒扣着铁锅，在正午的阳光下升腾着袅袅热气。从坟场的后面往下看，全村十几栋破败低矮的土屋，像风干的猪粪一样散落在小河与旷野之间。只有几声鸡鸣狗叫传来，才感觉有了一丝生气。

　　此时，羊们散落在坟地里，各自忙着吃草，牙齿啃断草茎的噗噗声音响成一片，听起来让人格外舒坦。我抱着羊鞭子坐在赵金田的坟头，一边晒太阳，一边卷着旱烟。这种市面上已经很难买到的旱烟，一直是老年人的专利，如果年轻人抽它会让人感觉怪怪的。没办法，对一个羊倌来说，抽现成的卷烟是很奢侈的。几只麻雀喳喳叫着落到了坟边干枯的蒿秆上，小爪子牢牢地捏着蒿秆，一边歪头看我，一边啄着蒿籽。我舔了下烟纸，说："金田，你吃了那么多烧麻雀，这下人家来找你来算账了，嘿嘿。"我点燃一支烟，叼在唇间吸着，又开始卷第二支——我要给赵金田卷上一支。他开始学抽烟的时候不喜欢这种旱烟，嫌太冲，每次抽都呛得鼻涕眼泪直流。但跟我抽了几回后，就爱不释手了。我把卷好的旱烟点燃放在墓碑下，那冒出的一缕青烟随风摆动，袅袅升起，似乎他真在美滋滋地抽呢。我伸手抚摸着赵金田的木制墓碑，上面的"赵金田之墓"几个字是我写的。写得不好看，扭扭巴巴，但很清晰。我想赵金田不会埋怨我的，我学习不好，字当然也写不好。我望了一眼头上冬日静静的远空，说："金田，你的愿望永远实现不了了，谁让你自己淹死自己呢。我的愿望差一点就实现了，我报名参军，就因为初中没有毕业，让人家给刷下来了。我现在有点后悔了，要是不逃课，没嘴就能拿到毕业证，那现在就是一名解放军战士了。看来我的愿望也实现不了了。那就在这小村子里当一辈子羊倌吧。但我还有点不甘心。不过想想也没啥，在哪不是过一辈子呢？你要是不淹死自己，兴许能考上大学呢。到那时候，不就能制造大飞机了吗？你说，你是不是犯傻，现在后悔了是不是？不过话说回来，就是实现了愿望又能怎么样呢？没实现又能怎么样？"我自顾自地说着，突然感到脸上痒痒的，用手一摸，是眼泪，咋还哭了呢？我已经记不清最后一次哭是什么时候的事了。

　　天飘起雪来了。下吧，不下雪还是冬天吗？

对门的女人看过来

上午 9 点左右，这艘往返于中国同江与俄罗斯犹太自治州比占之间的游船，停靠在俄方比占码头，我跟在赵总身后随着游客走下舷梯。几个年轻的俄罗斯人没有急于下船，坐在游船二层平台上继续悠闲地吃着零食观赏风景，似乎还沉浸在浏览异国风情激动的情绪中。

登岸过了海关，赵总把我领上停在岸上的别克轿车，对司机说："先去哈巴，陪刘记者到哈巴转转，再回公司。"我此次来俄罗斯没有具体采访任务，说白了就是出境游玩。哈巴是指俄罗斯远东最大城市哈巴罗夫斯克，中国人喜欢称之为哈巴。我问："哈巴离这里远吗？"赵总说："不远不近，300 公里左右。我们友谊农业开发公司总部在列宁斯克耶，那是个小镇，没什么好玩的。""您来俄罗斯三年多了，俄语说得不错吧？"我在车载音乐声中，一边欣赏着车窗外急速后退的俄罗斯厚重而苍凉的广袤大地,一边和赵总闲扯。"不行,不行,差远了。只能说点简单的生活用语。"赵总连连摆手,"年纪大了,记忆力不行了。"我安慰他说:"俄语也确实难学。"司机插话:"我们公司除了翻译小李,就属老秦俄语说得好。"赵总笑了:"老秦当然厉害,有专门的美女老师天天教,啥话都学会了。""老秦是干啥的?"赵总说:"老秦是我们公司一名老员工,很有意思的一个人,到时候你就认识了。"司机补充说:"老秦是我们公司最大的地主呢。""地主?"我有些疑惑地扭头看着赵总。赵总点头:"确实是地主,而且是比刘文彩还大的地主。"一车人都笑了起来。

说起这个老秦,还真是个人物。路途寂寞,赵总揪住老秦不放,饶有兴致地向我唠起老秦的传奇故事:公司刚入驻列宁斯克耶的那年春天,老秦开着拖拉机下地旋耕回来,见街边一户人家院子里,有一位白发苍苍的老太太,正吃力地用铁锨翻园子。老秦起了善心,主动用拖拉机帮老太太旋耕,只用十几分钟就把园子弄得松软平整。老太太要给他钱,他不收,留他吃饭,他也推辞了。这位老太太叫柳巴米娜,是个孤寡老人,她当时很感动,连呼:"中国人,哈拉少!"从那以后,米娜不仅和镇上的中国人成了朋友,还向左邻右舍讲述中国人如何友好善良。

"这个老秦还是中俄友谊的使者呢。"我笑着说。赵总连连点头:"可以这么说,因为有了米娜的宣传,镇上的居民对陌生的中国人都有了好感,使我们与当地居民相处多了不少信任。"后来,老太太非要把自己的女儿嫁给老秦,听说是个大姑娘。没想到老秦不同意,非相中了对门的寡妇列娃。"老秦是单身吗?""当然,如果有老婆还瞎扯,我早处理他了。""那他咋又成了大地主了呢?"赵总说:"我们友谊公司在这里租赁了800多公顷耕地,他老秦一个人就承包了100公顷,是我们公司最大的家庭农场主,不就是名副其实的大地主吗?""他一个人能干得过来吗?我想象不出一个人怎么能管理好这么大一片耕地。"赵总说:"看来你没在北大荒待过。现在播种收割都是机械化,都是国际先进设备,用人很少。实在忙不过来,就在当地雇几个临时工。不过,这老秦确实能吃苦。"司机又补充说:"有时候老秦忙不过来,列娃也来帮忙呢。开收割机,比一般男人都熟练,有股虎劲。"

其实,最先发现老秦和列娃的关系不一般的是公司食堂做饭的厨师老黄。司机把车载音乐的声音调小,绘声绘色地讲起了老秦的情史。那天傍晚时分,黄厨师到屋门前的菜园里摘菜,突然看见老秦从街对面的列娃家快步走了出来,神色有些不对劲。黄厨师很诧异,人家列娃可是个寡妇呀,他老秦去她家干什么?这可是在境外,他老秦可别犯生活作风的错误,闹出花花事来。很有责任心的黄厨师手里拎着几棵大葱,走出菜园截住了有些慌乱的老秦——

"你小子干啥去了?"

"没干什么呀!"

"没干什么?你怎么上列娃家去了呢?"

哦——老秦有些不好意思地笑了,伸出粗拙的大手摸了摸头,"我去剃个头——"黄厨师说:"我早就说给你剃头,你还说信不着我,难道列娃的手艺比我高?我看你小子是不怀好意。我可告诉你,这可是在境外,别胡来。""看你说的,我老秦这点事还不明白吗?不过你可别把这事告诉赵总呀!"老秦恳求说,黄厨师说:"你放心,打小报告的事我老黄绝对不会干,但你也要注意影响。"老秦点头:"那是那是。"随后又说:"其实列娃人挺好的。""你要找个大姑娘也行,一个寡妇家还带个孩子,你能养活得了吗?尽瞎扯!"黄厨师说着甩了甩葱上的土,回屋去了,留下老秦一个人站在门口发呆。

车窗外始终是一成不变的广袤原野和深林,没有尽头。有句话说得好,不到俄罗斯不知道啥叫地大物博。高速公路两边时常会出现一些破旧的花圈,平摆在地上。赵总告诉我说,摆花圈的地方说明出过车祸,死过人。终于见到一个村子了,车子在路边停下来,几个人下车上厕所,又到小卖店买了几瓶矿泉水。俄罗斯的矿泉水味道很怪异,喝第一口我差点吐了。这一路我们都在说老秦的故事,上车后司机又接着说起来。去年老秦还领着列娃回国到佳木斯看过牙,但没敢领给父母看,把列娃一个人扔在宾馆里。列娃一个人在宾馆待不住,出来上街溜达。她汉语说不好,汉字更不认识几个,在商场上厕所进错了门，被人告诉了警察。后来还是派出所的人根据她提供的手机号，联系上了老秦。老秦急忙赶到那家商场，人家问他俩是什么关系，老秦说是同事。人家又问列娃在单位干什么工作，她说是翻译。人家问老秦："这个女人是翻译为什么不会说汉语？"老秦支支吾吾说："我也不知道，你问她自己吧。""哈哈……"车上的人都笑起来。"对，"赵总接过话说，"后来派出所把电话打到我这来了，说你们公司雇的翻译是吃空饷的吧。我把两人的情况跟人家解释半天，人家才把他俩放了。"

一路说说笑笑，车子穿过著名的西伯利亚大铁路后，驶上阿穆尔大桥进入哈巴市区。哈巴是一座园林化的都市，街道宽敞整洁，没有高层建筑，几乎听不到汽车喇叭声。

因为当晚还要赶回公司，一行人简单地在一家中餐馆吃了午饭，在城内游览了列宁广场、共青团广场、加加林文化休闲公园。俄罗斯是个十分注重文化的国家，各种雕像和博物馆众多，赵总充当向导和解说员，陪我参观了著名的远东艺术博物馆、历史博物馆、文学博物馆以及天文、地志等博物馆。又到一处花园露天酒吧坐了一会儿，然后打道回府。

回到公司驻地列宁斯克耶已是傍晚，赵总把我介绍给大家。公司翻译小李对赵总说："米娜听说你从国内回来了，晚上要请客呢。"赵总高兴地说："好哇，也让刘记者感受一下俄罗斯普通百姓的生活。"列宁斯克耶是俄罗斯远东的边陲小镇，俄贝阿铁路和被称为欧亚第一大陆桥的西伯利亚大铁路均在此通过。这座只有两万多人口的小镇,北靠布列亚山,南临黑龙江(俄称阿穆尔河),小镇花草葱郁,恬静安详,美丽得像一座世外桃源。

8月的俄罗斯远东地区已进入多雨的初秋季节,迷离的细雨下个不停。米娜家住在镇内的康拜因手大街上,与友谊公司总部仅一街之隔。与大多数俄罗斯普通居民一样,米娜家的宅院周围也围着一圈涂着绿色油漆的木板栅栏。宽敞的院子里植有几株山丁子之类的果树,甚至还有几棵细高的白杨和松树。枝丫四横,肆意生长,近看远望,别有一种情趣。俄罗斯真是个崇尚自然的民族。

一群人跟着赵总一起走到米娜家的院门前,翻译小李按响了绿色木板门上的门铃。一个戴着老花镜的俄罗斯老妇人,扭着肥硕的身躯走出屋来,她就是米娜。米娜见了赵总欣喜地叫了起来,拉住他的手不住地拍打,赵总用有些蹩脚的俄语向她问候,并把我介绍给她,她竟也拉住了我的手,一起进了屋。

在门廊里,大家脱了鞋,只穿着袜子走在屋内的地毯上。米娜家大约有80平方米,虽是平房,但室内卫生间、浴室、自来水一应俱全。室内陈设简朴,几样简单的家具都是几十年前的,地毯、壁毯也是苏联时期政府发放的。客厅里最引人注目的是墙边书架上那一排排厚薄不一、略显陈旧的书籍。据说俄罗斯普通人家都至少藏有几百册的书籍。

趁米娜与赵总交谈的空隙,翻译小李向我讲了米娜的情况。

米娜今年60岁，原是镇上的职员，退休后孤身一人，除了每星期到教堂祈祷外，其余时间就是看书。而今眼睛越来越花，看书已有些吃力，平时的日子里，米娜都是在寂寞中度过的。

晚宴开始，为了增加欢乐气氛，米娜请来了邻居安德烈夫妇助兴。大家吃着简单的面包片蘸番茄酱、蔬菜沙拉、土豆泥，喝着啤酒，一边唱着俄罗斯古老的歌曲，一边跳着欢快的舞蹈，气氛十分热烈。米娜还唱了一首当下在俄罗斯十分流行的歌曲《嫁人就嫁普金那样的男人》，她一边扭动着硕壮的腰身，一边对小李嘀咕着什么。我问小李米娜在说什么，小李告诉我说："米娜说她好久没有这么快乐了。"大家正热闹着，小李的手机响了，她离开饭桌到外面接了电话。回来说："老秦从地里回来了，正在公司宿舍洗脸呢，马上就过来。"

老秦进屋的时候，米娜把专门为他准备的奶油面包拿出来摆在桌上。看模样老秦有四十出头的年纪，矮墩墩的身材，一张紫红的大脸，典型的车轴汉子。赵总把我介绍给老秦，他憨憨地冲我笑了笑。赵总对他说："你小子不要命了。别看我这段时间在国内，你的一举一动我都知道，你是不是这半月都在地里？"老秦有些腼腆地一笑："嗯，差不多半个月。路太远，一个来回要一天多，时间都浪费在路上了。时节不等人，干脆把地都趟完了再回来，也算完成一件事，以后也省心了。"

那一晚，大家边吃边喝边跳，一直到天明才散。

来友谊公司的第三天，我和老秦有了单独见面交流的机会。

下午的时候，赵总带着翻译和会计去比罗比詹办事去了，公司总部安静了许多。老秦帮着黄厨师在菜园摘菜，准备着晚餐。老秦抱着几根茄子放在厨房的地上，洗了洗手，悄声对我说："走，咱们到后街的小卖店去喝点俄罗斯啤酒，我请你！"

俄罗斯乡村的路边小卖店，门口上方大都有一个尖顶的黄绿相间的雨搭，店内十分整洁。售货员算账是用一个巨大的木制算盘，算珠足有乒乓球大小，而且是竖着用，横着一扒拉噼啪作响，很是壮观。

老秦显然是这里的老顾客，他用流利的俄语向女售货员说起了笑话，逗得漂亮的女店员笑得花枝乱颤。买了几袋熟食和若干啤酒后，老秦拿出几张卢布，却不够。我习惯性地掏出一张50元人民币递过去，女店员却摆手拒收。老秦把我一推说："你的钱不好使。"随手掏出一张百元卢布结了账。

小卖店房山头有一间简易的室外酒吧，几张木桌，几条木凳，我们端着酒杯和吃食在一个角落里坐下来。旁边的两个俄罗斯军人看了我们一眼，继续喝着啤酒。我和老秦一边吃喝，一边唠嗑。我说："你的故事我知道一点。"老秦一笑，并没有表现出意外，说："肯定是听赵总他们说了，对外人来说是故事，对自己来说是经历。"于是，他向我讲起自己两次不幸的婚姻。

他说："我前妻人不错，能干会过日子，但是人很强势。其实我也是过日子的人，挺能干活的。但她总是看不上我，不管人多人少，一不高兴就骂我，在她面前我一点男人的尊严都没有。

实在让人受不了，要不也不会在这个年纪离婚。我们之间，怎么说呢？毕竟共同生活了十几年，还有孩子，说一点感情没有是不可能的，但感情谈不上深。自从认识了列娃，我感觉自己是个男人了。列娃很温柔善良，她真的对我很好，每隔几天她都来给我洗衣服。我的工作服都是那种帆布料的，而且被汗水多次浸透，放水里变的很重很硬，有时候把她的手都磨出了血，我看着很心疼。我是第一次遇到对我这么好的女人，真的。可有些事不是想象的那么容易……"老秦的声音有些哽咽。我默默地向他端起酒杯，两人无声地一饮而尽。

邻桌的那两个俄罗斯军人不知什么时候已经走了，整个酒吧只有我们两个人。老秦已有了明显的醉意，舌头有点不好使了，但说话没有走板。"我是个闲不住的人，一闲下来就浑身难受，用咱老百姓的话说就是挨累的命。"老秦呷了一口酒，嘴角一咧，苦笑一下，继续说着，"我没事的时候会到公司总部帮着干些清理仓库、侍弄菜园、值班等杂活，经常会看到对面的列娃从家里进进出出。她总是好奇地向我们这边看，看我们干活，看我们在院子里娱乐。毕竟在她眼里我们是外国人，感到很新鲜。开始我俩不怎么说话，有一天我在总部值班，她儿子阿廖莎跑到我们这砸门，砸完就跑。小孩嘛，喜欢恶作剧。有一次被我抓住了，小家伙吓得直哭，我就放了他。后来，列娃领着儿子来向我道歉，我们有了第一次近距离的接触。此后，我们就算认识了，见面摆摆手或者笑一笑，开始打招呼，有时候还站在路边简单地唠嗑。我来这三年多了，俄语能说一点。她说她男人大前年的冬天喝醉了酒，倒在街边沟里冻死了，这种事在俄罗斯并不罕见。她一个女人没有工作，还带着孩子，生活不容易。我去年帮她在院子里建了一个育苗温室，开春的时候育了不少菜苗，周围左邻右舍都来买。夏天帮她在菜园子里种上黏玉米，她可以有一些收入。其实，来公司这些年办家庭农场，我也挣了点钱，以我现在的条件，养活列娃娘俩不成问题，在这个镇上基本算得上高收入。公司里有人说我是看列娃长得好看才追求她。其实这不是主要原因。我不是剃头挑子一头热，列娃对我也很好，总夸我能干，还知道心疼女人。其实她也很疼我，我每次去她家，她都给我拿一兜鸡蛋。说我天天在地里干活累，让我补补身体。可以说我俩是情投意合。刘哥，你说怪不怪，我第一次和列娃四目相对，就有一种触电的感觉。真的，她那眼神里有一种说不清楚又是我渴望的东西。可是，我知道，我们真要走到一起很难。单位、父母、孩子，有很多东西在阻碍着我们。"

我看他情绪有些低落，给他打气说："看来，你和列娃也是天赐的缘分哪！人生苦短，该爱就爱吧，否则会遗憾终生的。"他苦笑一下，说："事情没那么简单，我知道你和赵总是朋友，其实赵总也为这事说过我。"

"他对你和列娃的事是什么态度？"我问。

"他和我谈过好几次，说你和列娃恋爱，我们无权干涉。

但你要慎重,这里毕竟是国外,各方面问题你都要考虑周到,跨国恋爱涉外婚姻,不是那么简单。我知道赵总是对我好。"他突然抬起头问我,"刘哥,你是记者,懂得多见过世面,你说我该怎么办?虽然咱俩第一次见面,刚认识,可我一见你,就感觉特别亲,觉得咱们能成朋友,要不跟你说这些干啥"

我说:"谢谢你对我的信任。我觉得你应该勇敢地迈出这一步,敢爱敢恨,方为丈夫。我支持你!"老秦说:"刘哥,你是第一个支持和鼓励我的人,我感觉不是一个人孤军作战了。"我说:"祝你成功!不过喝喜酒的时候不要忘了我,不管在国外还是国内,我必须到。"

一个星期的旅游签证即将到期。临回国的前一天,我正在公司总部的院里闲逛,见一个四五岁的小男孩趴在大门上往院里看。我很喜欢小孩子,何况还是金发碧眼的洋娃娃。我上前想去抱他,他却一闪身跑到路边站住了。我从厨房里拿出一根黄瓜给他,他摇头不要。我又回厨房切了一大块西瓜递给他,他伸出脏兮兮的小手接了过去,跑到了街对面推开木板门钻了进去,那是列娃的家。

第二天快吃晚饭的时候,我见到了列娃,是黄厨师指给我看的。她正骑着自行车从外面回来,后座上驮着儿子阿廖莎。到了自家门前下车的时候,她扭头向我们这边望了一眼。这个年轻女人果然有一张五官精致的小脸,皮肤白皙,高鼻蓝眼,长得确实很美。黄厨师也不管她能不能听懂,冲她喊了一声:"列娃，老秦下地去了。"列娃笑了一下，居然听懂了，她用生硬的汉语回答说："我知道。"然后用自行车前轮顶开院门进了院。

上午，赵总开车送我去比占码头时，老秦也执意要去，他是专程从地里赶回来送我的。我感觉他有话要对我说，可能碍于赵总在场，他一直没说。

转眼离开列宁斯克耶小镇已经数年之久，不知道老秦与列娃的情事进展任何，我还等着喝他们的喜酒呢。其间，我曾给他打过电话，可能是境外通信的原因，始终没能打通。直到去年初冬，已经退休的赵总携夫人去三亚过冬，途径哈尔滨时，我尽地主之谊请他吃饭，席间说起老秦。赵总对我说："在你去俄罗斯的那年冬天，老秦把承包的耕地全部转给了别人，回国和前妻复婚了。第二年我奉命回国任了新职，境外友谊公司的情况就知道得不多了。不过，后来听回国的黄厨师说，列娃又生了一个孩子，是不是老秦的就不知道了。"

请你明天为我送葬

在我的书柜里，有一本深蓝色书脊的《鲁迅全集》，那是老白的，确切地说是老白借给我的，而我还未来得及归还，他就仙逝了。这本1973年版的《鲁迅全集》，夹在众多封皮鲜亮的书籍中，显得古朴而另类。打开书柜偶尔看到它，就会想起老白，仿佛音容宛在。

屈指算来，老白逝去已经四年有余。作为生前好友，我早有为他写篇祭文的打算，以寄托我和朋友们的哀思。有很多次，我坐在长夜的灯下，苦思良久，终未能落笔成文，我一直没有找到一个如意的角度，为这篇祭文确定一个恰当的基调。

老白长我21岁，在我有限的几个朋友中是绝无仅有的。但年龄上的差异，并没有阻碍我们成为朋友，所谓江湖吾辈皆兄弟。没有了世俗的辈分之隔，彼此也没有了拘束和世故，我们的忘年之交轻松而纯真。由此我感悟到，交友之道是一个人人格力量的最佳体现。

第一次见到老白大约是在 1987 年春。那天农场宣传部召开报道员培训大会,作为骨干报道员的我被安排上台做了经验介绍,其后就走上台来一位身量矮小干瘦,名叫白承福的半大老头,一张蜡黄的刀条脸上明显地有一条长长的紫色疤痕。他身穿一件肥大的深色中山装,一顶黑色鸭舌帽低低地压在头上,而里面又套了一顶女护士那种白布无檐帽,露出一圈儿白边,样子有些古怪。他主讲虚词和动词在写作中的运用。让人惊讶的是,其貌不扬的他却有极好的口才,旁征博引,信手拈来,令我等不善言辞之辈,望尘莫及,羡慕不已。

从别人口中得知,白承福不仅是传道授业的教师,还是农场中心校的校长。晚上会餐,他主动过来向我们敬酒,平和谦逊的样子,让我对初识的白承福老师有了些许好感。

此后十年间,我竟然再没见到过白承福。直到 1998 年初秋,农场工会准备出两本书,《黑土情》和《巾帼风采录》。时任农场工会副主席的振海,将我和云才、白承福等他认为有一定写作功底的散兵游勇招来,充当该书的编辑。四个人蜗居在农场招待所 12 号房间,同吃同住咬文嚼字半个月。由相识到相知,很快我和白承福就成了无话不说的朋友。朋友间的友情有时像男女间的恋爱,似乎相识时间的长短并不能决定彼此感情的深浅,这可能就是世人常说的缘吧。

开始时出于礼貌和尊重,我一口一个"白老师"地叫他。

随着日渐熟悉，白老师就暴露出他性情中人的放浪个性，失了矜持，没了为人师表的样子，说起荤话黄段子信口开河，津津乐道，口无遮拦，毫无顾忌。不知不觉间，我口中的老师变成了老白。老白并不介意："说哪有老师，咱都是哥们。"只有郎清芝、马军、陆子严等几位女编务，始终固执地称他老师。当然，他在女士面前还是有老师样子的。老白烟抽得很凶，常常弄得满屋烟雾腾腾。四人中我年纪最小，就以小充大，趁他不防，冷不丁拔下他嘴里还燃着的蛤蟆旱烟，顺手扔出窗外，嘴里还不恭不敬地说："别抽了，这么大岁数，一点公德都没有……"他却不温不火，嘿嘿笑着说："烟可是我的命呀！"说话间，又摸索着卷上一支，叼在嘴上……

忙里偷闲，我们时常会坐在招待所后花园的水池边，漫无主题地乱侃，从不拘法礼。从恃酒颓放的李白，扯到航天第一人加加林；从埃及法老，唠到落魄巴山的狂放翁陆游……老白似乎博古通今，无所不晓，什么话题都能插上几句。我知道老白对鲁迅颇有研究且酷爱鲁迅的文章，他家藏有全套的《鲁迅全集》，而他自己说从来没上过学，全靠自学的。有一次，他说："林荫道的荫字必须有草字头。"其口气不容置疑，我说用"阴谋"的"阴"也可以的，他则认为不可以。于是两人争得面红耳赤，还撕扯起来。振海见状，忙打圆场："你俩先别犟了，我去拿词典，谁输了今晚请客吃烧烤，咋样？"云才在一旁连呼："这招好，我看行！"文科教师出身的振海，中文功夫十分了得，却别有用心地真的捧来了词典，我和老白像等待审判的犯人似的紧张起来。片刻，振海抬头冲老白阴阴一笑："老白，你准备好银子吧。"老白不信，抢过词典，眯着眼看了半天，脸上现出尴尬之色，立马又翻脸说："这破词典不准！"见他要耍懒，我就冲上去翻他的衣兜，他孩子似的嬉笑不已，连说："我请，我请，我请还不行吗……"

在我的记忆中，无论春夏秋冬，老白似乎永远都是戴着帽子的，而且不止戴一顶，里面还要套一顶白色的护士帽，并且从未见他摘下过。这让人很好奇，感觉那里面一定有什么不可示人的秘密。当然，好奇的不只我一人。有几次我曾试图摘下他的帽子，不料他勃然大怒，有点急眼的意思。他越是如此，我的好奇心就越加强烈。有一天，借着酒劲，我对老白说："你脑袋上到底咋回事？咋不敢摘帽子呢？"说着就要伸手，老白脸色陡变，厉声道："你滚一边去！"我哀求说："你就让我看看呗！"振海、云才也都劝他，又不是大姑娘身，看看能咋地。见有人助阵，我有了底气，伸手去摘他的帽子，此时的老白表情复杂起来，他半推半就像个害羞的小媳妇。当我有些粗暴地掀去他那顶脏得已呈暗灰色的白帽子时，我们三个人都惊呆了，老白那个没有一根毛发的头上，沟壑纵横，疤痕遍布，还散发着难闻的怪味。趁我们愣着的时候，老白极快速地又把帽子戴上，然后向我们正色道："我老婆孩子都从来没有见过我的头，就别说外人了，你们三个是……是……"老白突然哽咽起来……

沉默了好久，我们三人下了誓约，不向任何人透露今天所看到的一切。

随着飘着墨香的书籍装订成册，我们半个多月的编辑生活也即将结束。农场党委特别为编务人员举行了盛大的晚宴，以示祝贺。天生喜酒又逢酒必醉的老白，面对如此场面，有些激动了，激动得有些反常。他栽歪着身子端起酒杯，向从来滴酒不沾的党委书记刘德坤敬酒，刘书记竟然一饮而尽。众人无不惊讶。此后好长一段时间，这件事成了老白向世人炫耀的经典话题。

老白面丑且跛足，据他自己说，他12岁就成了孤儿，脸上的疤痕是小时候得淋巴炎因没钱医治而溃烂留下的，腿瘸是年少时在哈尔滨睡水泥地睡的，风湿性关节炎。又老又丑又瘸的老白，在我们哥们眼里是那么的完美可爱。我们可以毫无戒备地说掏心窝子的话，快乐的或不快乐的。我们经常酒后涨红着脸，相拥着走在街上，全不理会路人诧异的目光。

2001年之后，由于工作关系，我经常往返于省城哈尔滨与农场之间。每次回场，哥们几个几乎都要聚一聚。这时的老白已经退休，他家住在六队，距场部有8公里的路程。他年纪大又腿脚不好，我们有时候就打车去接他。酒桌上的老白显得比以往兴奋，酒喝得很放肆，常常喝得口水泪水一起流。不让他多喝，他就抢酒瓶，直到大醉方才痛快。我们说："你这样喝，有一天会喝死的。"他说："喝死拉倒，到时候你们可得给我送葬。"说这话时，他的嘴角挂着一丝狡黠的笑。振海说："我们还要送你一个最好最大的花圈，谁让咱们是哥们呢……"老白听了很感动的样子，连连点头说："谢谢！谢谢！"万没想到这句玩笑话，一年多之后，竟成为谶语。

老白曾经写过一篇类似自传的东西，篇名叫《重返嘉荫忆当年》，并试图在我所供职的杂志上发表。当时我不是编辑，阅后觉得离刊用有些距离，又不忍心直言，就答应推荐给编辑看看，此后就杳无音讯。如今想来，这无异于软刀子杀人。

那几年的春节，老白都要请我们到他家喝酒。老白家住的是现在在农场已十分罕见的土坯房，不足30平方米的样子。乱七八糟的柴禾连着黑黝黝的锅台，里屋炉子连着火炕。我们几个人一进屋，几乎把小屋塞满了，连转身的地方都没有。老白特别叮嘱我们，来的时候千万不要带酒和菜。我们曾经带过一回，他很生气，说："以为我请不起你们吗？我每月退休金1000多呢，以后再这样，别怪我跟你们急眼！"

老白的老伴是聋哑人，比老白小十几岁，见了我们只是憨憨地笑笑，就忙着抱柴禾烧火。那是一种淳朴人才有的发自内心的欢喜。每次老白都要亲自掌勺向我们展示厨艺。有一回我想伸手帮忙，他连推带搡把我推进里屋，不耐烦地说："去，去，赶紧进屋玩去,你帮也是帮倒忙！"但看着他浑身脏兮兮的样子，我忍不住说："你厨艺咋样咱哥们不挑，但你必须把手和脸洗干净了才能下手。"老白抹了一把被灶火熏出的泪水，冲我吼道：

"你小子少废话，愿吃不吃。"眼不见为净，我们把炕上的被褥当沙发，在炕头上围坐一圈，畅快地玩起扑克，任老白在灶间被烟熏火燎煎熬。

酒菜上桌，大伙儿都要品评一番。振海说话比较有权威，他一边挥箸在手，吧叽着嘴品嚼，一边郑重地说："老白，你这八个菜，就这盘炖鸡爪子还像那么回事，其余全做瞎了。"我们几个马上随声附和："可不咋地，白瞎东西了。"此时的老白像个受气的童养媳，委屈地站在屋当中，一边把一双油乎乎的手在衣襟上敷衍地擦着，一边眨着红红的小眼睛，表情有些尴尬，但随即就释然地笑了，大声说："那以后你们再来，我专门喂你们鸡爪子。一群没良心的狼崽子，还挺难侍候。"

我是一个木讷的人，尽管忠言逆耳，我还是喜欢说话不拐弯的朋友。老白就不止一次地这样对我说："你小子这样懒惰散漫下去，难成大器呀！"我大咧咧地回答他："没办法，你兄弟就这德行啦！"他面呈失望之色，盯着我没好气地说："你就不能出息点吗？到我这岁数你就后悔了。"一副怒其不争的样子。

2002年夏季，老白突然张罗着要去北京，说他十分想念当年在一起工作的几个北京知青哥们，而且他们也一再邀请他去。启程那天，我对他说："你一个弯腰跛腿的邋遢老头，在京城人家又吃又住，就算你的哥们不烦你，人家老婆孩子能接受吗？如果人家给你脸色看，慢待你，你就立马走人，别……"老白不屑地看着我，叹口气说："你不懂我们的感情呵！"并执意要把我新出版的小说集多带几本，送给他的知青朋友，说里面有几篇是写知青生活的，他们一定喜欢看。我说你别丢我人了，最后还是被他强行拿走了三本。

然而，仅仅一个星期，老白就从北京回来了，他原计划至少在北京待半个月的，这让我们深感意外和疑惑。

一次酒后，老白说想再回一趟嘉荫。我嬉笑他，是想再续那段封尘已久的情缘吗？他笑而不答。前年冬季的一天，老白酒喝多了，我陪他住进了场部一家小旅店。那一夜，他向我讲述了自己苦难的童年和不幸的少年时光，他几经大难不死的非凡经历令我吃惊。他又讲了当年在嘉荫的初恋过程，在他调离嘉荫到绥滨农场时，恋人如何雨中送别，如何彼此思念，如何鸿雁传书，对方家长如何反对阻拦，最终又如何劳燕分飞……整个是一段凄美的令人荡气回肠的催人泪下的爱情故事，听得我感动不已。借着窗外忧郁而清冷的月光，我看见躺在床上的老白，眼里有泪花在闪动，声音也有几分苍凉哽咽，我问："她还在吗？"老白半晌才说："在，早已儿孙满堂了。"

最终老白是否去了嘉荫，我不得而知，他也没再说起过。直到 2003 年 8 月的一天午后，我从省城又回到农场，正在家里赶写稿子，突然接到老白打来的电话，他语气平缓地说："我知道你回来了，明天有事吗？"我说："没啥事，你又馋酒了吧？今晚我做东。"他说："不用，请你明天来给我送葬吧。"我说："好哇。"他说："我不是跟你开玩笑。"说完就撂了电话。我并未在意，平时开玩笑习惯了，就继续写我的稿子。可不知怎么了，手一落笔，竟然颤抖得无法成字，心里无端地发慌，回想一下老白刚才说话的口气，似乎隐隐有一丝不祥之气。我决定往老白家回个电话试探一下，结果电话里一片忙音。我愈发感到不妙，赶紧给振海、云才、云峰打电话。他们竟然也接到了老白同样的电话，这老家伙搞什么鬼？于是我又往老白家打电话，这回通了，却是队长接的。队长声调低沉地告诉我，白老师喝药了，正送医院抢救，你们直接上医院吧。

我匆匆赶到医院，抢救室里两名医护人员正往老白嘴里塞皮管子洗胃。振海、云才、云峰等朋友也陆续赶来了，大家围在老白的病床前默默地站着，洗过胃的老白呼吸急促，面色青紫，双眼紧闭。他已经出嫁的女儿在旁边哭着喊："爸，叔叔们来看你了，你快醒醒吧！"好半天，老白终于睁开了眼睛，却说不出话来。我上前握住他冰冷的手，我想骂他一句，老白你不够意思，你是个混蛋！但喉咙里像塞进了一个铅球，硬硬的，噎得我吐不出一个字。从老白那茫然无助的眼神中，我知道他后悔了。老白啊老白，死生至大矣，你怎能如此轻率地来去，是追求一种所谓的超俗的境界吗？生之留念人皆有之，你有足够的理由活下去呀！

据邻居说，那天中午老白和在家待业的儿子吵了架，出门遇到了常来连队卖猪肉的小贩，老白买了二斤猪肉，非拉小贩到家里陪他喝酒。眼看到了吃午饭时间，小贩也没客气，就跟着到了老白家。两个并不太熟悉的人，开始推杯换盏。一瓶白酒下肚后，送小贩走的时候，见街口的大树下，几个人正在下棋，老白凑过去看了一会儿，突然说下的什么臭棋，一脚踢翻了棋盘。众人都尊重他，知道他喝了酒，也没和他计较，收拾好棋盘继续下棋。老白一个人回到家，翻出了给菜灭虫的农药，喝下后，开始给几个朋友打电话，直到药性发作。

第二天午后，老白永远离开了这个世界，离开了他的亲人和朋友。

我们含泪为他穿上寿衣，入棺火化，并兑现了先前的承诺，买了最好最大的花圈送给了他。挽联是云才和振海措辞，云峰着笔：

驾鹤西游，白兄寿愈花甲比孔夫子少十个春秋；

乘风南迁，承福执鞭廿年当教书匠多三载日月。

以老白的禀性，能如此从容赴死，我们认为他应该留有遗言之类的文字的。料理完他的后事，在他女儿的陪同下，我们走进了老白那间我们曾经熟悉的土屋。睹物思人，我们都不禁潸然泪下。千金难买亡人笔，我们希望能找到老白最后留下的哪怕只言片语，但翻遍了土屋的各个角落，也未发现半纸笔墨。失望之余，我想起了川端康成说过的话："自杀而无遗书，最好不过了。无言的死，就是无限的活。"

滚滚红尘，茫茫浊世。人生苦短，得一知己足矣，斯世当以同怀视之。选择了一个朋友，就是选择了一种生活方式。作为朋友，我们忽略了老白年逾花甲的年纪，疏于对他从心理到生理的应有关照。这些年来，每当寂寞沉静之时，我常常回忆起与老白交往的点点滴滴。那些零零碎碎平淡无奇的片段，是那么的清晰而难以忘怀。这些往事随着时光的流逝而变得弥足珍贵，并永远定格在我记忆的深处，连同那永生不可抹去的愧疚。

并不是所有死去的人都能生固欣然，死亦无憾。任何人也做不到有我顺生，息我一死的超然。一生受尽苦难而为人本真的凡人老白也做不到，但我相信，亲人和朋友的真诚怀念会让死去的人更加完美。

何时一樽酒，重与细论文。老白，我们想念你！

后　记

　　说实话，本不想写什么序言或后记，我不清楚它们像哨兵一样，站在一部书的前面和后面究竟有什么用途，也不知道写它们的意义在哪里。仅仅是文人的一种习惯吗？抑或是作者想让读者对其创作意图有另一种解读吧。有朋友说，一本书如果没有序言，就像没有戴皇冠的王，没有后记的书就像一条没有尾巴的狗。似乎它们有某种"点缀"和"平衡"功能，这在我看来都不重要。在网络盛行的时下，全民写作似乎已成常态，但须知艺术劳动是创造性的，并不能全民普适。在看待文学创作风格方面，我比较倾向于西方艺术家的观点——终身追求艺术和人格的独立。美国作家尼斯·约翰逊出了一本中篇小说叫《火车梦》，封面有一句话："在我写作中，我希望自己是一个一无所蔽的人。"这与我一直以来的文学观相一致，正所谓琴不弦则鸣，情通达则成书。

本书大都是短篇，也有若干中篇。常听人说，短篇小说比长篇小说难写。长篇小说我没有尝试过，但我认为这种对比没有多大意义。如果你想写好，就没有好写的东西。卡夫卡的话很直白，也很耐人寻味："写不好的原因是我还不够痛苦。"然而，对于文学作品中涉及的公众问题，显然不是作家的职责，作家唯一能做的是将之相对准确生动地呈现。毛姆曾说过："作家更关心的是了解人性，而不是判断人性。"这似乎给了作家更宽泛的表述环境。与竞技比赛不同，评判一部文学作品的优缺所需要的维度有多种，其参照标准不尽相同，见地各异，主张不一。所以，任何文学作品都难以符合所有读者的审美习惯和经验。人们常说，让历史来评判吧，而历史是否真的是最具权威的"独角兽"也未可知。

　　我始终认为自己是一个理想主义者，当然，这并不表明我不快乐。文学表现生活，什么是生活？马尔克斯这样说："生活不是我们活过的日子，而是我们记住的日子，我们为了讲述而在记忆中重现的日子。"

　　然而，我们能记住的日子又有多少呢？

刘宏
2022年3月4日（二月二）